まえがき

……街道はなるほど空間的存在ではあるが、しかしひるがえって考えれば、それは決定的に時間的存在であって、私の乗っている車は、過去というぼう大な時間の世界へ旅立っているのである。

（「湖西のみち」、一八頁）


風景の肌理《きめ》を読み、そこに生きた人間の温もりを感じたい。人生の道々で見《まみ》えたあの人この人の影を、その土地の景色のなかに融け込ませて追ってみたい、より深く理解したい。さらに可能ならば、そのような人々との心の対話から、われわれの未来を開きうる何らかのメッセージを受けとりたい。

こんな思いが、ずっと私の心の奥底で渦巻いていた。少年時代、近隣の野辺にちいさな冒険の旅に出たりすると、たちまち五感と想像力は全開となり、びんびんと脳髄が刺激された。この青くさい夢想に、なんとかして方法論の枠組みを与えたい。こうした秘かな野望がふつふつと沸きあがった思春期の終わりに、司馬遼太郎（一九二三〜九六年）の『街道をゆく』シリーズ（一九七一〜九六年）と出逢う。そこには、私の抱いていた思いを現実化してくれる糸口とともに、壮大な文明史の見取図が隠されていた。司馬の天地は、私が感じていた以上にさらに懐が深いものだった。そうして、これまで私が見てきた風景もまた、いっそう巨《おお》きくひろい文脈のなかに織り込まれることになる。

*

司馬遼太郎は「旅する感性」そのものだった。そうした思いから、この本は綴られている。ここでの「感性」とは、眼前の風景のなかに過去の歴史や人間を見抜き、それを現在に蘇らせることのできる力、というほどの意味だ。司馬のこうした手腕が鮮やかに刻印された作品こそ、約二五年の長い歳月にわたって書き継がれた、歴史風景の再現紀行『街道をゆく』シリーズだと思う。

彼は、「日本人の祖形」を探りながら、日本そして東アジアの各地を歩いた。また、辺境に生い育った文化・文明の起源を問いながら、ヨーロッパの辺縁部、わけても半島や島を駆けめぐった。彼の眼が直観的に見抜いた土地を訪ねることに、終始やぶさかではなかった。そして毎回、その地の地霊（ゲニウス・ロキ）――土地の守護精霊であり、その場所の風土を根底から規定する存在者――を呼び起こすように、地図上に古い地名を追っては丹念に郷土史をひも解いた。かつてそこに在った風景や人々を、まさしくリアルに受肉させたのである。

異土に対する「土地《くに》＝国誉め」にも通じる司馬のこうした巡礼の態度と真摯に向き合うことこそ、いまドメスティックになりがちな若者たちの心と未来を押し開いていく、と強く信じている。時空を超え、世界のあちこちの人々と、あるいは、さまざまな時代の人々と対話する歓びが、ここには満ちている。

＊

年齢・性別・国籍に関係なく、本書を手にしてくれた読者諸賢が、この種の旅の愉しさにみちびかれ、最終的に、自分がいま根を張る場所のさらなる深い理解とその相対化に至ってくれれば、と切に願っている。

目次

・本書であつかった司馬遼太郎『街道をゆく』の諸紀行および『アメリカ素描』の出典は次のとおり。

第一章　『街道をゆく30〈新装版〉愛蘭土《アイルランド》紀行Ⅰ』朝日文庫、二〇〇九年
　　　　『街道をゆく31〈新装版〉愛蘭土《アイルランド》紀行Ⅱ』朝日文庫、二〇〇九年
第二章　『街道をゆく35〈新装版〉オランダ紀行』朝日文庫、二〇〇九年
第三章　『街道をゆく39〈新装版〉ニューヨーク散歩』朝日文庫、二〇〇九年
　　　　『アメリカ素描』新潮文庫、一九八九年
第四章　『街道をゆく1〈新装版〉湖西《こせい》のみち、甲州街道、長州路ほか』朝日文庫、二〇〇八年
　　　　『街道をゆく2〈新装版〉韓《から》のくに紀行』朝日文庫、二〇〇八年
第五章　『街道をゆく21〈新装版〉神戸・横浜散歩、芸備《げいび》の道』朝日文庫、二〇〇九年
　　　　『街道をゆく7〈新装版〉甲賀と伊賀のみち、砂鉄のみち』朝日文庫、二〇〇八年
補章　『街道をゆく9〈新装版〉信州佐久平みち、潟《かた》のみちほか』朝日文庫、二〇〇八年

・引用文中の〔　〕は筆者による補足的註をあらわす。

・掲載写真は、特に断りがないかぎり、すべて筆者が撮影したものである。

司馬遼太郎　旅する感性

序章　司馬遼太郎の感性哲学

旅する感性、あるいは感性の考古学

作家・司馬遼太郎とはまさしく「旅する感性」そのものだった。この本では、約四半世紀のあいだ書き継がれた連続紀行『街道をゆく』シリーズを素材として、この事実について深く考え、切り込んでいく。言葉を換えていえば、『街道をゆく』に秘められた独自のまなざし、すなわち、司馬のもとにあった人間・歴史・風景をめぐる「感性哲学」をあぶりだす、ということだ。

それでは、ここでいう「感性哲学」とはなんだろうか。もういちど、司馬の言葉に即して、具体的に確認しておきたい。それは、まずフィールド（現場）に立ち、その風景を読む――その土地の肌理を探る――ときに感ずる、土の匂いや足裏の感覚のようなもの。ひとまず現場に立って、五感すべてを開く。そして、歴史風景の古層までじっと凝視する。最後に、めいっぱい想像力の翼を羽ばたかせる。こうした態度のことだ。だから、それは、現場主義に根ざした「眼の思考」[1]とも評される。これを、土地々々で積み重ねられた歴史のレイヤーを見透す「感性の考古学」と呼ぶことも可能であろう。

『街道をゆく』シリーズが、もし謹厳実直な「文献ガクシャ」による研究論集ならば、史料に残る文字記述に忠実にその字面《じづら》を写すことが求められる。後代に歴史的事実の正確な「記録」を伝えることが、そこでの主たる目的だからだ。しかしながら、司馬の感性哲学は、そうしたガクシャ的態度のくびきを身軽にすり抜けることで、いっそう大きな文明精神史のうねりを巧みに描きだしていく。(2)

司馬の手法はこうだ。すみずみまで穴があくほど地図を眺めわたす。古書店街の関連書が消えるくらいに書物を漁り、(3)地方郷土史家によるマイナーな研究冊子まで読み込む。そしてフィールドに出て風景のなかに佇《たたず》み、過去の人間を取り巻いていた気配を肌で感じ、膨大な書物知に裏打ちされた「歴史的＝文学的想像力」を駆動させる。つまりそれは、ひとつの「記憶」の歴史を紡ぐことにほかならない。(4)

作家は、風に吹かれたその感覚を心に刻み、色鉛筆のふんだんな色彩のもと――じっさいに彼は色鉛筆を多用していたのだけれど――華麗に思考を造形していく。歴史上の人物も村落も、生きいきと動き出し、呼吸しはじめる。

司馬は自身で、『街道をゆく』の執筆動機を顧みながら、次のように綴っている。

たとえ廃墟《はいきょ》になっていて一塊の土くれしかなくても、その場所にしかない天があり、風のにおいがあるかぎり、かつて構築されたすばらしい文化を見ることができるし、その文化にくるまって、車馬を走らせていたかぼそげな権力者、粟粥《あわがゆ》の鍋《なべ》の下に薪を入れていた農婦、村の道を歩く年頃のむすめ、そのむすめに妻問《つまど》いする手続きについて考えこんでいる若者、彼女や彼を拘束している村落共有の倫理といった、動きつづける景色をみることができる。

（司馬遼太郎「私にとっての旅」(5)）

なんと簡潔ですばらしい文章であろうか。風に吹かれた土くれから、人間が、村が、そして文化そのものが、リアルに立ちあがっていく様子が、鮮やかかつ過不足なく語られているではないか。ここにあるのは、文献ガクシャとはちがった、「旅する感性」司馬による独自の歴史叙述のあり方だ。眼前に展開する風景をみる司馬の感性は、すぐに現場の匂いに感応する。そうなると、たちまち、その土地に生きた人々の姿が血の通ったかたちで動きだす。何もなかった場所が活気づき、往時の生活そのものがさまざまと蘇る。司馬の眼を借りた過去の「動きつづける景色」の立ち現れのプロセスが、ここにぎゅっと凝縮されたかたちで提示されている。だから、ここでの司馬の述懐は、現場主義ならびに歴史的＝文学的想像力の重要性を、その語り口そのものによって教えてくれていると言ってよい。まさにガチガチの文献主義から一歩前に、否、半歩だけ前に、思い切って踏み出した歴史叙述がここにはある。

蘇った過去の人々の交わす会話が、じっさいにはフィクション（文学的虚構）の産物だったとしても――古代ギリシャの哲人アリストテレスが『詩学』第九章で論じたように――そこには過去に存在した文化の「普遍」ないし「真実」を語る力がある。そこに確固としてあったものの記憶が人格を得て、今ここに受肉する。なお、ここでいう人格とは、人間ばかりでなく、そこに存在する山河にも適用可能なものだ。これぞまさしく、『街道をゆく』シリーズをつらぬく独自の感性哲学の顕《あらわ》れであり、結果、訪れた土地の歴史礼讃を通じた一種の神話的語りにもなっているのである。

第一部・欧米篇の見取図

このような作家・司馬の歴史ロマンへと読者諸氏をいざなうため、本書が辿るおおまかな旅の道程をしめしておこう。第一部・欧米篇として、まずアイルランド、オランダ、そしてアメリカ合衆国（ニューヨーク）を、さらにまた、第二部・東アジア篇として、韓国と日本（特に滋賀、広島、そして関東信越など）を、それぞれあつかっていく。これらの「道」は、『街道をゆく』シリーズのほんの一部にすぎない。

しかし、ここにピックアップした道の筋目をつなぎ合わせ、司馬の歩行と思考の痕を丹念に追い、この偉大な作家の醒めた眼が見抜いた歴史風景の遺産を――鋭い文明批判が差し向けられる歴史的転換の現場を――しかと確認することができれば、そこには現代へとまっすぐに続く道が待っている。むろん、その道からは、司馬独自のまなざしが照らし出す鮮やかな眺望が期待できよう。そこには、「市民」や「文明」といったものへの反省の視座がある。さらには、現代日本社会への警鐘、二〇世紀文明への批判のまなざしも浮かびあがってこよう。

一九八〇年代後半から一九九〇年代はじめ、すなわち、日本の元号が昭和から平成に変わる頃に執筆されたのが、第一部・欧米篇であつかう「愛蘭土紀行」と「オランダ紀行」であった。土地価格の高騰に象徴されるバブル経済がパチンッと音を立てて弾け飛ぶその寸前に世に問われたものだ。これらどちらの紀行も、『街道をゆく』シリーズのなかでは、きわめて圧巻なものといってよい。自然地理、特に地質のうえから見たとき、アイルランドもオランダも、けっして恵まれた国とはいえまい。そのような土地に生きる人間の文化気質が、どうしてこんなに高く、そしてきわめて魅力的なのか。こうした根源的な問いこそ、司馬をこれら二つの国へと旅立たせた最大の理由であろう。

アイルランド人やオランダ人などさまざまな移民が集まって成立した、いわば実験的な巨大市民国家こそ、アメリカ合衆国だ。この国を象徴する大都市への旅、「ニューヨーク散歩」を取りあげるのが、第一部最後の章である。一九九二年、司馬と親交のあったコロンビア大学・日本学《ジャパノロジー》の泰斗、ドナルド・キーンの退官記念講演への出席を兼ねた旅であった。

合衆国を旅することで、司馬は――オランダで再考を促された――「市民」や「文明」といった概念にかんして、さらに思索を深めることになる。多民族の文化気質の擦れ合いによって固有の民族的特性は削ぎ落とされる。アメリカ合衆国は、このような機能をもつ「文明の濾過装置」なのだ、と。濾過装置を通してアメリカ市民となることで、普遍的な文明がそこに現出する。ここでの司馬は、多民族国家の実験場としてのアメリカ合衆国を、市民・文明の理想的な生産地として言祝《ことほ》ぐのであった。

ここまでが欧米篇である。次の第二部・東アジア篇では、どのような「道」を辿ることになるのか。以下では、『街道をゆく』のシリーズ初期に綴られた幾つかの東アジアの旅をめぐり、その執筆背景としての戦後日本への作者の思いにも触れながら、その概要をしめすことにしよう。

第二部・東アジア篇の見取図

まずは司馬が『街道をゆく』を綴りながら凝視した戦後日本に想いを馳せてみたい。
戦後日本の経済発展とそのなかでの風景の激変は、司馬の『街道をゆく』シリーズ執筆の原動力となった。昭和末年のバブル経済を戦後日本のビジネス経済のピークとみたとき、その右肩上がりのベクトルの起点はどこに措定されようか。おそらくこの問いへのシンプルかつ当然の答えは、一九七〇年、となるだろう。一九六四年の東京オリンピックの興奮冷めやらぬなか、大阪万博を迎えたその年のあたりということである。

この高度経済成長まっただなか、司馬は、〈日本（ないし「倭」）とはなにか〉〈日本人の祖形はどこにあるのか〉といった根源的な問いをひき提げ、『街道をゆく』の旅をスタートさせる。まず大陸の辺縁部、朝鮮（韓）半島由来の渡来人の影を追って、近江「湖西のみち」を訪れる。これに続いて、「海上の街道」を遡り、半島を歩くことで「半島」と「島」の交流の痕跡を訪ねるべく、「韓のくに紀行」の旅に赴いたのであった。本書第四章でも、半島渡来人の匂いが色濃く残る「湖西のみち」の点描ののち、「韓のくに紀行」の検討に入っていく。

司馬が歩いた当時の韓国はいまだ軍事政権下にあった。司馬は、加羅《から》（釜山《プサン》）・新羅《しらぎ／シルラ》（慶州《キョンジュ》）・百済《くだら／ペクチェ》（扶余《プヨ》）など、古代において日本（倭）と関係の深かった朝鮮半島南部の諸都市を訪れている。

なお、近代までを射程に入れ、アジア唯一の列強であった大日本帝国と植民地朝鮮との緊張関係を考えたとき、おそらくそこには、アイルランドにまつわる歴史問題（「愛蘭土紀行」をあつかう本書第一章を参照）とのアナロジカルな思考を読みとることができよう。

もとより司馬の韓国行は、古代に遡る「倭（人）」の領域をめぐる境界の曖昧さに特徴づけられる。そこでは、神話的歴史ロマンのごとき文学的スタイルの語りも採用をみていた。古代的な共通イメージの風景のなか、積極的に半島と島のインタラクティヴな文明交流史を紡ごうと試みているといってもよい。

第二部で韓国の次にあつかうのは、一九七〇年代末〜八〇年代初頭――韓国訪問から十年ほど後――に綴られた広島紀行たる「芸備《げいび》の道」だ。旧安芸国からは毛利一族の拠点だった吉田盆地が、旧備後国からは三次《みよし》盆地がそれぞれ選ばれている。

安芸・吉田の司馬は、一六世紀、安芸門徒（浄土真宗信徒）の結束の強い土地で、ちいさな山城の領主だった毛利元就が、いわば「百万一心」の実践――いまもこのお題目を冠した祭りが残る――により、「絹のような手触り」のもと、領民たちを見事に掌握した手腕に眼をみはる。そして、われわれはここでもまた、同時代の西洋における市民の誕生（「オランダ紀行」をあつかう本書第二章を参照）とのアナロジカルな思考を見いだすであろう。だから、ここにいたって、本書の第一部と第二部をつらぬくパースペクティヴ、いわば司馬独自の文明史観ないしは歴史思考の型が顕わになる。

「芸備の道」、わけても備後・三次をあつかった後半部分では、司馬のもとにあったもうひとつの歴史観――東アジア篇ではこちらが主調となるといえるのだが――も顕わになってくる。広島を瀬戸内海文化圏でなく、「日本海＝出雲文化圏」に接続することで、そこに見えない「海上の街道」を現出させるのだ。日本と大陸・半島をつなぐ歴史ロマンへの接続である。司馬には『街道をゆく』のシリーズ当初から、半島とのあいだの文化交流の図式があって、ここでもその図式を通じて日本（倭）を捉える見方が貫かれることになる（「韓のくに紀行」をあつかった本書第四章を参照）。日本海へと流れ入る江《ごう》の川水系が巴なす三次盆地に佇む司馬の眼は、半島渡来人の痕跡をさまざまに追い求める。盆地を囲む山容のなだらかさを見て、鉄穴《かんな》流しによるタタラ製鉄者たちを想う。「鉄」は渡来人のもたらした文化だ。朝鮮半島と日本とのあいだの「道」の太い線が、ここでいっそう強く引かれることになる。

東アジア篇の末尾に、司馬による朝鮮と広島をめぐる紀行を受けて、筆者オリジナルの補章「司馬の見残した火山の風土――群馬・渋川金島《しぶかわかなしま》のみち」、すなわち関東平野一帯ならびに栃木・長野など周辺も視野に入れた群馬紀行を据えることにした。群馬の中央に位置する渋川金島地区は、筆者の故地であり、もっとも熟知したフィールドでもある。だから、この補章の記述は、司馬の眼を借りた――しかし、司馬の書かなかった――『街道をゆく』の北関東番外篇をねらっている。

そして、このオリジナル章には、近年のヴィヴィッドな話題も盛り込んだ。二〇一二年末に同地の金井東裏遺跡で発見された、約一五〇〇年前の火山噴火で罹災した「甲を着た古墳人」をめぐる考察である。だから、この第二部・東アジア篇の最終章（補章）では、渋川金島の地勢と歴史を読み解きながら、「関東平野の果つる地」における半島文化の伝播・混交――「鉄」と「馬」の文化の影響――にも、司馬の東アジア史観を念頭に言及している。ただし、ここには、東国の「火山の風土」には疎かった（と自認する）司馬が見残した風景もあった（ただし、「東北学」創始の民俗学者・歴史家の赤坂憲雄が『司馬遼太郎 東北をゆく』[6]をものし、彼独自の「風土の旅学」の視座から『街道をゆく』シリーズ内の東北紀行を鋭く分析していることを忘れてはなるまい。[7] 赤坂の視座は、ここでの筆者の視座と交差する）。それをも、ここでは踏み込んで綴ったつもりである。このオリジナル章は、いってみれば、司馬の残した断片的な言葉でサンドイッチするかたちで――じっさいの章構成もそのようになっている――語られる『街道をゆく』の応用実践篇と見てほしい。

まとめよう。このように、本書の第二部・東アジア篇では、司馬による朝鮮半島（主に韓国）と日本（主に滋賀、広島）への旅、そして筆者による群馬への旅が、東アジアにおける双方向的な文化交流史ないしは壮大な文明伝播史として提示されている。ここにあるのは、大陸の北辺――司馬の大好きなモンゴルなど――にいた北方騎馬民族（「南船北馬」の「北馬」の民）が悠々と馬を駆り、朝鮮半島を伝って日本列島まで到達した、という壮大な歴史ロマンをたどる「道」でもある。[8]

なお、本書では、その大陸の中国あるいはモンゴルへの司馬の紀行をあつかうことはできなかった。しかし、本書第二部で触れる東アジアの旅の背景に、いわゆる「華夷《かい》秩序」の構図がちらついていることだけは指摘しておかねばなるまい。そこには、文明の中心たる中国の見えない巨大な影がある。〈文明（＝華／夏）としての中国 vs. 野蛮（＝夷狄《いてき》）としての朝鮮・日本〉という儒教文明的な国家序列の図式だ。これは、地政学《ジオポリティカル》的な政治力学の顕れといってもよい。なお、『街道をゆく』を綴る司馬は、ある意味で、文明中心たる「華」をあえて避けていた。それは、欧米篇でも同じであろう。ニューヨークは別として、アテネ、ローマ、パリ、ロンドンなど――これらの地を比較考察の対象には据えていたけれど――は、主たる旅の目的地としては選ばれなかった。

むしろ司馬は、ときに抑圧の憂き目にあってきた辺境蛮族がもつフットワークの良さ、つまり、彼らの備えた文化的な柔軟性、遊動性、あるいはスマートさのほうを積極的に評価していた。この事実が、「日本人の祖形」を追い求める際にも、おおきなパースペクティヴを提供したと思われる。

本書を読み解くにあたって

序章の最後に、本書の各紀行を読み解く際のポイントを、もういちど第一部と第二部に分けて確認しておこう。

第一部・欧米篇では、各紀行で叙述される「自然・地理」「民族・宗教」「芸術・産業」の三点を、できるだけ比較対照させながら有機的に論じた。いっぽう、第二部・東アジア篇では、その歴史ロマンに彩られた風景に眼を凝らしながら、半島と島の双方向的な文化交流史に焦点を当てた。特に、それを象徴するものが「古墳」「鉄」「馬」などであることは、論が進むにしたがい、はっきりしてくるだろう。

こうしたポイントを押さえ、第一部・欧米篇と第二部・東アジア篇とを行きつ戻りつしながら読み進めたとき、司馬固有の感性哲学が、あらゆる「道」で発動しているのに気づく。そこで働いているのは、おおきな文明の流れを見抜き、肌の温もりをもってその土地々々の歴史を受肉させていく力だ。旅先での刹那々々の風景へのまなざしは、互いに縦横に交差し、壮大なタペストリーを織りなしていく。

さあ、われわれも今から、そんな司馬の鋭い眼を借りて、彼の歴史的＝文学的想像力のもとに現出する、彩りゆたかに匂い立つ大地へと踏み出していこうではないか。

第一部

欧米篇

――市民と文明の意味を問う

第一章　極西の島国から世界を眺める――「愛蘭土紀行」

アイルランドを知れば日本がわかる

二一世紀に入ってから、在アイルランド日本国大使（在任期間は二〇〇五年八月～二〇〇八年一月）であった外交官・林景一（一九五一年～）は、『アイルランドを知れば日本がわかる』[1]という魅力的な表題をもつアイルランド論を書き、そのなかで次のように言った。「アイルランドを知ればアメリカが見える」（第一章）、「アイルランドがわかればイギリスが見える」（第二章）、そして、「日本の〝姿見〟としてのアイルランド」（第三章）なのだから、「アイルランドを知れば日本がわかる」、と。

卓見だと思う。一九九六年に鬼籍に入った司馬は、この本を手にとることはなかった。だが、アイルランドから、イギリス、アメリカ合衆国、そして日本を読む、という林の発想は、司馬の「愛蘭土紀行」がもっているスケールのおおきい文明観と重なるところがあると言ってよい。つまり、「極西」の辺境島国たるアイルランドを語るには、すなわちイギリス（ないし、周囲のヨーロッパ諸国）、アメリカ合衆国などに触れずには語れないし、それは東アジアの「極東」辺境島国たる日本との比較という視座にも必然的につながるということだ。

「肥った仔犬が、後足で立っているような形」の極西の島

まずは、アイルランドの自然地理から考えてみよう。

司馬はいう。「その島は、イギリスの本島であるブリテン島の西に、寄りそうようにうかんでいる。肥った仔犬《こいぬ》が、後足で立っているような形にみえる」（「愛蘭土紀行」I、二〇頁）、と。この可愛らしいイメージの島は、「シーザー（カエサル）もやってこなかった島」（同書I、二〇頁）なのであり、「ヨーロッパ大陸棚の最西端のきれっぱし」（同書II、七頁）なのだ。

気候と地質、そしてそれらが織りなすアイルランドの風景はどうか。

「見わたすかぎり緑」の風景は、「この国の緯度は樺太《からふと》（サハリン）とおなじながら、暖流（メキシコ湾流）が、フロリダあたりから大西洋を大きく蛇行してここまできているおかげ」である。だから「アイルランドではこの海流のおかげで霧が発生し、年中、短時間ながら小雨がふる。小雨はたいていは日本でいう〝キツネの嫁入り〟で、空が晴れているのに、ぬかのような雨がはらはらとふってきて、ほどなくやむ」（同書II、二〇頁）のだ、と。

われわれは、戦前に海と船をこよなく愛した詩人・丸山薫が詩「汽車に乗つて」(2)で、「あいるらんどのやうな田舎へ行かう」とリフレインしながら、「日が照りながら雨のふる」と歌ったことを思いだす。「キツネの嫁入り」すなわちお天気雨の日は、虹が出やすい。霧も出る。そんな国だから、妖精も潜ん

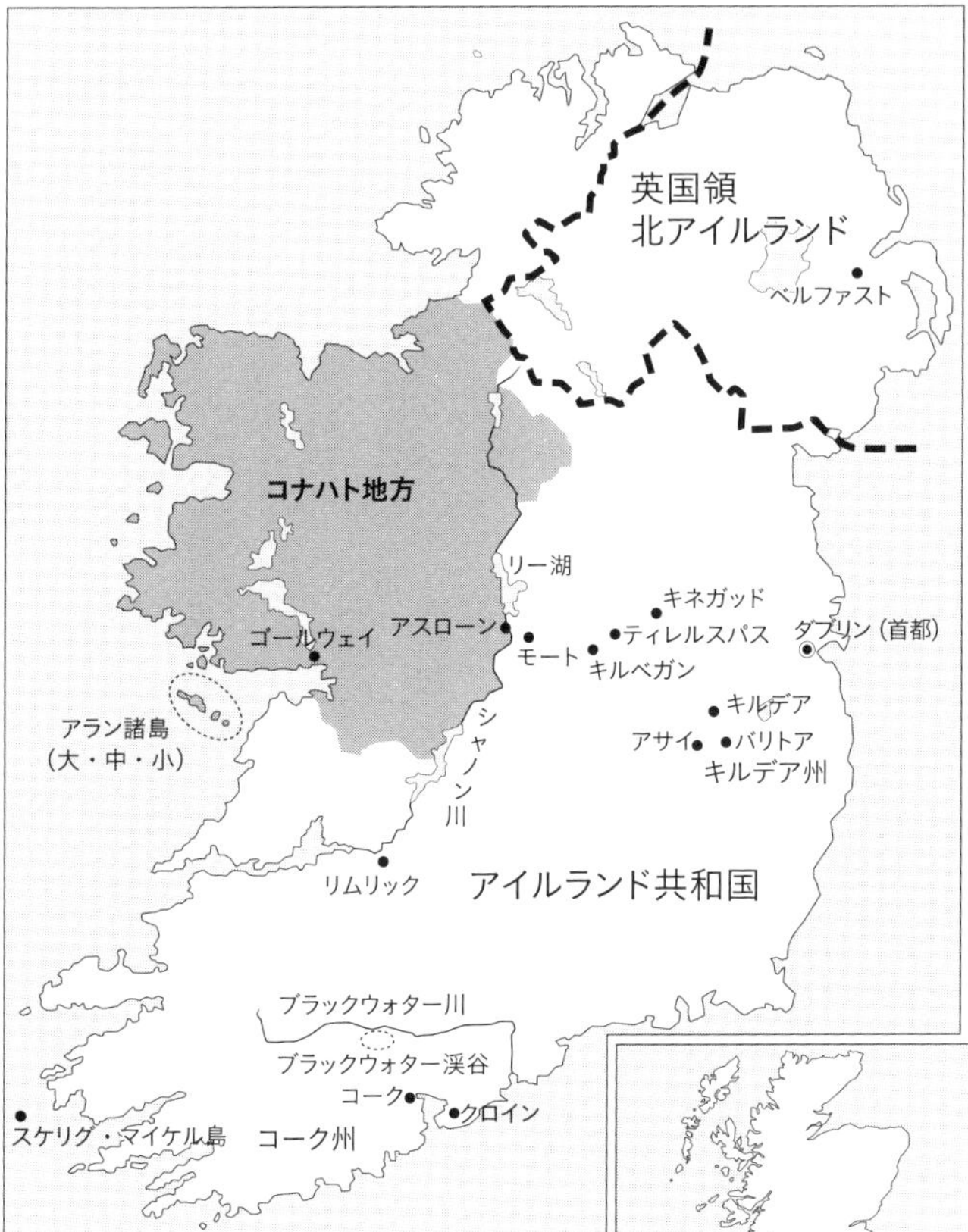
英国領
北アイルランド
ベルファスト
コナハト地方
リー湖
キネガッド
アスローン
ティレルスパス
ダブリン（首都）
ゴールウェイ
モート
キルベガン
キルデア
アラン諸島
（大・中・小）
シャノン川
アサイ
バリトア
キルデア州
リムリック
アイルランド共和国
ブラックウォーター川
ブラックウォーター渓谷
コーク
クロイン
スケリグ・マイケル島
コーク州

アイルランド全図

大西洋
北海
エディンバラ
ベルファスト
アイリッシュ海
ダブリン
リヴァプール
カーディフ
ロンドン
ブリストル

イギリスとの位置関係

でいる。晴／雨という二律背反する事象の並存状態。このような地理的条件もまた、夢と現《うつつ》、生と死のインターフェイスに生きるものへの確信を育む土壌となろう。じっさいこの詩人もアイルランドには行ったこともなかった。感性論的にみれば、「あいるらんど」とはひじょうにお伽《とぎ》めかしい存在なのであり、本質的にはわれわれの心の裡《うち》にのみ存在する国だといってもよい。

そんな「夢と現のあわい（インターフェイス）」に生きるアイルランドの人々は、イギリス紳士が傘を携行するのに対して、年に一〇〇日以上雨が降るというのに、傘をもたずに外出して、もし降ってくればかんたんに雨宿りするか、濡れたまま歩行を続けてしまうような国民なのである。

シャノン川、島の東部と西部の境目——ダブリンからゴールウェイへ

以下、司馬がアイルランド島を東から西へと横断した際のメモ書きから。島東岸の首都ダブリンを離れ、約二〇〇キロ西方に位置する島西岸の——各種の演劇や音楽の祭典が開かれる——「芸術の街」ゴールウェイへと向かう車中からの風景スケッチといえよう（「愛蘭土紀行」Ⅱの冒頭）。司馬の眼は、明らかな色彩の変化をはっきりと捉えていく。ここでの記述は、アイルランドの自然地理の様態がよくわかるところだ。

さて、緑衣をかぶったアイルランドも、西へゆくにつれてかならずしも全島がそうではないという光景になってくる。

西端のゴールウェイに近づくにつれて、氷河時代の氷食《ひょうしょく》のせいか、土壌が薄くなり、ときに岩盤が露出し、あるいは土壌のかわりに枯葉色の泥炭地がひろがりはじめる。温暖で多湿なくせに、岩と泥炭で荒涼とした色彩がまじるのである。ときどき丘陵上に農家があり、そのまわりに畑がある。畑には当然ながら土壌があるのだが、まことに量がすくない。その薄らとした土壌が風に吹きとばされないように、ニギリコブシから羊の頭大《あたまだい》の不ぞろいな石を積んで石垣にし、畑をかこっている。

（同書Ⅱ、一二三頁）

アイルランドは西へ向かうほど、土地が痩せてくる。その点を見事に活写している。また、西へいくと、風（偏西風）も強くなる。作家が風景をメモするその背後で、「岩と泥炭」の荒涼とした大地に強い風が吹き渡っている。それを象徴するのが、石垣にある風通しのすきま穴だろう。

司馬は、この記述のすぐ後に、韓国・済州島をめぐった「耽羅《たんら》紀行」（『街道をゆく28』）に触れながら、このすきま穴について、済州島の石垣のばあいと同様、農作物の生育のための通気孔とみる。しかし筆者は、アイルランドではしばしば、強風が嵐のように吹き荒れるため、石垣そのものの維持を目的とする構造上の通風孔だとも思っている。この考えはゴールウェイの沖合いに浮かぶ岩盤でできたアラン諸島（司馬も訪問）での筆者の体験による。そもそも、アイルランド（人／言語）をしめす「ゲール」ないし「ゴール」とは、がんらい「風」を意味していたことを、ここで思い出してもよかろう。

さて、では、この「緑衣」のアイルランドと「岩・泥炭・風」のアイルランドとの境界はどこなのだろうか。司馬は、沿線の村々を過ぎるごとに、到着時刻、地名、ダブリンあるいはゴールウェイからの距離など、各村落をめぐるスケッチ・メモを刻んでいく（同書Ⅱ、二五〜二七頁）。

キネガッド、ティレルスパス、キルベガン、モートの各集落を進んだのち、

午後一時四〇分、アスローン（Athlone）

ダブリンより西約一二〇キロ。ゴールウェイの手前約九〇キロ。

この沿道での唯一の町である。リー（Ree）という大きな湖の南端にあり、湖から流れでるシャノン川が町なかをそそいでいる。

町に古城がある。……（同書Ⅱ、二七頁）

といった具合に、ちょうどアイルランド島を半分とすこしだけ横断したところで、アイルランド随一の大河シャノンに出逢う。この川は、ここからやや西にカーヴしながら南下し、島南西部の街リムリックで大西洋に勢いよくそそぎ出る。

そしてこのシャノン川こそ、島東部の「緑の沃野」と、西部の「荒れ野」とを分ける境界であることを論じていく。司馬はいう。

じつは、ダブリンからはじまった沃野は、このアスローンのあたりでおわるのである。

この町をすぎてほどなく、アイルランド的な荒野がはじまる。露出した岩盤、あるいは泥炭地、それに石垣でかこまれた畑が、さらに西のゴールウェイ湾頭までつづく。
どうやら東の海岸のダブリン城と西方のアスローン城は、おそらく沃野の東限と西限を相挟《あいはさ》んで護っていたのではないか。
（同書Ⅱ、一一七頁）

「奇跡の緑の沃野」キルデア幻想——筆者のアイルランド巡礼から

司馬は、アスローンまでを東限として、アイルランドの「緑衣」の「沃野」がひろがる、とみる。たしかに然り。

余談ながら、筆者は、一八世紀アイルランド生まれの美学者かつ政治哲学者エドマンド・バーク（一七二九〜九七年）(3)の伝記調査で、その緑の沃野をキルデア州の小村で目の当たりにしている。キルデア州とは、司馬が車窓メモを残したキネガッドの南東部一帯にひろがる土地。州の中心キルデア——アイルランド語で「樫樹の教会（キル・ダラ）」を意味する——の町は、キネガッドから南南東へ三〇キロ、ダブリンから南西五〇キロの聖ブリジッド伝承の残る古い宗教都市だ。競争馬サラブレッドの産地としても有名である。

バーク自身は、父祖伝来の地を島南部のコーク州ブラックウォター渓谷にもっていた。が、しかし、彼がダブリンの名門トリニティ・カレッジ（＝ダブリン大学）に入学する以前、古典文学の教養などの中等教育を授けられたのが、キルデア州のバリトアというクエーカー教徒の小集落にあった全寮制寄宿学校（エイブラハム・シャクルトン校長運営）だった。

ここには、寛容と質素を旨とするクエーカーの生活があり、村の中心の牧地にはグライスの小川がやさしく蛇行して流れ、周囲の林間には鳥がさえずり、水車小屋もあった。この風景は、筆者が訪問した現代（一度目は二〇〇一年秋、二度目は二〇一二年早春）でも変わらない。バークは、カレッジ入学後すぐの書簡で、バリトア生活をともにした親友（校長の息子リチャード）に宛て、「憂鬱」と「怠惰」の蔓延したダブリンの街風景と対比して、何通ものバリトア讃歌の言葉を書き送った。思うに、後のロンドン渡航後の美学書『崇高と美の観念をめぐる哲学的探究』（初版は一七五七年、第二版は五九年）のなかで語られる――「崇高（サブライム）」と対置された――「美」ないし「優美（グレイス）」の分析は、まさにここでの原体験が結晶したものかと思われる。朝、いまだ靄《もや》の残る緑の牧地がある。そこをゆるやかに流れるグライス川。列をなしてその蛇行する流れを渡りゆく牛の群れ。こうした風景をみていると、時の経つのもつい忘れてしまう。緑のなかにすうっと呑みこまれ、時間の感覚がなくなる。

これに、さらに面白いエピソードをくわえておこう。そのバリトアの図書館兼ミュージアムの司書だったメアリ・マローンのことだ。彼女は、いまだ駆け出しの研究者だった筆者が、はじめてアイルランド調査に赴いた際（二〇〇一年）、とても良くしてくれた。時が経ちその約十年後、ふたたびバリトアを訪ねたとき――ちょうど彼女の定年退職直前だったのは幸運だった！――「あの日本の青年が、プロフェッサーになって帰ってきた」と、サプライズでお手製のほっかほかのアップルパイを用意して待っていてくれたのだ。その間、こちらは何も連絡もしていなかったのに。これは、筆者の経験した大切なアイリッシュ・ホスピタリティのひとつ。まさに緑の沃野の聖メアリ（＝マリア）(4)。このときは、彼女の

「奇跡の緑の沃野」キルデア州バリトア、グライス川を渡る牛の群れ

自慢の夫――無口でダンディな俳優然としたナイスガイ――農夫のジムが、無骨な車でキルデアの駅まで送ってくれた。

じつはこの夫婦の息子シェイマスは、バフタ、エミー、オスカー三冠のアニメーション作家で、現在ロンドンで活躍している人物だった（二〇一九年八月には、地元キルデア州アサイにある出身高校に顕彰銘板まで掲げられた）。以前は、あの英・ブリストルのアードマン・アニメーションズで『ひつじのショーン』シリーズにもかかわっていた。そうなると、「ひつじのショーン」たちの暮らす牧場風景の幾ばくかは、ここキルデアの沃野がインスピレーション源となっているのでは、と考えてもみたくなる。

これが、息を呑むほど美しい、アイルランドの「奇跡の緑の沃野」にまつわる筆者のとっておきの話。

アイルランドの西部、さらにその先の「石のアラン島」へ

閑話休題。島東部と西部とを分けるシャノン川が流れるアスローンの話に戻ろう。司馬は、このアスローンから西を「アイルランド西部」（同書Ⅱ、二八頁）と呼んだ。そこは、オリヴァー・クロムウェル（一五九九～一六五八年）――英国議会軍を率いて一六四九～五〇年にアイルランド島に上陸し、多くのカトリック教徒を虐殺、土地も奪ったイングランド男――が、肥沃な東部の土着アイリッシュたちを強制的に移住させた不毛の地なのだ、と。ここで司馬が書くのは、いわゆる「地獄か、コナハトか」という文言に象徴される古いアイルランド人たちの西部への迫害・追放の歴史だ。「シャノン川以西のコナハト地方の荒地へと移住せよ、さもなくば死刑だ」という究極の選択である。

司馬は、だからこそ、このアイルランド西部には「ケルト的神秘がしみつき、さらにここで生きることによって、不屈のアイルランド魂が形成された」（同書Ⅱ、二八頁）というのであった。

このアイルランド西部のイメージは、「石のアラン島」と司馬が呼ぶ、ゴールウェイ沖に浮かぶ大・中・小の三つの島からなるアラン諸島の風景イメージへと引き継がれていく（同書Ⅱ、「イルカのお供」と「岩盤の原」の節、八六〜一二〇頁）。ゴールウェイの旅では、司馬もまたフェリーに乗って、この島を訪れたのだった。島の旅を綴る司馬は、ロバート・J・フラハティ（一八八四〜一九五一年）の映画『アラン（の男）』（英、一九三四年）、そのインスピレーション源のジョン・ミリントン・シング（一八七一〜一九〇九年）の戯曲『海に騎りゆく人びと』（一九〇四年、ダブリン初演）にも触れている。そして、この地がその極点をなす、「アイルランド的な」荒涼風景の意味に思いをめぐらすのであった（なお、アラン島にかんする表象分析は、筆者による『生と死のケルト美学——アイルランド映画に読むヨーロッパ文化の古層』[5]に詳しい）。

作家は、この「文学と演劇の〝歌まくら〟ともいうべき島」アランに、日本人の文学の先達たちが、はるばる詣でてきた歴史にも敬意をはらう。ウィリアム・バトラー・イェイツ研究の第一人者・尾島庄太郎（一八九九〜一九八〇年）、民話劇の作家・木下順二（一九一四〜二〇〇六年）、さらに、司馬より年下だが、すでに「愛蘭土紀行」取材時には故人だった朝日新聞の「天声人語」で知られるジャーナリスト・深代惇郎《ふかしろじゅんろう》（一九二九〜七五年）、といった面々だ。司馬は、わけても尾島や深代が、見て、聞いた、という岩盤上の畑を耕す鋤の「かん高い音」のことを想う。

そうして、深代が綴った〈アラン島の人々はどうしてこんな酷薄な土地に住まねばならないのか、ま

上：「荒蕪の島」アラン島の岩盤大地に立つ農夫（「大島」イニシュモアにて）／下：石垣で囲まれたアラン島の畑、意外と土もある？（「小島」イニシィアにて）

た、どうしてこんな土地をつくった神を呪わずかえって信心深いのか〉という問いに応じ、こんなふうに言葉を継いでいく。

しかしながら、住みがたいほどの酷薄な土地に住んでいればこそ、人間の心は超越者に対して感じやすくなるのではないか。さらにいえば、神の恩恵を感ずることなしにこんな島に住めもしないし、げんにアラン島のひとびとは信心ぶかいのである。……

（同書Ⅱ、一〇三頁）

司馬において、アラン島民のもつこうした精神性は、まさにフラハティの映画にも、また、シングの戯曲にも「感ずることができる」ものであった。

「ケルト」とカトリックのアイルランド

ここまでで、アイルランドの自然地理の様相と人々の気質がずいぶんわかってきたように思う。では、このような厳しい環境の島国に、どのような民族が暮らしてきたのか。また、彼らがどのような信仰・宗教を奉じて生きてきたのか。以下、そのような司馬の問いを携えつつ、さらに深く「愛蘭土紀行」を探ってみることにしたい。

司馬は、「ケルト人」という節から「愛蘭土紀行」を説き起こしている（「愛蘭土紀行」Ⅰの冒頭）。否、「愛蘭土紀行」第一巻の前半は、ヨーロッパの気質群の話からはじまり、ヴィクトリア期ロンドンに国費留学した夏目漱石の話など、アイルランドへの長いプレリュードが続く。われわれの作家は、すぐにはアイルランドの大地を踏ませてくれないのだ。第一巻のちょうど半ばを過ぎたあたりで、英・リヴァプールから飛行機でアイリッシュ海を渡り、ようやくダブリンへと降り立つ。司馬にとって、ひととおりヨーロッパ諸国との関係、なかんずくイギリスとの関係を論じなければ、アイルランドという国の本質には肉迫できない、という実感の顕れといえよう。

さて、司馬は、「愛蘭土紀行」の最初に——じつは「オランダ紀行」の冒頭でも——自身では明記しないが、あきらかにマックス・ヴェーバーの名著『プロテスタンティズムの倫理と資本主義の精神』（本書第二章の註も参照）を援用して、ヨーロッパの人文をめぐる気質群の分類・検討をはじめる。具体的には、〈カトリック対プロテスタント〉というキリスト教二大宗派の区分に基づく、明快な気質群の整理から話を説き起こすのだ。

こうした対比的考察がいっそう明確になるのは、次の「オランダ紀行」を読み解く際だ。〈カトリック対プロテスタント〉を〈ラテン系対ゲルマン系〉の民族気質群に照応させ、後者のゲルマン系気質群に属するオランダが、新教すなわちプロテスタンティズムの倫理に触れることで、一六世紀後半に「ビジネス文明」（のちに資本主義を呼び込む）の礎を築きあげた、というのである。いみじくも司馬は、このオランダにおけるビジネス・システムの構築を、「一六世紀のオランダ人の文明史的な大発明」（同書I、七頁）と呼んでいる。

ここで発明されたビジネス志向の社会システムが、まずはイギリスへ、そしてアメリカ合衆国へと伝わっていく。果ては「天ハ自ラ助クル者ヲ助ク」（中村正直訳『西国立志編』）の文言に象徴される明治日本の文明開化を支えることになるだろう。漱石・夏目金之助（一八六七〜一九一六年）は、最初の国費留学生として、産業革命後の世界に冠たる文明都市ロンドンに渡る。彼が留学と同時に罹患した「神経衰弱」の根本原因は、まさしくこのビジネス志向の社会システム、ならびに、それに起因する産業の過剰発達、これらに対する強烈な精神的アレルギー反応だったと考えられる。司馬は、そこに「明治の悲しみ」（同書Ⅰ、五七〜七〇頁）を読み込む。司馬の指摘するこの悲しみは、一九七〇年代半ばにはすでに劇作家かつ文明批評家として活躍していた山崎正和（一九三四年〜）が説いた近代の「不機嫌」（『不機嫌の時代』、一九七六年）と同根だったと見てもよかろう。

司馬は、アイリッシュ・アメリカンで「西部劇の神様」ジョン・フォード（一八九四〜一九七三年）によるアイルランド映画『静かなる男』（米、一九五二年）[6]を、アイルランド人の「さまざまな典型の展覧会のような映画」（同書Ⅱ、五七〜五八頁）と評しながら、そこにアイルランド人固有の「とほうもないいいこじさ」「信じがたいほどの独り思いこみ」「底ぬけの人のよさ」「無意味な喧嘩好きと口論好き」「超人的な負けずぎらい」「迷信好き」「素朴さ」等々を指摘する。このことを踏まえれば、アイルランド人とは、まったくビジネス（商売）に不適格な国民気質をもつ人々だと言わざるをえない。このような意味で、アイルランド人は、〈オランダ＝イギリス〉に連なるゲルマン系＝プロテスタント気質群に属するというよりも、むしろ〈スペイン＝フランス〉の気質に連なるラテン系＝カトリック気質群にしっかりと属していると見ることができる。

ただし、地理的な区分軸をここに導入すれば、とうぜんアイルランドという地勢の特異性に気づく。ラテン系＝カトリック気質群はアルプスの南側に多く展開するものであるが、アイルランドはアルプス以北の島国イギリスの西に寄り添う。そして、イギリスに接近あるいは反発しながら、ブリテン諸島共同体の一部をなしてきた。なので、この北の小島国家は、たとえ旧教たるローマン・カトリック世界に属しているといっても、アルプスの南に展開し、王侯貴族の文化が濃厚な国々とはやはり袂を分かつと言わざるをえまい。そこで、アイルランドを読み解くためのもうひとつの軸として、〈けっしてローマ帝国の版図に入らなかった〉という観点から考えてみてもよいだろう。これこそ、アイルランドを、「ケルト」(7)といった別の文脈の文化気質へと割り振る素地を提供してくれる評価指標だからだ。

「死んだ鍋」のユーモア――ザ・ビートルズからスウィフトまで

では、アイルランドの人々の文化気質を象徴する芸術とはどんなものなのか。司馬は、そのひとつを「言葉の力」にみる――それは一八世紀の諷刺文学から、現代のロック音楽まで貫くものだった。その根源に、司馬は、アイリッシュ固有のユーモアである「死んだ鍋《デッド・パン》」の存在を看取する。

アイルランド人が吐きだすウィットあるいはユーモアは、死んだ鍋のように当人の顔は笑っていない。相手はしばらく考えてから痛烈な皮肉もしくは揶揄《やゆ》であることに気づく。……

(同書I、一三五頁)

「死んだ鍋」の最初の具体例は、ザ・ビートルズ(一九六二年一〇月にレコード・デビュー。ジョン・レノン、ポール・マッカートニー、ジョージ・ハリスン、リンゴ・スターの四名)の話。ザ・ビートルズを語る司馬は――アイルランド島に渡るため――いまだ英国西海岸のリヴァプールの港に立っている（あくまで「港」は筆者の比喩）。

ザ・ビートルズの叙勲が決まったとき、すでに同様の勲章をもらっていた軍人たちはひどく反発したという。その反発を受けてのジョン・レノン（一九四〇～八〇年）の言葉に、司馬は注目する。「人を殺してもらったんじゃない。人を楽しませてもらったんだ」（同書I、一三六頁）と。こうした発言を「にこりともせず」言ってのける姿に、司馬は、無表情の極みのなかで繰り出される、深みと切れ味をそなえた独特のユーモアのあり方をみる。これぞまさに、「死んだ鍋」である。ザ・ビートルズのそれは、時にかなり辛辣な物言いとなり、社会への鋭い一撃にもなった。なお、ここにさらに付けくわえれば、この種のアイリッシュ・ユーモアのことを、現代イギリスの新左翼系文芸批評家テリー・イーグルトン（一九四三年～）は、「黒い棘のある」ユーモア（『アイリッシュの真実』、一九九九年[8]）と呼んだ。これは、まさしく「死んだ鍋」と響き合うものだろう。

ザ・ビートルズのメンバーはみんな英国生まれ。リヴァプールを故地とする四人組のロックバンドである。リヴァプールという土地は、アイルランド人が人口の多くを占める港町だ――司馬が現地案内人に聞いたところでは、人口の約四〇パーセントがアイリッシュ系（同書I、一三〇頁）という。ザ・ビートルズのメンバーは、アイリッシュの血を引くという事実にきわめて自覚的であった。彼らの一挙手一投足が、その音楽性の斬新さ――筆者は演劇的な見せ方の上手さなどのアイドル性もそこに加味して考えるけれど――と相俟って、強くそのアイリッシュらしさを押し出してくる。司馬は、それを彼らの「利《き》かん気」とも呼んでいた。

二〇世紀においてザ・ビートルズのうちに結晶していた固有のアイリッシュ・ユーモアの、すなわち、「死んだ鍋」の精神的淵源をたどっていったとき、われわれは、一八世紀の文人聖職者ジョナサン・スウィフト（一六六七〜一七四五年）の存在にいきあたる。スウィフトの時代のアイルランドは、支配層たる英国国教徒（アングリカン）の敷いた種々のカトリック刑罰法——厳しい条件の制限法が次々に課された——によってがんじがらめとなり、首都ダブリンの一部支配層をのぞき、国全体がどんよりと、まったく覇気のない憂鬱と怠惰の底に沈んでいた。土地の所有権を奪われ、独自の産業も育たなければ、公職・公教育からも排除された。一八世紀を通じてこの国のカトリック教徒の庶民層（特に地方の農民層）は、法的には階層上昇の機会をほぼすべて奪われていた、といってよい。

ただし、余談ながらすぐに付けくわえれば、一八世紀当時、「ザ・セカンド・シティ」——ブリテン諸島でロンドンに次ぐ第二の規模の大都市——と呼ばれたダブリンでは、いっぽうでその都市開発が進み、世紀前半から半ば以降にかけては、急激な人口爆発が起こったという事実もある。一八世紀も後半を迎えると、ロンドン顔負けの洒落た「ピクチャレスク（絵様美）」を体現する施設——橋・議事堂・水道堤など——もつくられた。こうした都市の路地裏や近郊の農村で、厳格な教義への盲従と教育の不足から避妊も実施されず、いわゆる「カトリック的多産」が生じた。結果、街への貧困浮浪児の放出が起こるのである。一八世紀のダブリンで、産科病院や孤児院の類が、ヨーロッパの他国に先駆けて整備されたのは、こうしたアイルランド的事情に即応しているからだ。だから、宗教的な慈善（チャリティ）活動もこの時期のダブリンではじつは盛んであった。

『ガリヴァー旅行記』（一七二六〜三五年）の著者でもあったスウィフトの話に戻ろう。彼は、新教・英国国教会系の聖パトリック大聖堂の主席司祭でありながら、故国アイルランドのカトリック庶民の貧困問題を強く憂えていた（『ガリヴァー旅行記』をよく読めば、この作品がエロ・グロ・ナンセンス満載の巧みな言葉遊びでカモフラージュされた痛烈な社会へのあてこすりであったことがわかる。元来たんなる子ども向けの童話ではない）。

スウィフトは、社会をあてこすりながら、国内の社会問題をあつかった政治パンフレットの類を多数執筆している。一七二〇年代半ば以降、矢継ぎばやに出された、貨幣鋳造権の濫用問題をあつかった『ドレイピア書簡（第一書簡〜第七書簡）』（一七二四〜二五年）、貧民浮浪児問題を皮肉った『慎ましい提案（貧民児救済法案）』（一七二九年）などである。彼は、こうした著作をものしながら、一八世紀前半のアイルランドにおける社会変革の必要を強く訴えた。

聖パトリック大聖堂壁面のスウィフト胸像（P・カニンガム作）、友人書肆G・フォークナーの依頼による制作

司馬は、ことに『慎ましい提案（貧民児救済法案）』におけるスウィフトの書きぶりに眼を見張った。一方的な貿易制限を課すことで、アイルランドの国家財政を窮地に陥れていたのは当時のイギリスだった。その対抗策としてスウィフトが極端な「提案」をおこなったのが、この著作である。そのウィットに富みすぎる提案について、司馬は次のように書く。

要するに、アイルランド人が産みつづける幼児を食品にしてイギリスへ輸出せよ、というのである。幼児の肉は美味だそうだ、とスウィフトは言う。さらにはその肉を商品として売るための料理法から味つけまでくわしく、執拗に書いているのである。

「これしか、救国の道はない」

と、スウィフトはいう。

（同書Ⅰ、一三九〜一四〇頁）

カトリック的多産、その帰結としての貧困問題・浮浪児問題の解決、さらに国内産業の奨励までを見晴るかしたあてこすりである。司馬は、これを漱石が「諷刺の天才」と呼んだスウィフトによる「死んだ鍋」であり、執拗で病的な「鬼気を帯びた」アイリッシュ・ユーモアの象徴的事例とみる。そして、このスウィフトを、ザ・ビートルズにまで連なる「死んだ鍋」の伝統のもっとも初期の顕現と位置づけるのであった。

ちなみに、司馬は言及していないが、スウィフト以降の一八世紀アイルランドにおける世直しの提言と実践の例は、哲人聖職者ジョージ・バークリ（一六八五〜一七五三年）の活動にも見てとれる。彼は晩年、アイルランド島南部のコーク州クロインの主教として、教区住民のため、さまざまな地域貢献活動をおこなった。わけても、このクロイン時代に著されたアイルランド疲弊解決問答集ともいうべき『問いただす人』（一七三五〜三七年）のなかの提言的問いは、この時代の空気をよく伝えている。一八世紀前半のアイルランドでは、こうしたカトリック・シンパの文人学者ないし文人聖職者たちの活躍をやはり等閑視できまい。いずれもアイルランド生まれだが、プロテスタントのエスタブリッシュメント層に属するアングロ・アイリッシュが出自だ。彼らによる慈善活動や産業奨励運動こそ、イギリスの属国としての地位に甘んじてきたこの国には殊に必要であった。そのカンフル剤こそ、抑圧されたアイリッシュ・カトリックたちの心に培われてきたアイリッシュ・ユーモアすなわち「死んだ鍋」であり、そこには、その破壊力による社会変革への期待が込められていたといえよう（なお、司馬は、別のところで、「この西方の島は、感情のするどい傾斜に魅力がある」[9]とも言っていた）。

最終的に司馬は、抑圧感情の裏返しとして、生きる技法として「死んだ鍋」を繰りだす彼らアイリッシュのメンタリティのほうに注目していく。それは、いわばひとつの「文化」[10]にまで高められているのだ、と。アイリッシュ・ユーモアとは、どんよりと灰色に染めぬかれた歴史風景からすっくと立ちあがる無痛・無傷をよそおうクールな精神の構えのようなもの。救いがたい状況のなか、彼らは神を敬虔に信じている。彼ら自身の生は神の存在に支えられ、自己自身の「言葉の力」しか頼るものがない。

そしておそらく、筆者の考えでは、それを支える思考の型は、けっして合理的かつ功利的なだけの「ビジネス思考（ビズ・シンキング）」ではない。ビジネス思考は、右肩上がりの構築的・一直線的な思考モデルだが、それはいったん行き詰まってぽきんと折れてしまうと、とたんに収拾がつかなくなる。それに対して、「アート思考（アート・シンキング）」――筆者がアイルランド的感性に基づいて考案した造語[11]――のほうは、越境的・複層的・多中心的なので、いっけん遠回りで非論理的にみえる。が、しかしそのじつ柔軟な強靱さがあって複数の安全弁もある。かんたんに「ぽきり」とはいかないし、それをうまくかわすレトリックもそこに備えている。まさにスウィフトからザ・ビートルズをつらぬく「死んだ鍋」というアイリッシュ・ユーモアは、背後にそんな思考世界をもつ「生きる技法」なのではないか。

「愛蘭土紀行」についてまとめよう。

司馬は、すでに見たように、アラン島について、「神の恩恵を感ずることなしにこんな島に住めもしないし、げんにアラン島のひとびとは信心ぶかいのである」といっていた。このことは、アイルランド本島全体にも当てはまる。土地が貧しく困窮した生活のなか、この国は世界的にも稀有なすぐれた文学者や聖職者を何人も輩出してきた。少数派の新教プロテスタント支配の下に、被抑圧者たる多数の旧教カトリック教徒が存在するという事態。このような特殊なねじれた状況が、一八世紀にアイリッシュ固有のユーモアである「死んだ鍋」の伝統を生んだのだ。この国は、俳優や政治家が、その雄弁ないしレトリックを武器に身を立ててきた国でもある。

スウィフトからザ・ビートルズまで、アイルランドの文化気質は、芸術ジャンルとしては、諷刺文学やロック音楽が特徴である。いいかえれば、演劇的で一種の反骨精神にも通じる辛辣なユーモアがその固有の文化をかたちづくっている、ということだ。だから、彼らは、おしゃべり好きで人懐っこいが、しかしけっしてビジネス社会に馴染まない。意固地でひとクセもふたクセもある人間こそ、アイリッシュ的なのである。ただし、彼らは、きわめてアート思考に恵まれ、独創的な生きる術《すべ》を体現する者たちなのだ。

司馬は、全二巻の大部な「愛蘭土紀行」をまとめるにあたり、こう結んでいる。

いまも旅路の鈴が鳴りつづいて、どうやら当分やみそうにない。旅をしたというより、越してきた山河が書物のように思われて、そういうあたり、ふしぎな国だった。

まことに、文学の国としかいいようがない。山河も民族も国も、ひとりの〝アイルランド〟という名の作家が古代から書きつづけてきた長大な作品のようでもある。（同書Ⅱ、二七四頁）

まことに至言である。本章冒頭で触れたように、やはりアイルランドとは、夢と現のあわい（インターフェイス）[12]に存在する国なのだと思う。

司馬の見たアイルランドを越えて――現代アイルランド映画事情

さて、最後に、司馬の「愛蘭土紀行」を補うものとして、司馬の知らない、二一世紀を迎えた現在のアイルランド共和国で営まれる風景を売るビジネスのこと――映画産業への税制優遇措置による経済振興策――を話しておこう。ついにアイルランドも「ビジネス文明」の仲間入りを果たした、ということだろうか。これは、「夢と現のあわい」という確立したアイルランド・イメージを、うまく経済立国・産業立国化に利用したものといえる。現代のアイルランド政府は、その風景を資本とする国の建て直しをねらっている。そこには、EU加盟国のなかの小国たるアイルランドの苦肉の生き残り戦略が見え隠れする。[13]

一例を挙げたい。あの有名なスターウォーズ・シリーズのロケだ。二〇一五年一二月、ひさしぶりのスターウォーズ・シリーズ、エピソード7『フォースの覚醒』（J・J・エイブラムズ監督・脚本、米、ルーカスフィルム）が封切られた。この作品の最終部分、すなわち新たな若き女主人公レイ――彼女は現代版「ケルトの女戦士」の系譜に属するとみてよいと思う――が、宇宙戦争終結に向けて、救世主たる「最後のジェダイ騎士」ルーク・スカイウォーカーを探し当てた場所こそ、ある銀河の果ての島――大海に浮かぶピラミッド型の孤島――だった。じつはこの「銀河の果ての孤島」になぞらえられ、撮影がおこなわれたのが、現在ユネスコ世界遺産にも登録されているアイルランドの聖なる島「スケリグ・マイケル」だった。ここは、アイルランド島南西部アイヴェラ半島沖に浮かぶ島で、島内には初期キリスト教遺構が残っている。まさに四方を荒海に囲まれた絶壁島だ。この島は、その地理的条件から、現在でもなかなか上陸は難しい。

そんな聖なる島スケリグ・マイケルでのハリウッドのスタッフによる映画撮影を、アイルランド政府は積極的に受け入れたのだ。新型哨戒艦でロケハン・スタッフを島まで送り届けるという丁寧さで。映画公開以前、この事実に対し、アイルランド人歴史批評家のフィンタン・オトゥールは、文化哲学的な視座から、「到達不可能なアイルランド的「彼岸《ビヨンド》」イメージを具現する場所の消失」(電子版『ザ・アイリッシュ・タイムズ』二〇一五年九月一日)の危機を訴えた。

さらに二〇一七年一二月公開の続編、エピソード8『最後のジェダイ』(米、ルーカスフィルム)では、その冒頭から、このスケリグ・マイケル＝銀河の果ての島を舞台として、最後のジェダイと新ヒロインとのあいだに関係の深化があった。が、しかし、この孤島の周囲の海に安っぽい怪獣が現れるなど、いわば子ども騙しの小細工も目立った。この続編に至っては、オトゥールが懸念していたように、ほんらいスケリグ・マイケルがもつある種の神聖さが、大衆的なハリウッド・サーガのうちに解消されてしまった感は否めない。アイルランドの――シングの戯曲『海に騎りゆく人びと』やフラハティの映画『アラン』に結晶している――海の崇高さが、たんなるハリボテ的な異界イメージへとすり替わってしまっているということだ。

このように、現在のアイルランドは、有名映画のロケ誘致を国家の産業振興と絡め積極的に推進する状況にある。アイルランドは、その真髄にある「アート思考」を忘れ、「ビジネス思考」に走ってしまうのだろうか。その是非は措くとして、いまでもEUのなかの自然資源なきこの小国は、ある意味、まことにしたたかに「風景の切り売り」というレトリックを駆使して生き残りにかけている、と見るほうがよいのかもしれない(14)。

なお、余談ながら、アイルランド共和国のリアリスティックなしたたかさという点でいえば、現在のアイルランドは、二〇一八年五月の国民投票で、現憲法(一九八三年の付加条項)で規定されている――ある意味厳格なカトリック保守的な――中絶禁止原則を見なおすこととなった。国民の六四パーセントが投票し、そのうち人工中絶容認派が六六パーセントを勝ちとるという結果であった。じつは、この国民投票に先んずる二〇一五年五月には、世界初の正式な同性婚合法化(憲法改正)が、同様の国民投票での同様の得票結果によって、すでにアイルランドでは認められてもいる。

現在(二〇一九年九月時点)のアイルランド共和国の首相(Taoiseach)――中世アイルランド語由来で「ティーショク」と読む――は、一九七九年生まれの若きインド系移民二世のレオ・ヴァラッカー(在職二〇一七年六月〜。ムンバイ出身の医師の息子でダブリン生まれ。本人も医師。トリニティ・カレッジで医学と法律学を修めた)である。彼は、二〇一五年の国民投票直前に、自身が同性愛者であることをカミングアウトもしている。

移民系かつゲイである若き首相——大統領とはまた別職で、政府閣僚の指名・解任権をもつ——を抱く現代のアイルランドは、同性婚と中絶をめぐる二回の国民投票の結果[15]、カトリック保守王国から大きく舵を切るかにみえる。こうした面からも、いまのアイルランドは、やはり「したたかに」変貌しつつあるといえよう。われわれは——かつての宗主国イギリスが国民投票によりＥＵから「ブレグジット」していくなか——この歴史的小国の劇的なメタモルフォーゼの様子を、しかと注視せねばなるまい。ただし、事実として付けくわえれば、憲法と宗教的権威とは、この国における手触りとして、たぶんまったく別様のものとして存在しているようにも思われる。そこが難しい。

第二章　ビジネス文明の誕生――「オランダ紀行」

ハブ国家として生きる――筆者の体験から

　司馬の「オランダ紀行」は大部な著作である。すでに述べたように、アイルランドの旅から戻った司馬が、次に『街道をゆく』海外シリーズとして選んだのは、日本への西洋文明の移植ともかかわりの深いオランダであった。海の干拓によって国土を拡《ひろ》げてきたこの「低地国」――この国周辺を指す「ネーデルラント」の原義――たるオランダの歴史と風景に思いを馳せたわけだ。この地も、アイルランドとはまた別の意味で、自然地理学的にはやはり痩せた土地だった。が、ここには、早くから文明の兆しがあった。

「オランダ紀行」は、鎖国時代の長崎・出島の話から説き起こされている。司馬は、この紀行の冒頭で、出島に西洋の知識と文物をもたらしたこの国を「啓蒙の光」に喩え、そこに暗箱の針穴から射す一条の光を見ている。

鎖国された日本社会を一個の暗箱《あんばこ》とすれば、針で突いたような穴がいわば長崎であり、外光がかすかに射しこんでいて、それがオランダだった。

（「オランダ紀行」、一四頁）

オランダは、日本による西洋文明の摂取プロセスを考えるとき、どうしても忘れてはならない国であり、もともと「縁の近い」存在だった。背後で日本の近代化という問題を考えながら、オランダの歴史風景に寄り添い、「市民」や「文明」というものについて思いをめぐらすことが、この紀行の要となる。

以下では、イメージを膨らませてもらうため、現代オランダをめぐる筆者の幾つかの私的エピソードを点描しておこう。

まずは、二〇〇一年、アムステルダムのスキポール空港での話。その年の秋、筆者ははじめてアイルランド・ダブリンへと調査旅行に出かけようとしていた。ダブリン直行便は日本からは出ていない（これは二〇一九年現在でも同じ）。そのため、関西国際空港からKLMオランダ航空を使って、アムステルダムを経由する北回り航路をとることになった。この飛行ルートは無駄がなく、格安・安全で人気があった。そう、アムステルダムは、まさに欧州諸都市への「ハブ」——他と他の地域をつなぐ中枢的な拠点——なのである。歴史的にみても、オランダは、地下資源にも乏しいため、モノと人の流通をビジネス・チャンスと捉えてきた国であった。

そのハブ空港には、国立美術館の分館もある。しかし他方でカジノもあった。同性愛者には早くから理解のある国でもあった。さらに、ある種の麻薬と売春（いわゆる「飾り窓」）が合法とされている、いわばオープンで自由な現実主義の国である。なお、これと関連して、司馬が別の箇所（案内役のオランダ人女性との会話）で、オランダ人は欧州の多くの地域の混血だから「先祖」という観念が希薄で、外国人（ユダヤ人や非白人を含む）に対する差別がなく、むしろ外国人好きといわれる（同書、八二頁）、と語っているのは、ひじょうに興味深い。

さて、筆者のスキポール空港での体験に戻ろう。その男子トイレの小便器に「ハエ」がいた。排水口のほんのすこし左斜め上部に、である。そのハエめがけて用を足す。だが、ハエは動かない。不思議に思い、隣りの便器、そのまた隣りの便器をみても、そのハエはいた。そう、これは細密画のハエだったのだ。このハエの的をねらえば――行動心理学では「ナッジ効果」というらしいが――小便器外への小水の飛び散りを抑えられるという仕掛け。じっさい八〇パーセントもの飛び散りが抑制されたらしい。また、この「ハエの絵（フライ・ターゲット）」の導入によって、男子トイレの清掃代もかなり削減できたという[1]。まったくもって、実用的な細密画なのである。一七世紀ネーデルラント絵画における静物画の細密描写の伝統が、まさしくここに息づいているとは言えまいか。

続けて十年ほど後、二〇一一年の春、ダブリンで一年間の在外研究をはじめて間もないときの話。ダブリンでも日本の食材は比較的かんたんに手に入った。アジアン・マーケットも何軒かあった。たとえば英国系のスーパー・テスコに行っても、キッコーマンの醤油と乳酸飲料ヤクルトは見つかった。日本でもなじみのパッケージ・デザインをテスコではじめて見たとき、「なんだ、こんなところにもあるのか」と懐かしくなり、すぐに手に取ってみた。製造地を確認すると、なんと Made in Holland と書いてある。興味をそそられ、購入・賞味してみた。結果は、日本製とはどことなく違う味わいがあった、

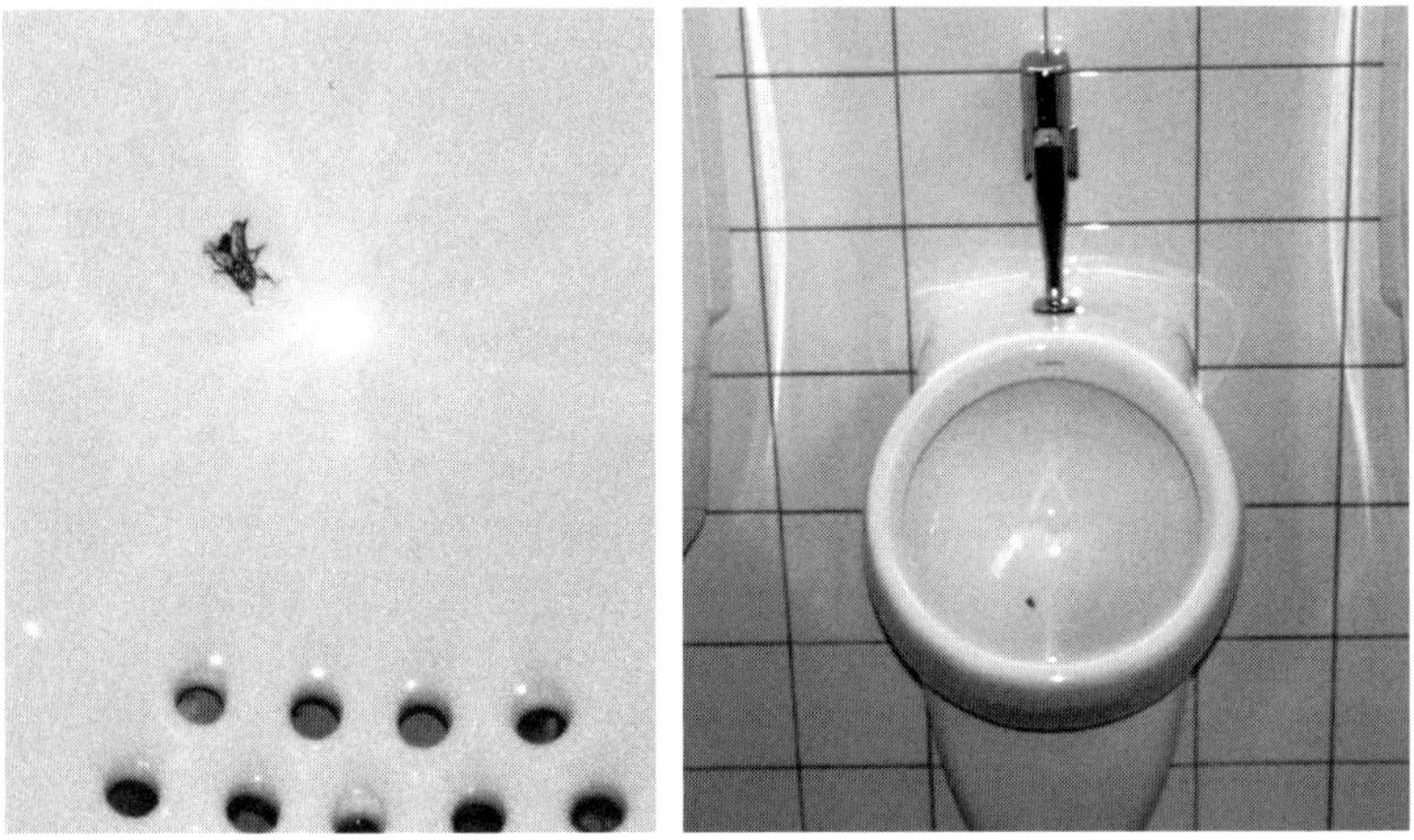

右：アムステルダム・スキポール空港の男性用小便器、何かいる？／左：細密画のハエ（ディテール）

とだけ言っておこう。それでもそれらは、「ザ・醬油」と「ザ・ヤクルト」以外の何ものでもなかった。このとき、ヨーロッパの西の果ての島国で、オランダ製の日本食品を手にしながら、オランダと日本との深い歴史的な関係について改めて思いをめぐらせた。

このように、筆者のささやかなオランダとの接触は、融通無碍《ゆうづうむげ》なハブ国家としての文化気質を垣間みせてくれたように思う。だから司馬が、「オランダ紀行」のなか、ひとくくりに「ベネルクス」と総称されるオランダとその周辺の国々――ベルギー・オランダ・ルクセンブルク――のヨーロッパにおける立ち位置について述べたくだりは、そのハブ的性格の核心を突いたものだと素直に肯《がえ》んずることができた。

ヨーロッパでは、むかしから英、仏、独という三強が三すくみである。三強のいずれかがヨーロッパの首都をとることは他の二強がゆるさない。ベルギーぐらいがいいじゃないか、ということになるだろう。さらに想像すれば、ＥＣの事務局長職はオランダ人でありつづけるにちがいない。オランダも三強の外《そと》にあるからである。

（同書、二〇三頁）

ＥＣすなわち欧州共同体（現在のＥＵ（欧州連合）の前身）の本部は、英・仏・独といった固有の歴史文化をもつ強国には置けない。また、その代表も、それら強国から選出はできない。権力の綱引きが生じるからだ。その点、ネーデルラント諸国――ここでのベネルクス――のようなハブ国家は、調整役としての機能的合理主義をもち合わせており、きわめて都合がよいということになる。EC時代から本部はベルギーのブリュッセルであり、EUもそれを継承している（ちなみに、初代の欧州議会の理事会常任議長すなわちEU大統領も、ベルギー出身のヘルマン・ファン・ロンパイであった。ファン・ロンパイの在職期間は二〇〇九〜一四年で、俳句が趣味）。

つまり、これら低地国は、モノと人の交通整理が得意なのである。それをもって、国家ビジネスとしている、といってもよかろう。そんなハブ国家の代表格オランダを、司馬の感性がどのように捉えていくのか。以下、いくつかのトピックスに即して追ってみよう。

ビッグ・ビジネス文明と商人的市民社会

前節では、筆者の体験をまじえ、現代まで連なるオランダの地政学的な文化気質として、そのハブ的な性格を指摘した。おそらくその背景には、地下資源等に乏しく、干拓土木によって国土を造成・開発してきたこと、また、そのような自然資源の酷薄さを、モノと人の流通の合理的システムの構築によって補ってきたこと、この二つの事実がある。むろん、流通の合理化とは、すなわち司馬のいう「ビジネス文明」の展開ということになろう。これを支えた者たちこそ——一七世紀のオランダ東インド会社に代表される——商人集団としての「市民」なのだ、と司馬は説く。

だから、司馬いわく、フランス革命（一七八九〜九九年）、否、アメリカ独立革命（一七七六年）に百年以上先んじて、ここオランダに世界史上はじめて「市民」が誕生したのだ、と。司馬は、この事実がほとんど一般には認識されていないことを嘆きつつ、その理由について次のように語る。それは彼らオランダ人たちがそのことをあまり声高に宣伝してこなかったためであり、彼らはそんなふうに「名よりも実」の人々なのだ、と。

一六世紀はじめ、当時スペインが領有していたオランダでは、多くの人々が新教プロテスタントに改宗した。その動きに対し、ネーデルラントを領有していたカトリックのスペイン国王フェリペ二世は弾圧に乗り出す。一五七三年、スペイン軍が古都ライデンを包囲したとき、ライデンの人々は、職業の区別なく、ちいさな城塞に籠城する。およそ一年の籠城のすえ、一五七四年一〇月三日、ライデンの人々は水門を破壊することでスペイン軍を水攻めにし、彼らを撤退させる。司馬は次のようにいう。

……この一五七四年のこの日こそ、世界史的な市民社会の誕生の日だったが、オランダ人が宣伝（?）しないために、二百年のちのアメリカ独立宣言（一七七六）やフランス革命（一七八九～九九）のほうが有名になってしまっている。（同書、七九頁）

彼ら一六世紀後半のライデンの人々は、市民的な「権利」と「自由」のために戦ったのである。そして、勝者となったライデン市民たちは、対スペイン戦の指導者だったオラニエ公ウィレム一世（一五三三～八四年）から一切の免税措置も受けず、この商業都市の人民たちのために、高等教育機関たるライデン大学の創設を要請したのだった。

このように、一六世紀後半のオランダにおけるビジネス文明形成の勃興期には、小株主としての商人たる市民の誕生があった。「オランダ紀行」全体を読めばわかるが、オランダも南部の内陸部では、じつはいまだ旧教カトリックを信奉する人々も多かった。しかし、ここでの司馬の話は、アムステルダムはもとよりハーレムやホールンなど沿岸部の主要貿易都市——これらの都市の港は東インド会社の主要港であった——に焦点が当たり、一七世紀オランダの先進的な精神気質を捉える方向に進んでいく。沿岸貿易に携わる商人的市民を支えたのは、新教すなわちプロテスタンティズムの倫理だった。それが、オランダにとっての「黄金の十七世紀」（同書、三〇頁）の市民社会の成立をもたらし、海洋国家オランダの礎《いしずえ》となったのだ。そして、こうした当時のオランダ市民が体現した商人気質が、その後の世界経済システムの展開に多大な影響を与えていくことになる。まさに株式会社に象徴される資本主義の到来は、ここから始まっていたのである（ここで、マックス・ヴェーバーの『プロテスタンティズムの倫理と資本主義の精神』(2)を思い出そう）。

司馬は、すでにこの紀行のはじめで——まちがいなくヴェーバーの理論を踏まえながら——一六世紀後半～一七世紀以降に伸長したプロテスタンティズムの影響下で、オランダが獲得した新たな文明観を次のように明記していた。

> 十七世紀、オランダ人一般が自律主義や合理主義、あるいは近代的な市民精神を持つにいたるのは、かれらが商業民族であったことと、新教の滲透による。（同書、三〇頁）

物事を組織的にやるという、こんにちの巨大ビジネスのやり方をあみだしたのは十七世紀のオランダであり、十八世紀はじめの英国は、それをいわばまねたにすぎないとさえいえそうである。十八世紀以後の英国は、巨大ビジネスの能力によって繁栄をきずくのだが、その先駆者は、オランダだったろう。（同書、三一頁）

ここで作家は、「商品をすべて質と量で観察し評価せねばならない」（同書、二九頁）ような自律した商人的市民について考えている。そして、一七世紀のオランダ東インド会社から、一八世紀のイギリス東インド会社への精神的連続性を指摘するのであった。

プロテスタンティズムとオランダの幽霊船

「オランダ紀行」のなかで司馬が注目する慣用的表現に、「飛ぶオランダ人（Flying Dutchman）」というものがある。いってみれば、その字面どおり、フラッグ・エアたるKLMオランダ航空の機内雑誌名にもなっている。だが、この表現には、もっと深い含意のあることが、司馬の探索によって明らかになっていく。司馬の記述にしたがって、結論から言ってしまえば、この「フライング・ダッチマン」とは、〈風を帆に満帆《フル・スル》の状態に受けてフルスピードで飛ぶように走る船〉の謂いらしい（man の語もここでは「船」を指す）。さらに、そのような船とは具体的に、〈赤い帆をした真っ黒な船体の幽霊船（嵐で沈没した船）〉を指している、とも。

司馬が繰りだすエピソードはこうだ。毎年三～四月にやってくる復活祭《イースター》の時期――まさに春の嵐の季節だ！――に、信心深いカトリック教徒であれば絶対に船を出さないのが、ある時代までのヨーロッパでの古いしきたりだった。

しかし、そんな古めかしい宗教的慣習はなんのその、〈みんなが船を出さない時期に船を出せば大きな儲けになる〉という合理的な算盤《そろばん》勘定をおこなうのが、まさに新教プロテスタントの商業民族オランダ人なのだ、と。

司馬は、民話で語られた、こうしたタブーを犯して出帆するオランダ船の船長の姿を具体的に描いてみせる。主人公の船長は「そんなばかなことがあるか」といって船を出す。しかし、やはり天罰を受け、「このために遭難し、呪われて死ぬに死にきれず、煉獄《れんごく》にいるように、天国にも昇れず、地獄に堕ちることもなく、幽霊船になって大洋を永遠に航海しつづけている」（同書、六一頁）、と。

そういえば、一八世紀カリブ海を舞台にした人気海賊映画シリーズ第二作目『パイレーツ・オブ・カリビアン／デッドマンズ・チェスト』（ゴア・ヴァービンスキー監督、米、二〇〇六年）に登場する幽霊船に「フライング・ダッチマン号」というのがあった。この船は、沈没船の骸骨船員がいきなり蘇り、猛スピードで海上に現れる。これこそまさしく、この民間伝承に取材したものといえよう。

最終的に司馬は、こうした幽霊船のエピソードに、一六世紀末〜一七世紀におけるオランダ商船の躍進を関連づけつつ、(3) 次のような解釈を与えるのであった。

このおそろしい話はきっとカトリック世界でひろまった民話にちがいなく、おそらくオランダ人の野郎は新教だから、という憎しみからうまれたものだろう。

新教は、勤労をたたえ、金もうけを善しとする。カトリックたちは、そういうオランダ人を憎み、金のためにはたとえ復活祭であっても船を出す連中だ、という驚きまでこめられている。（同書、六一頁）

「不信心な」プロテスタント系オランダ人のもとにあった新しい合理的かつ功利的な精神が、古い伝統をもつ欧州諸国の侮蔑や妬みの対象であったことを如実に反映しているのだ。

「ダッチ（オランダ人）」という語を冠することが、ヨーロッパ世界で侮蔑的呼称の気味を帯びることになるのは、こうした歴史的・宗教的な背景と関係している。それは、新興ビジネス国家への妬み・憎しみの結果でもあったろう。「黄金の一七世紀」に、人口わずか二〇〇万人台の国家でありながら、欧州第一の国民所得を誇ったことが「大国の嫉妬を買った」と、司馬はすでに別の箇所（同書、三〇〜三一頁）でも述べていた。

ライデンの石畳——風景を読む「感性の旅人」の眼

アムステルダム南西約三五キロにある質実な古都ライデンを司馬は好きだという。一七世紀ネーデルラントを代表する画家——富裕な粉屋の息子だった——レンブラント・ファン・レイン（一六〇六〜六九年）の生誕地でもある。また、あのアイルランドの聖職文人スウィフトの描くガリヴァーが、航海術や医学の修行をしたのもまた、このライデンの地で、という設定だった。

ライデン大学は、一五七五年創設のオランダ最古の国立大学である。先に触れたように、スペインからの解放の記念に、商人たち市民階層の求めに応じて設立をみた。だから、宗教的にも政治的にも自由な学風でヨーロッパ各地から優秀な学生を集めることができた。

ライデンにつどった面々の一端は、以下のとおり。近代哲学のルネ・デカルト（一五九六～一六五〇年、フランス生まれ）やバールーフ・デ・スピノザ（一六三二～七七年）も、さらに国際法学のフーゴー・グロティウス（一五八三～一六四五年）もまた、ここを研究拠点とした。「近代地質学の父」――地殻変動理論により地球年齢を推定したスコットランド人――ジェイムズ・ハットン（一七二六～九七年）は、一八世紀半ばにここでまず医学を修めている。日本との関係でいえば、幕末の長崎・出島で蘭方医学の普及に貢献したドイツ人医師フィリップ・フランツ・フォン・シーボルト（一七九六～一八六六年）が、一八三一年（一八二八年のシーボルト事件後の欧州帰還のあと）、彼のコレクションを展示するため「日本博物館」をここライデンに開設したことも忘れてはなるまい。

ライデン大学は、医学を核としたプラクティカルな実学への傾きが、おおきな特徴でもある。司馬が言及する、画家レンブラント・ファン・レインの大作《テュルプ博士の解剖学講義》（油彩、一六三二年、マウリッツハイス美術館所蔵）もまた、この時代のライデンの空気感を捉えた絵画のひとつである。当時の解剖室は「解剖劇場」と呼ばれ、一種のエンターテインメント（有料一般公開）でもあった。

なお、一八五五年には、シーボルトとの関係から、この大学に世界ではじめて日本学科が開設された。また驚くべきことに、ヨーロッパでも最古級のこの大学は、一九九二年、長崎・佐世保に造られたテーマパーク・ハウステンボス内に、いわばその出店《でみせ》、今風にいえば「サテライト・キャンパス」のライデン大学ハウステンボス校を設置して[4]、毎年二〇名もの留学生を日本に送り込んでいた（残念ながら、二〇〇〇年で留学制度は廃止)。先に言及した、スキポール空港内の国立美術館分館といい、かくまでもオランダ人というのはプラクティカルなのか、との思いを禁じえない。

さて、このようなライデンの街風景を読む司馬の眼はどんなものであったか。そこにあるまなざしは「旅する感性」たる司馬の面目躍如たるもので、この偉大な歴史作家の「感性哲学」が遺憾なく発揮される象徴的なシーンでもあった。以下、その眼が風景の古層まで見抜く刹那の描写を引いてみよう。

舗装路の石塊は、人の靴に踏みならされて古い硯《すずり》のようになめらかにすりへっている。それが、靴の裏にもこころよく、両側の建物の列のあいだで歴史の川のように流れていて、歩いているだけで、生れる前の、はるかな輪廻《りんね》のなかでの自分の心音でもきこえてきそうなほどだった。

踏みつけている石は、何百年の骨董ものである。ふと、

(この石は、よその国から買ってきたものにちがいない)

とおもった。しゃがんでなでてみて、そのなめらかさをたのしんだ。

(同書、六九頁)

司馬は、この古都ライデンで、靴底に心地よい石畳の感覚を味わう。幾星霜《いくせいそう》を経たと思われるその磨耗したつるつるの表面をじっと見る。このとき、街路にびっしりと敷き詰められているこれらの石塊──「キンダーコップフ」(「子どもの頭」の意)と呼ばれる──が、低地国たるこのオランダの産ではないはずだ、と直観する。すべての石塊が他国から輸入されたものであり、何百年ものあいだ繰りかえし

司馬独自の感性哲学が駆動する現場、ライデンの石畳風景（Shutterstock より）

大切に使われてきたのだろう、と推測するわけだ。作家は、こうした歴史の記憶を内に秘めた石塊が愛おしくなり、そこにしゃがんで、やさしく撫でてみるのだった。

「司馬は最終的に、石畳の街路ひとつみても、オランダの国土というのは、神ではなく、人民――「土工の一鍬《ひとくわ》一鍬の現実」(同書、一五〇頁)――が造ったものであり、だからこそ、この国の人々はきわめて公共精神に富んでいる、といった結論に達する。

ライデンの石畳風景考に活写されるように、『街道をゆく』をつむぐ司馬は、まず現場で出逢ったモノや人に彼の五感をフル活用して対峙する。そのうえで、彼の強靱な「歴史的=文学的想像力」を駆使して、いわば風景の文明論をあざやかに展開していくのである。このライデンの街のひとコマは、フィールドに立つ司馬の「眼の思考」が、いかんなく発揮された場面といえよう。

市庁舎でのシンプルな人前結婚式

司馬は、このライデンで、市長舎のホールでの人前結婚式にも立ち会っている。無名の画家の描いた、スペインからのライデン解放の絵の前で、市長そのひとが、とても簡素な式を執りおこなうのだ。ここでは、神との契約という結婚形態は後景に退いている。人民解放の歓喜のなか、ニシンを食べる男が中央に描かれている(ただし、司馬による「画中の一人の男は、生ニシンのシッポをつまんで、上にむけた口の中にほうりこもうとしている」(同書、七九頁)という絵のディスクリプションは正確ではない。おそらく司馬は市長舎では絵の写真撮影もスケッチもしておらず、後に一般的な生ニシンの食べ方のイメージをそこに重ね合わせ、紀行の文章を綴ってしまったのだろう）。なお、式の立会人を務める市長は――オランダの市長は政府による任命制なので――選挙の集票活動とはまったく無縁なところで、この役目を担っているという。

　余談ながら、ここで筆者は、こうしたオランダ流の結婚式観にかんする記述を読んだとき、米国人気テレビドラマの映画版『セックス・アンド・ザ・シティ』（マイケル・パトリック・キング監督、米、二〇〇八年）の主人公キャリー・ブラッドショウ（ほんものの売れっ子ファッションモデルであるサラ・ジェシカ・パーカーが演じる）と、その恋人エリート・ビジネスマン、ミスター・ビッグの結婚譚を思い出した。舞台は、二一世紀のアメリカ合衆国のメトロポリスたる華のニューヨーク――本書第三章であつかう紀行の舞台でもある。

　ネタバレしない程度に、ここでは要点のみを書こう。恋人のビッグ氏は、現代ニューヨークの高層ビルにオフィスをかまえ、つねに小奇麗にスーツを着こなし、女性のあつかいにもソツのない、謎のエリート・ビジネスマン。「ビッグ」というのは、女主人公たちが長身の彼に与えたあだ名で、物語のなかでは彼の個人情報はほぼ秘匿されている。主人公キャリーは、彼と付かず離れずのラブロマンスを展開しながら、ニューヨークでのプロのライター――恋愛コラムニスト――としての成功を夢みている。

　ビッグは、当初、結婚相手にキャリーを選ばなかった。そして何度か結婚に失敗している。時は流れ、一流ファッション誌『ヴォーグ』におとなの恋愛コラムを連載するようになったキャリーとようやくゴールインのはずが……またも、すれ違う。派手な結婚式の準備も、すべてキャンセルとなる。この物語の結末は、二人の赤い糸の縺《もつ》れが再びもとに戻るハッピー・エンディングなのだが、最終的に二人が選んだのは、ニューヨーク市役所でのシンプルな結婚式だった。

謎に包まれているので、ミスター・ビッグの来歴はわからない（シリーズの後半、携帯電話の画面に一度だけ「ジョン・プレストン」というごく一般的な英国系とおぼしき男性名が表示される）。だが、ここで想像を逞しくすれば、ニューヨーク——おそらくマンハッタン——の高層ビルで働くエリート・ビジネスマンという設定は、きわめて合理的かつ功利的な価値判断をおこなう彼の人物造形にそのまま投影されていると言えよう。そうして、そのビジネス・オリエンティッドな計算高い性格ゆえに——表面的には女性あつかいがパーフェクトに見えても——人間関係（ことに女性との私的関係）においてトラブルを招きやすいのではないか。結果、感情の機微の読めない愚鈍さあるいは優柔不断さが露呈されてしまうのだ。

だからこそ、この匿名のミスター・ビッグに象徴されるような合衆国のエリート・ビジネスマンとは、かつてマンハッタン島をネイティヴ・アメリカンから格安で——キンダーコップフ六〇個分のバーゲン価格で！（前掲書、一〇〜一一頁）——購入した入植オランダ商人の精神的末裔なのではないか。彼の「倫理」にしたがえば、結婚式に過剰な華美流麗さを求め、金銭をつぎ込む必要はない（ただし、彼は毎日、机上のPC画面や電話やらで、莫大な金を動かしていると思われる）。ストーリーの流れからみれば、彼の思いはたんに複数回にわたる結婚の失敗が教えたレッスン（教訓）の帰結にもみえる。しかしながら、彼を、一七世紀オランダのビジネス文明が育んだニューヨークの申し子とみたとき、この物語の人物造形の奥深さに触れることができるのではないか。このような解釈は、あくまでも筆者の深読みでしかないのだが、それほど見当はずれでもあるまい。

「割勘（ダッチ・アカウント）の肖像画」としての集団肖像画

人物や動物を活写した天才画家レンブラント・ファン・レインの名に、ここでふたたび触れざるを得まい。自画像もたくさん描いた。彼もまた、一七世紀オランダという「黄金の世紀」が生んだ画家だった。さて、彼は、前述のように、ライデン大学の解剖室風景も描いた。が、アムステルダム国立美術館所蔵の大作《夜警》（油彩、一六四二年、正式題名は《フランス・バニング・コック隊長とウィレム・ファン・ライテンブルフ副隊長の市民隊》）は、当時の集団肖像画の傑作と見なされている。たしかに、そのハイライトを効かせた明暗法のうちに、人物同士のダイナミックな動きをひとつのストーリーとして描きだす複層化された三角構図などは、芸術学的観点からみて、まさに近代絵画の傑作といえよう。

しかし司馬は、この作品について、レンブラントというひとりの天才の才能が生んだものではなく、じつは「一七世紀オランダ」という精神風土そのものが生んだものだった、と喝破する。司馬の眼は、芸術学的観点からの完成度よりも、市民たちの集合写真のような集団肖像画という制作様式の斬新さのほうに差し向けられている。

一七世紀のオランダ東インド会社の最重要拠点のひとつは、国際貿易港ホールンだった。ホールンの町は、首都アムステルダムをはさんで、南西のライデンとちょうど反対方向（北東）に三五キロほど北上した場所に位置する。ここは、アムステルダムより早く世界各地からの貿易船が到着し、舶来の品々が荷解きを待つ港湾都市だった。とうぜん活気があった。

レンブラント・ファン・レイン《夜警》1642年、アムステルダム国立美術館（Rijksstudio より）

司馬は、この町の港に面する当時の東インド会社商館内部（現在は博物館）で、一七世紀にギルドを構成した商人たちの――「五百号ほどもある」――大型の集団肖像画を観る。「旦那衆」つまり富裕な商人たちは、この町の「市民」として自警団も形成していた。これは、対スペイン戦争以来のオランダの各都市にみられた風俗だという。

武器（火縄銃や矛）を手に、着飾って無償の警護を務める旦那衆は誇りに満ちてふんぞりかえり、「泥くさいほどのポーズ」をとっている。

ここでもまた、司馬の歴史的＝文学的想像力は駆動し、絵のなかの旦那衆が活きいきと語りだす。司馬が受肉させた画家とモデルたちとの会話の一部を引いてみよう（同書、一三三～一三四頁）。

〔画中人物A〕「親方《マイスター》、私についていては、できれば肥り気味に描いて頂きたいな。二十年後の孫に、祖父《じい》さんは十分に食っていたんだとわからせてやりたいんでね」
〔画中人物B〕「俺の火縄銃《ムスケット》は千ギルダーもしたんだよ。銃身を銀色に光らせてよ」
〔画中人物C〕「分担金をはずむから、わしを前列に立たせてくれ。つまり全身でな」

司馬は、この最後の要求に対しては、親方（＝画家）の反論まで想像して書く。

〔画家〕「隊長や副官が前列にくるから、そうはいかないんだ」
〔画中人物C〕「じゃ、旗もちという役ならどうだろう」

そうして、次のように結論していくのである。

……肖像画の需要の層が、英国やフランス、あるいはドイツのように貴族ではなく、くりかえすようだが、町人層であったということが、当時のオランダ美術を理解する上で重要である。……

……人類史上、普通の人達の顔がもっとも多く残されているのは、十七世紀のオランダ人であるはずである。

（同書、一三八～一三九頁）

彼ら肖像画を依頼する中程度に富裕な商人たちは、ヨーロッパ各地の王侯貴族ほどの莫大な資金はないから、単身肖像画を依頼できない。否、「できない」のではなく、彼ら固有の合理的なビジネス思考にしたがい、貿易によって莫大な富を手にしていても、財布のひもを弛めなかったに相違ない。商人一人ひとりが、均等割で資金を出し、全員で大型の集団肖像画を注文する。まさしく割勘《わりかん》、つまり「ダッチ・アカウント（オランダ流の計算）」である。紀行のなかで司馬自身の言及はないが、当時の東インド会社の採用した株式制度も、貿易船の航海ごとに商人たちに出資金を募るというものだった。彼らのビジネス思考は、そのまま芸術様式にまで浸透していたのである。

だからこそ、当時の時代的空気を反映しているという意味では、天才レンブラントの《夜警》だけが独創的な作品ではない、ということになる。要するに、司馬の推論どおり、「十七世紀のオランダに激烈なほどの商人的市民社会が成立していたことが、絵画史に濃厚に反映されている」（同書、九五頁）のだ。

なお、先に、スキポール空港の男性用小便器に描かれたハエの細密画とその機能に触れた。このような絵画の実用性と緻密さのコラボレーションは、司馬が、球根栽培で有名な町ハーレム（アムステルダム西郊約二〇キロ）でみた、一七世紀のチューリップ取引過熱期に制作されたカタログ図版――一六三〇年代にはチューリップへの過剰投資によるバブル崩壊（「チューリップマニア」と呼ばれる）まで起こった――の見事さにもみてとれよう。一七世紀オランダを象徴する芸術ジャンルは、司馬が注目したものに限れば、集団肖像画と細密静物画だったといってよい。ここにさらに、ネーデルラント絵画一般としては、風景画の興隆をくわえることもできよう。

市民とは？　文明とは？

司馬の「オランダ紀行」を通して見えてきたのは、プロテスタンティズムの生真面目さを背景に、さらにその地政学的条件を活かしたハブ的性格、合理的なビジネス思考の徹底だった。人とモノの流通は、そこに生きるビジネスマンにそれ相当の富の蓄積をもたらしたし、また、その還流をも促進した。芸術（特に絵画）も、同様の性格を帯びた。まさに現代にまで続く――資本主義の精神に連なる――ビジネス文明の曙光を、ここに見てとることができた。と同時に、その富によって、商業をベースに市民社会が形成されたことは重要であろう。司馬は、ひじょうに肯定的に、この「世界史上はじめての」市民社会の誕生を評価する。市民が町を護り、市民が富を増やし、各人それぞれが個人の自由を謳歌することへ

右：A・ボッサールト1世《アーチ状窓におかれた花束と遠望風景》1620年頃、マウリッツハイス美術館（坂本満・高橋達史編『世界美術大全集 西洋編 第17巻 バロック2』小学館、1995年、294頁）／左：ハエも緻密に描かれる、右上の虫食いの葉とともに虚栄の寓意画でもある（同作品右下部分のディテール）

の讃美といえよう。

ただし、たんなる資本主義を評価するのではない。司馬は、ライデンでみた輸入石材を敷き詰めた石畳のように、オランダ人そのものが数世紀にわたって国土を形成し、それを「公共財」としてみんなで大切に共有する姿に感銘を受けたのである。司馬は、すでに見たように、それを「詩ではなく、土工の一鍬《ひとくわ》一鍬の現実」（同書、一五〇頁）と表現したのだった。

日本人学校を訪れた司馬は――おそらく当時の日本のバブル崩壊前夜の土地高騰状況を頭の片隅で憂えながら――この学校（敷地面積は日本の普通の小学校と同程度）の年間借地料を訊く。そして、年に一ギルダー（当時の日本円換算で約七〇円）という破格の安さに驚くのであった。

司馬はここに、オランダ人のたんなるビジネス思考ではなく、市民的な公共精神の高さをみる。そこに偉大な文明観を読みとったのである。

それが文明というものだろう。文明には便利さのほかに、暮らしやすさと楽しさという概念が入っている。
（同書、二六六頁）

オランダ旅行を終えた司馬は、その紀行を、蘭学摂取の時代以降、日本は英学やドイツ学重視へと舵を切ってしまったが、もっとオランダに学ぶべきだったのではないか、との言葉で締めくくるのであった。ビジネス文明のみを偏重して摂取した感のあるその後の日本社会を、今日の眼で省みたとき、もともとその文明観と表裏一体であった市民のもつべき公共精神に対して、どれほど意識的であったかは改めて問う必要があるかもしれない。

「市民」そして「文明」への問いは、さらに、次の『街道をゆく』のアメリカ篇、すなわち「ニューヨーク散歩」にも引き継がれていく。

第三章　移民のつくるアメリカ文明――『アメリカ素描』「ニューヨーク散歩」

なぜ「ニューヨーク散歩」は小品なのか――補助線としての『アメリカ素描』

アイルランド、オランダを訪れた司馬の旅は、これら両国から移民が数多く入植したアメリカ合衆国、特にその最大都市ニューヨークへと向かう。一九九二年の早春に取材された「ニューヨーク散歩」の旅である。このアメリカ行は、かねてから親交のあった日本学《ジャパノロジー》の泰斗、ドナルド・キーン（一九二二～二〇一九年）のコロンビア大学退職記念講演への出席も兼ねていた。(1)

この「ニューヨーク散歩」は、アイルランドやオランダの紀行に比べてはむろんのこと、『街道をゆく』の外国篇のなかでも――分量的にみて――きわめて小品の部類に数えられる。ニューヨークという街にだけ焦点を合わせたことが、このように小品となっているいちばんの理由だろう。

だが、なぜ司馬は、そのフォーカスの眼を、この一大都市にしぼったのか。

じつは『週刊朝日』（朝日新聞社）に「ニューヨーク散歩」が連載される（一九九三年三～六月）数年前の一九八五年に、司馬は、読売新聞社をスポンサーとして――東海岸から西海岸まで――合衆国の多くの都市を訪ねる旅をしていた。このときの最初のアメリカ合衆国体験をまとめて、すでに『アメリカ素描』（読売新聞社、一九八六年）と題する合衆国の網羅的な紀行を上梓していたのだ。

『街道をゆく』に先んずるこの『アメリカ素描』の旅で、司馬が訪れた場所を概観しておこう。西海岸で訪れたのは、サンフランシスコのゲイの街カストロ・ストリート、ロサンゼルスのリトル・コリア（朝鮮人街）やリトル・サイゴン（ベトナム人街）、そして、カリフォルニアの大農業地帯などだった。東海岸ではまず、やはりニューヨークを訪れている。このとき、アフリカ系アメリカ人街ハーレム、金融街ウォール・ストリート、芸術家居住区ソーホー、劇場街ブロードウェイなどに遊んでいる。

注目すべきは、この最初の合衆国への旅で、すでに移民アイリッシュの聖地たるニューヨークの目抜き通り五番街（フィフス・アヴェニュー）の聖パトリック大聖堂も実見していることだ。このときの司馬は、いまだアイルランド本国の地を踏んでいなかった。しかし、すでにアイリッシュの文化気質の核として、アイルランド人固有のユーモア、「死んだ鍋《デッド・パン》」を意識していた（『アメリカ素描』、一二〇～一二五頁）。

ちなみに、『アメリカ素描』の取材時のニューヨークでは、聖パトリック大聖堂近くのニューヨーク・パレス・ホテル（現在は、韓国資本のロッテ・ホテル系列会社が運営）に滞在したようだ。二回目の『街道をゆく』の取材時にもまた、やはり一回目滞在時のホテルから至近の――つまり聖パトリック大聖堂にごく近い――エセックス・ハウス（現在は、ユタ州の開拓地から出た創業者の名を冠した世界最大級の高級ホテル・チェーン、JWマリオット系列会社が運営）に投宿している。しかし、これら二回にわたるニューヨークの心臓部の滞在記でも、宿周辺の著名な観光名所といえるロックフェラー・センターやニューヨーク近代美術館（MoMA）などには――すくなくとも紀行の内容として――触れていない。このことは、彼のまなざしが、この国に住まう移民マイノリティ（少数民族）へとまっすぐに差し向けられていたことの証左であろう。彼ら移民マイノリティの力が、この「人工国家」の経済活動と技術革新を下支えしてきたとの強い想いが、司馬の胸にあったためと思われる。

東海岸での他の訪問地をみると、フィラデルフィアの旧製鉄所跡、ボストンやワシントンのWASP《ワスプ》の高級住宅街、また、日露戦争の講話条約締結の地ポーツマスなどとなる。ポーツマスでは、日露戦争での苦しい「戦勝国」だった日本の特命全権大使・小村寿太郎のことを想っている。司馬の眼は、アメリカ社会に生きる人々の民族構成に向けられると同時に、日本の近代化と切り結ぶ風景にまで達していたのである。

なお、この一回目の読売アメリカ行では、ボストンにて、東アジア学の専門家で元駐日アメリカ合衆国大使、かつまた、ハーヴァード大学日本研究所設立者（大使引退後に所長）であったエドウィン・O・ライシャワー（一九一〇〜九〇年）とも会談している（なお、ライシャワーは、一九九二年の「ニューヨーク散歩」の取材時にはすでに鬼籍に入っていた）。ライシャワーにせよキーンにせよ、司馬のアメリカ合衆国への旅は、日本学《ジャパノロジー》の発生・確立プロセスに想いをめぐらせる機会でもあったのだ。

二回目の『街道をゆく』の旅で、なぜ焦点をニューヨークだけにしぼったのか。本章冒頭でのこの問いに答えておこう。おそらくそれは、一回目の大陸横断的な合衆国体験もあって、司馬は、あえて『街道をゆく』シリーズに、総論的なアメリカ合衆国（全土）紀行を入れる必要を感じなかったからであろう。あるいは、総論ではけっして語り切れない国家像を、ひとつの街風景のなか、モザイクのごとく描こうとしたため、というべきか。
つまり、むしろ積極的に、考察対象を、合衆国の要素がぎゅっと詰まった象徴都市たるニューヨークの歴史風景に局限することにより、アイルランドやオランダとの連続性をくっきり浮かびあがらせようと試みたのではないか。たしかに分量の点で、「ニューヨーク散歩」はきわめて小品といえる。しかしながら、そこに凝縮され象徴されたアメリカ合衆国という国家の裾野は、とてつもなく長くひろがっている。だから、「ニューヨーク散歩」は、そのまま合衆国の国家イメージの核心をえぐる作品と見てもよい。
以下、『アメリカ素描』にも目配りしながら、アメリカ合衆国という国について、司馬の眼を借りてじっくりと検討してみよう。

「文明」の定義——多民族国家アメリカ、あるいは濾過装置

司馬は、合衆国の歴史を念頭におきつつ、一九八〇年代後半の『アメリカ素描』のなかで——すぐ後に綴られた『街道をゆく』オランダ篇でもキーワードだった——「文明」という語を、次のようにきっぱりと定義している。

——文明は、多民族地帯におこりやすい。

その大地が食えるからこそ異文化の者たちがやってくるのである。そのるつぼの中で、多様な文化群が

すれあい、たがいに他の長所をとり入れ、たがいに特殊性という圭角《かど》を磨滅《まめつ》させ、ついにはたれでも参加できるという普遍性（つまり文明）ができあがる。

多民族国家であることのつよみは、諸民族の多様な感覚群がアメリカ国内において幾層もの濾過《ろか》装置を経てゆくことである。そこで認められた価値が、そのまま多民族の地球上に普及することができる。

（『アメリカ素描』、二八〜三一頁）

「多民族」間の文化的な諸感覚の接触・摩擦を通じて、ある種の「普遍性」をもつ文明ができあがる。「るつぼ」のなかでの均質化が、換言すれば、「濾過装置」による無色透明化が多民族国家においてなされる。そうして、かの地で口当たりもマイルドに濃縮還元された普遍的価値は、多くの民族が生きる地球上に、まさしくその文明的な特性ゆえにいき渡るのだ、と。

ここで現代の視点から、司馬の見解をすこしく相対化ないし補正しておこう。

彼は、アメリカ合衆国を「人種のるつぼ」の比喩で理解していた。が、しかし、われわれは、この表現の採用後に、「人種のサラダボール」「人種のモザイク」といった新たなアメリカ社会を表現する概念が生まれたことを知っている。つまり、るつぼという喩えのように、合衆国民の統合・純化に力点をおくのではなく、むしろ国民の民族的・文化的な多元性あるいは差異性のほうに重点をおく姿勢とかかわる物言いの採用ということである。いっそうバランスよく、ちいさな個々人のアイデンティティへの目配りを前景化する態度が表明されているわけだ。

さらに厳しく客観視すれば、「ニューヨーク散歩」を綴る司馬は、手放しにアメリカ合衆国のあり方を評価・称揚する感がある。けれども、現代の批判眼を通してみれば、アメリカ文明のみをグローバル・スタンダードとみなす態度――過度のアメリカ帝国主義信仰――には、すこしく立ち止まって再検討する必要があろう。

とはいえ、ここで司馬が肯定的にとらえるアメリカ文明の実態はかなり具体的だ。彼が身近に見たり感じたりする――いわば衣食住において接する――アメリカ的風景がまず念頭にあったのではないか。そんなわけで、彼のアメリカ合衆国論には、やや卑近で即物的な手触りが現れているのかもしれない。たとえば、彼がアメリカ文明の産物として挙げるのは、バンダナである。

司馬はいう。バンダナはもともと「(アメリカ)インディアンの鉢巻」で、それが開拓白人の襟巻きとなった。最終的にそれが世界をめぐって、たとえば日本の女性のスカーフに一般化したのだ、と。ここでわれわれが思い出すのは、執筆中の司馬が、首筋と喉の冷えを防ぐため、このアメリカ文明の産物たる色とりどりのバンダナを襟首に巻き、想像のペンを走らせていた書斎風景だ[2]。鉱山労働者の作業服を起源とするジーンズなどもこれに類する文明の産物の例だろう。司馬にあっては、アメリカ文明の内実は、ジャズなど無形の上演芸術にまで及んでいる。

「文明」の規定は、前章であつかった「オランダ紀行」のなかに存在したことはすでに述べた。そこでの司馬は、低地国オランダに生きる人々のもつ人造国土に対する公共感覚の高さを――アムステルダム日本人学校の借地料の安さに感嘆しながら――「それが文明というものだろう」と声高に称賛していた。

誰もがアクセスしやすいこと、誰もが快適に過ごせること、これらが文明の指標とされた。司馬の考えを要約すれば、〈文明とは、市民（あるいは国民）に対する公益性と利便性の確保である〉とでもなろうか。オランダ人のもとにある高度に公共的な国土観に接し、深く文明について内省する作家の心中には、当時の日本で破裂寸前にまで膨らんでいたバブル経済への警鐘を鳴らさねば、との思いもあった。より具体的にいえば、投機目的での強欲かつ強引な土地の取得、それと連動した地価の異常高騰など、同時代日本の土地問題に対する痛烈な批判が、このオランダ紀行の背後には潜んでいたのである。

「カルチャレス・カルチャー」のアメリカ再考――ミュージアム論より

そもそも論から入りたい。「アメリカ文明」という言いまわしは、そもそも、どこまで妥当なのか。古代の世界四大文明と同等の意味で、その勃興と影響を及ぼした圏域を特定しうるだろうか。もちろん、ここでは、司馬自身の定義を要約した指標〈文明とは、市民（あるいは国民）に対する公益性と利便性の確保である〉にもとづき、この問題を考えてみたい。civilization すなわち、「文明化＝市民化」の度合いとしては、アメリカ合衆国が、一九世紀から二〇世紀にかけ、世界でも主導的な国家モデルを提供していたことは、その地球規模での政治力・経済力・軍事力の拡大も含め、やはり否定しがたい事実であろう。

数十年前から、ヨーロッパの伝統ある旧諸国に比べての、「カルチャレス・カルチャー（文化＝教養なき文化）」というレッテル貼りが、合衆国には存在していた。それは、たとえば、この国のミュージアムのあり方をみれば一目瞭然であろう（以下、アメリカ文明にかんする議論は、桑島秀樹『崇高の美学』(3)を参照）。

まず過去の遺物へのこだわりとその取りあつかいはどうか。アメリカ建国の歴史は――先住民ネイティヴ・アメリカンの文化的厚みを考慮に入れなければ――たかだか三〇〇年弱のものである。歴史＝過去のミュージアムを構想するとすれば、けっきょく人類史をはるかに遡り、太古の化石年代にまで遡ってしまう。だから、合衆国では、アメリカ自然史博物館のような「恐竜のミュージアム」がその重要な位置を占めることになる。

その逆に、未来への志向はどうか。このばあい科学技術系のミュージアムを考えればよい。新大陸アメリカへの初期の入植者たちには、西部開拓というフロンティア・スピリッツがあった。しかし、この「ゴー・ウェスト（西部へ進め！）」精神は、西海岸カリフォルニアに達して終焉を迎える。そうして、次なる開拓のベクトルを、空へ、さらに宇宙へと上方に拡大していく。アメリカが、軍事技術の開発との結びつきのもと、特に二〇世紀以降、わけても第二次世界大戦後の米ソ対立の冷戦構造を背景として、航空宇宙開発に力を入れていったのは紛れもない事実だろう。スミソニアン博物館こそ、まさにそのエッセンスの詰まった「未来のミュージアム」なのだ。

このように、いわば大地に根ざした人類史をびゅんと飛び越え、「過去」と「未来」の極点探訪に自己のアイデンティティを見いだしたのが、まさしくアメリカ合衆国であった。二〇世紀のアメリカ美術の一大潮流である抽象表現主義（アブストラクト・エクスプレッショニズム、第二次世界大戦後の一九四〇年代より興隆）に与《くみ》した作家たち――たとえばアクション・ペインティングの画家ジャクソン・ポロック

（一九一二～五六年）やカラーフィールド・ペインティングの画家バーネット・ニューマン（一九〇五～七〇年）など――が、ヨーロッパ絵画の伝統にではなく、むしろネイティヴ・アメリカンの造形伝統（たとえば砂絵）との精神的な連続性を強調する作品を生み出していく。こうした態度は、「カルチャレスネス（文化＝教養なきこと）」というアメリカに押された烙印に対するひとつの応答の試みだったと解することもできる。

アメリカ文明の神殿――ブルックリン橋

いずれにせよ司馬は、その紀行のなか、アメリカ合衆国という移民国家が必然的に内包していた文明の資質のみを拾いあげ、それらを手際よくあぶりだしていった。

「ニューヨーク散歩」で、まさに「アメリカ文明」という語をもちいて、司馬が象徴的に語る場面をまず引いてみよう。以下は、すべてマンハッタン島とブルックリン地区とをむすぶブルックリン橋（一八八三年五月開通、全長約一八二五メートル、高さ約四一メートル）を讃えた言葉である。

マンハッタン島からブルックリン区へゆくには、いくつかの橋がある。

そのうちの、最古かつ矍鑠《かくしゃく》としてなお現役であるのが、ブルックリン橋である。できあがったころは、「世界七不思議の八番目」といわれた。

アメリカ文明勃興の記念碑としてのブルックリン橋（Shutterstock より）

十九世紀のアメリカ文明の勃興を示す記念碑といっていい。
（「ニューヨーク散歩」、三二一～三二三頁）

あるいは別の箇所では、映画『ソフィーの選択』（アラン・J・パクラ監督、米、一九八二年）における
ブルックリン橋の描き方を「圧巻だった」と評しながら次のようにもいう。

深夜のブルックリン橋のシーンが、圧巻だったのをおぼえている。
画面では、登場人物の三人が、二つのアーチ門から橋上にあらわれたとき、無数の鋼線がかがやいて、かれらが橋ではなく前衛的な建築様式の大聖堂《カテドラル》に入ってきたのではないかと私に錯覚させた。……
（同書、四四～四六頁）

この物語の語り手の「僕」スティンゴは、南部出身の出版社勤務の若者で、ブルックリン地区にある下宿上階に住むポーランド系美女ソフィーに想いを寄せている。しかし、ソフィーは、「知性のかたまり」そのものであるユダヤ人青年ネイサンと同棲している。彼ら三人は、ある日の深夜、ブルックリン橋にシャンパングラスを片手に集う。スティンゴの才能を祝福するためだ。「聖書のように言語《ロゴス》にみちている」「聖壇にのぼった古代の司祭」のごときネイサンは、スティンゴへ、否、むしろブルックリン橋そのものへ、讃美の言葉を贈る。

「この橋に、アメリカを語る多くの偉大な作家が立った」

と言い、それらの古典のなかの作家たちを〝アメリカの神々〟としてたたえ、ひるがえって、この橋は神殿である、という。そこで、私どもはこの橋が光の聖堂のように撮られていた意味を理解する。ネイサンのイメージは、ギリシャ・ローマの神々と、アメリカの現代文明がかさねられている。アメリカ文明の神殿《パンテオン》こそこの橋だ、という。

「その神々の神殿に、いまスティンゴが加わる」（同書、四六頁）

鋼鉄製のワイヤーロープを使用した、マンハッタン最古の巨大吊橋（正確には吊橋と斜張橋の併用）であるブルックリン橋について、作家は、映画のワンシーンを思い出しながら、かくも華麗に描くのであった。この橋は、世界一のビジネス街、大廈高楼《たいかこうろう》ひしめくマンハッタンと移民居住の下町ブルックリンをつなぐ大動脈だ。司馬は、『ソフィーの選択』を鋭く読み解くことで、この橋の放《はな》つ崇高なる聖性をはっきりと認識したといえよう。

なお、筆者は、このブルックリン橋のもつ聖性にかんして――本書第二章でも言及した――現代ニューヨークを舞台とする人気ドラマの映画版『セックス・アンド・ザ・シティ』（映画版は二〇〇八年、ドラマ版総指揮のマイケル・パトリック・キングが監督）のひとコマからも、それを感得できると思っている。四人の女性主人公のひとり――主役のキャリー・ブラッドショウの親友――ハーヴァード・ロースクール卒業で長身痩軀のシニカルな弁護士ミランダ・ホッブズにまつわるエピソードだ。こちらは、映画の副筋になっている。

現実的な選択として、敏腕弁護士のミランダとバーテンダーの夫スティーヴ・ブレディは、五歳のひとり息子とともに、ブルックリン地区の集合住宅で暮らしていた。夫のスティーヴは、高学歴でキャリアウーマンのミランダとはやや不釣合いな眼鏡の小男だが、家族思いで気のよい好人物。なお、HBOテレビドラマ版（映画版以前の連続ドラマシリーズ）におけるスティーヴの人物造形は、宗旨がカトリックで、いとこにパトリック名の人物（息子の名付け親）がいることから、アイルランド人移民の家系と推測できる。なにより、「ブレディ（Brady）」という姓は、アイリッシュに多い。

ミランダのワーカホリックさやスティーヴの母親のアルツハイマー病発症のせいで、夫婦仲がぎくしゃくするなか、突然のスティーヴからの浮気——一度だけの過ち——の告白。ミランダはそれを許すことができず、息子を連れ、ブルックリンの向かい側、やはり貧しい移民の街ロウアー・イースト・サイド（マンハッタンの一部）へと転居してしまう。

映画版ではあくまで副筋なので、この夫婦の心の変化だけを追うことは難しいが、けっきょくミランダは、自己の態度を反省したうえで再出発を誓うことになる。

そう、そのミランダとスティーヴが、復縁を期して待ち合わせに指定した場所が、まさしくこのブルックリン橋のど真ん中であった。この橋の中心で、きらめく光のなか、二人はふたたび熱く、そして強く抱擁を重ねる。この橋は民族・階層の象徴的なインターフェイスであり、それら異質なものの融合する聖なるトポス。まさにここはアメリカ的なるものが祀《まつ》られた——司馬もいう——「神殿」なのだ。

なお、司馬も注目するように、このブルックリン橋を設計したのは、ジョン・A・ローブリング（一八〇六～六九年、ベルリン王立高等理工科学校・橋梁工学出身）だった。じっさいには橋の施工・完成は息子の手に委ねられたのだが、このローブリングもまた、新大陸へ農場経営の夢をもとめてやってきたドイツ系移民の技術者だったのである。ジョンの妻も含め彼ら親子の物語は、イラスト入りの子ども向け読み物（マンガ版もある）として流布し、いまでも合衆国建国史の一部として語り継がれている。[4] 彼らローブリング一家は、移民出身の「アメリカ市民」だ。そのアメリカ市民が良質の鋼線を幾重にも束ねた鋼鉄製ワイヤーロープ[5]を考案し、マンハッタンとブルックリン間の架橋という偉業を成し遂げたのである。彼ら一家は、いわばアメリカ文明の伝説の神々となったのだ。ローブリング以来の鋼鉄製ワイヤーロープの発明がなければ、二〇世紀に日本が世界に誇った、瀬戸大橋（一九八八年開通）に象徴される高度な橋梁技術も生まれなかったと言ってもよい。

アメリカ文明の美学としての「アメリカ的崇高」

アメリカ文明の象徴ないし神殿として、ブルックリン橋の名前が挙げられた。「文化＝教養なき文化」と揶揄されてきたアメリカ合衆国が、一九世紀末〜二〇世紀にかけての世界的覇権の伸長にともない、その独自の――自己肯定的な――「美学」を説きはじめるのは自然の理であろう。否、二〇世紀後半に至り、あえてそうせねばならない切迫感がこの時代の合衆国を支配していた、といったほうが的確かもしれない。

いずれにせよ、彼らが採用したのは、「崇高（サブライム）」という美的範疇であった。わけても、一九九〇年代にデイヴィッド・E・ナイが上梓した書物『アメリカ流の科学技術的崇高』[6]は、その象徴的な宣言だった。この「アメリカン・サブライム（アメリカ的崇高）」こそ、欧州文明の大いなる源流としてのギリシャ＝ローマ文明に認められる「美」とは別種の美しさであり、アメリカ文明固有のアーティフィシャルな価値を是認し、それを対外的にアピールするのに最適の概念だった。

まさしくブルックリン橋は――ナイ自身はサンフランシスコのゴールデンゲートブリッジ（一九三七年に開通、全長約二七三〇メートル）の事例を挙げるのだが――このアメリカ的崇高が極まった「科学技術的崇高（テクノロジカル・サブライム）」の芽生え期の事例にあたる。だが、これ以前に、アメリカ的崇高には幾つかの発展段階があった。(7)

司馬自身は、おそらくこの「アメリカ的崇高」という概念には気づいていなかった。それでもなお、彼が「ニューヨーク散歩」でつむぐエピソードの端々には、この概念と深く切り結ぶいくつかの記述を認めることができる。以下では、「ニューヨーク散歩」のなかに散見されるアメリカ的崇高の風景を幾つか切り出し、その痕跡を合衆国の史的展開の一筋の糸として描き出してみよう。これによって、アメリカ文明の美学が、換言すれば、当代アメリカのパラダイムをなす芸術性のかたちが、かなりくっきりと浮かびあがってくるにちがいない。

第一次アメリカ的崇高――ハドソン・リヴァー派の描く自然風景

司馬は、第一回のアメリカ滞在時（一九八五年）に訪れた友人宅からみたハドソン川の風景を印象深く思い起こす。マンハッタン島郊外に住む友人ポール・アンドラ（一九九二年にはコロンビア大学ドナルド・キーン日本文化センター三代目所長）の高層アパートを訪問した際、大きく西に開いた窓から眺められた、高層ビル群とは対照的な、対岸の荒々しくも美しい黄昏時の河畔風景に息をのんだ、という。そこで彼がはたと気づいたのは、岩盤島たるマンハッタンの脇を流れるこの川が、はるかカナダ・モントリオールに端を発する、という事実だった。このとき、司馬の脳裏に想起されたのが、ハドソン・リヴァー派の画家たちが描く野趣に富む自然風景画であった。

ハドソン川が、これほど美しい川だったということに、はじめて気づいた。たしかな岩盤でできあがったマンハッタン島には、大廈高楼《たいかこうろう》がひしめいている。

しかしその対岸は、アンドラ家の窓によって切りとられたかぎりにおいては、太古そのままの自然なのである。この川は、遠くカナダのモントリオールまでさかのぼることができる。十九世紀前半のアメリカの画壇に〝ハドソンリバー派〟というのがあり、画家たちはこの川をさかのぼって自然を精密にえがくことで神に近づこうとした〔なお、司馬が、この記述の後すぐに書き添えるように、アンドラ邸対岸の「自然」はじつは公園だったことを後に知る。が、しかし、この勘違いが、司馬の風景を読む眼の正確さを傷つけはしないだろう〕。

（同書、一三二頁）

ハドソン・リヴァー派とは、アメリカ合衆国草創期のかの地の風景画家集団を指す(8)。トマス・コール（一八〇一〜四八年、英国ランカシャー州生まれ、一八一九年に家族とアメリカ合衆国に移住。フィラデルフィア・アカデミーに学ぶ）を創始者とする。彼ら一派は、その出自をみても、多くは一八世紀的ヨーロッパ、特

ハドソン・リヴァー派の代表画家 Th・コールによる《カーターズキルの滝》1826 年、ワズワース・アテネウム美術館（B. B. Millhouse, *American Wilderness*, Black Dome Press, 2007, p. 9）

にイギリス出身の自然風景画家であり、ヨーロッパでは望むべくもない壮大かつ野趣に富む荒々しい新大陸の大景観に接することで、その神々しいまでの大自然を描いたものであった。やや先んずる一九世紀イギリスの風景画家でいえば、J・M・W・ターナー（一七七五〜一八五一年）やジョン・マーティン（一七八九〜一八五四年）といった、いわゆるロマン主義の画家の系譜に連なる者たちといってよかろう。

美学あるいは芸術理論の歴史からいえば、一八世紀半ばに、近代崇高美学の祖でアイルランド出身のエドマンド・バークが、その『崇高と美の観念をめぐる哲学的探究』で、「美」と対置される美的範疇として、はじめて哲学的に「崇高（サブライム）」を規定したのだった。このバークの崇高を援用するかたちで、一八世紀後半から一九世紀にかけてのイギリスでは、大自然の景観を、崇高概念をもちいて解釈するのが一般化していく。したがって、ここでのハドソン・リヴァー派の絵画主題は、こうした一八世紀ヨーロッパ的な「崇高」風景を追求・継承したアメリカ拡大版とみてよいだろう。

彼ら最初期のアメリカの風景画家たちが発見し、その絵画の主題とした驚愕すべき野生の自然こそ、「第一次アメリカ的崇高」のモチーフだったといえよう（ただし、じっさいには元来ネイティヴ・アメリカンの聖地だった場所も、ここに含まれたことは付言しておきたい）。ハドソン・リヴァー派の画家の身体には、いまだヨーロッパの血が濃く流れていた。

第二次アメリカ的崇高──「テクノロジカル・サブライム」の創出

第一次アメリカ的崇高の段階は、このように、いまだヨーロッパの伝統に与する崇高だった。そこで次に、「第二次アメリカ的崇高」のことを考えよう。この第二の段階に、まさしくブルックリン橋が含まれてくる。先に見たとおり、司馬にとってのブルックリン橋は、アメリカ文明の象徴であり、「神殿」だった。映画『ソフィーの選択』では、ブルックリン橋を包むまばゆいばかりの煌めきが、作家に強い印象を残した。

移民たちからなるアメリカ市民が作りあげた巨大な人工構築物のうちに、この国家に充溢するエネルギーの絶対的な強度を看取したとき、デイヴィッド・E・ナイのいう「アメリカ流のテクノロジカル・サブライム（科学技術的崇高）」がそこに現出するのである。この American Technological Sublime という命名こそ、一九世紀後半～二〇世紀におけるアメリカ合衆国の世界的プレゼンスを特徴づける――まさしく自己称揚的に採用された――感性的価値づけの最たる身ぶりだった。

司馬は、「ニューヨーク散歩」のなか、おそらく無意識的にではあるが、この第二次アメリカ的崇高すなわち科学技術的崇高の系譜に、ひじょうに「アメリカらしい」芸術ジャンルをさらにくわえることを忘れなかった。彼が――（何度もいうが）アメリカ的崇高という概念を知らずに――持ちだしたのは、女流写真家マーガレット・バーク＝ホワイトのことだった（「ニューヨーク散歩」、五一～五五頁）。

司馬、すなわちニューヨークを闊歩する感性の旅人は、その胸のうちでは、いまだブルックリン橋のうえに佇んでいて、次のように語るのだった。

写真のことを考えている。

というよりも、女流写真家マーガレット・バーク＝ホワイト（一九〇四～七一年）が、ある時代のアメリカの象徴のようにおもわれてならない。

彼女は、機械文明の申し子といってよかった。げんに、機械好きの父親から多くの影響をうけた。

（同書、五一頁）

さらに、以下のように続く。

一九二〇年代に、アメリカの機械文明は第一期の頂点に達しようとしていた。当時、学生たちがよく読んでいて、マーガレット・バーク＝ホワイトにもつよい影響をあたえた書に、ヘンリー・アダムズの『ヘンリー・アダムズの教育』という本があった。そこに、アメリカ文明について、「初期キリスト教徒が十字架に対して感じたのと同じような精神的な力を四〇フィートの発電機に感じはじめた」という表現がある。

マーガレット・バーク＝ホワイトは、これを写真で表現した。ナイヤガラ瀑布の発電所の発電機を撮ってユージン・オニールの舞台装置をかざり、評判になった。一九二八年のことである。

彼女は、鉄が太陽のようなあかるさで熔《と》ける製鉄所も撮った。火花に負けないように十二発の照明弾をつかったというのが、ミソであった。

（同書、五二～五三頁）

アメリカ文明、ことに二〇世紀後半以降のそれは、機械の発達ばかりでなく、まさしく「映像」と

マーガレット・バーク＝ホワイト《200トンのレイドル（取鍋《とりべ》）、オーティス製鉄会社》1929年（Susan Goldman Rubin, *Margaret Bourke-White: Her Pictures Were Her Life*, Harry N. Abrams. Inc., 1999, p. 31）

O・グローブナー《クライスラー・ビル上のM・バーク＝ホワイト》1935年（Susan Goldman Rubin, *Margaret Bourke-White: Her Pictures Were Her Life*, Harry N. Abrams. Inc., 1999, p. 40）

「女性」の躍進に特徴づけられる、といってよい。

司馬はまず、こう指摘する。マーガレット・バーク＝ホワイトという女性は、コロンビア大学やコーネル大学などアメリカの伝統校で、写真作品を小論文代わりに提出して授業単位を取った最初期の世代に当たるのだ、と。時代は、否、むしろアメリカ文明は、といったほうがよいかもしれないが、「写真」に学術的価値を認めるところまで来ていたのである。なお、筆者からすると、彼女の名前は一八世紀の崇高美学者と同じく「バーク（Bourke/Burke と綴る）」というアイルランド西部コナハト地方に由来するアイリッシュ固有の姓が入るのがおもしろい（母親がアイリッシュ・カトリック。父親は「正統派（オーソドックス）のユダヤ系」であった(9)）。

そして、この女流写真家は、ナイヤガラ瀑布の発電機、高層ビル群の都市景観、製鉄所の飛び散る鋼鉄を撮って一世を風靡《ふうび》した――なお、彼女が建設中の高層建築クライスラー・ビルの高みから突き出たガーゴイル（怪物を象った装飾物で多くは雨樋の排出口となる）に乗り、眼下にひろがるニューヨークのビル街を撮っている写真は有名だろう。

彼女の撮る写真、そして彼女その人も――工場やビル群だけでなく戦闘機などの戦争関連物の報道にもかかわっていたため――『ライフ』誌などを通じて一躍有名になった。機械文明の肯定、映像芸術の肯定、そして女性の社会進出の肯定など、二〇世紀そのものを雄弁に語る象徴的存在だったからだ。ただし、急いで付けくわえておけば、後半生のバーク＝ホワイトは、アメリカ社会の先端的動向を追うことに疲れたのか、機械文明にたいする嫌悪を露わにし、一転してインドやパキスタンへと赴き、機械文明とは対照的な人々と風景にカメラを向けることになったのだった。

まとめよう。このように、司馬の「ニューヨーク散歩」を詳しくひも解けば、まずハドソン・リヴァー派の絵画に認められる第一次アメリカ的崇高への言及、さらにまた、ブルックリン橋やマーガレット・バーク＝ホワイトの写真など第二次アメリカ的崇高への接近といった事実が確認できるだろう。司馬の文章には、アメリカ文明の美学への、ないしは、アメリカ固有の芸術的パラダイムへの明確な論及は見当たらない。しかし、あきらかに司馬は、「アメリカの世紀」たる二〇世紀に向かって、その覇権を飛躍的に拡大していった一九世紀後半のアメリカ合衆国に端を発する芸術・技術・産業の存在には気づいていたろう。移民たちの集まった人工国家たる合衆国は、科学技術（テクノロジー）の進展を下支えに、自国を強化そして美化していった。

こうしたアメリカ文明の姿を彩ったものこそ、高層ビルや発電所ダムそして製鉄所などの巨大構築物の風景である。そして、それをきわめて手際よく捉えたのが、写真や映画など新たなテクノロジーに支えられた芸術であった。その風景のなかに、多様な民族的・人種的な起源をもつアメリカ市民が躍動している。アメリカ市民とは、もとはといえば世界各国からの民族的多様性をもつ移民の集まりであり、そこにはむろん多くの女性も含まれている。じつは本来的には——WASP《ワスプ》のようなエリートでなく——これらマイノリティこそ、アメリカ市民の礎だったのだ。司馬のアメリカ紀行は、こうしたマイノリティを訪ね歩く旅であったともいえよう。

ちなみに、「ニューヨーク散歩」での司馬による言及はないが、ブルックリン橋の架橋からマーガレット・バーク＝ホワイトの活躍までの時代、アメリカ西海岸カリフォルニア州ハリウッドでは映画産業が勃興し、おおいに発展する（たとえば、一九〇八年、特許管理会社モーション・ピクチャー・パテンツ・カンパニーの設立。一九一一年、ネストール社による最初の撮影スタジオの建設など）。そうして、二〇世紀半ばの一九五五年には、同じカリフォルニアのアナハイムに、ディズニーランド（ウォルト・ディズニー・カンパニー運営）も開園する。バーク＝ホワイトの写真だけでなく、映画や巨大遊園地などの娯楽産業もまた、「アメリカ流の科学技術的崇高」のヴァリアント（変種）と見ることもできよう。

なお、余談ながら、第二次アメリカ的崇高（＝科学技術的崇高）の、さらに次なる段階の話まで簡単にしておこう。残念ながら、司馬はこの新局面を論じる時代まで筆を揮《ふる》うことは叶わなかったけれど。二〇世紀以降のアメリカの巨大マーケットを考慮したとき、大量生産・大量消費の社会が生まれた。こうした事態を、西海岸文化を象徴する土地の名前を冠して、「カリフォルニアン・サブライム」と呼ぶことがある。また、コンピュータの高性能化が生んだ電脳空間《サイバースペース》――カリフォルニアにはシリコン・バレーも！――のなかの無限宇宙的な仮想世界を、「デジタル・サブライム」と呼ぶこともある。いずれにしても、第二次アメリカ的崇高たる科学技術的崇高から派生的に発達した、いっそう現代的な――近未来的ですらある――アメリカ的崇高のあり方を、ここに見てとることができよう（なお、筆者は、ＡＩすなわち人工知能のもたらすシンギュラリティ（技術的特異点）――コンピュータの知能が全人類の知の総和を超える世界が到来する時点――の問題も科学技術的崇高という概念をもちいて読解できる、と思っている）(10)。

司馬の知らない9・11後の世界——二〇世紀「アメリカの世紀」の功罪

司馬が『アメリカ素描』「ニューヨーク散歩」を書き継いだのは、二〇世紀の終盤だった。司馬は、彼独自の「文明」をめぐる解釈、〈文明とは、市民（あるいは国民）に対する公益性と利便性の確保である〉のもと、どこまでも多民族国家の濾過装置としてのアメリカ合衆国に好意的であった。良い面しか見なかった、と言ってよいくらいの肯定ぶりである。この肯定の身ぶりの背景には、市民の豊かさを担保する社会ないし国家のあり方の探究への強い関心が認められる。これは、前章であつかった「オランダ紀行」からの連続的関心でもあったろう。

「ニューヨーク散歩」の冒頭、タクシーに乗ってマンハッタンのビルの谷間をいく司馬は、この街を走るドライバーたちの「八百屋の店先のような」顔つきの多様さに、すなおに愉楽を覚えていた。この多様な市民の存在をアメリカらしいと捉え、愉しんでいたのだ。

アメリカ文明とは、司馬にとって、欧州の古い伝統社会に存在した階級性や身分制とは無縁の、完全なる市民とその自由を育む揺籃《ゆりかご》のように思えたのであろう。

そうした司馬の肯定感と裏腹なのが、科学技術的崇高（テクノロジカル・サブライム）である。合衆国は——ギリシャ＝ローマ文明の生んだ伝統的な「美」と区別される——アメリカ文明の絶対的肯定につながる新たな感性的価値を希求した。それが「崇高」であり、その究極の姿こそ、科学技術的崇高だった。人類史を超越する過去と現在へのまなざしの先鋭化、換言すれば、恐竜と宇宙へと向かうアメリカ的なミュージアムの展開もまた、こうしたアメリカ文明の感性と深く切り結んでいる。だから、第二次世界大戦後、抽象表現主義の絵画運動もまた、ヨーロッパ世界の伝統的な美術の流れにではなく、むしろそこからの自覚的かつ創造的な脱却ないし断絶をねらって、たとえばネイティヴ・アメリカンの芸術伝統への接ぎ木を試みたのであった。

司馬は、二〇〇一年九月一一日のニューヨーク同時多発テロを見ることはなかった（NHKスペシャル版「ニューヨーク散歩」のDVD映像も、西暦二〇〇〇年を祝うニューヨーク・タイムズスクエアの様子からはじまり、マンハッタンにはいまだ世界貿易センターのツインタワーの雄姿を捉えている）。貿易センタービルの瓦礫をまえに、「テロとの戦争」を強く説いた二世大統領、ジョージ・ブッシュ・ジュニア（在任期間二〇〇一～〇九年）。その後、アメリカ初の黒人系大統領、バラク・オバマ（在任期間二〇〇九～一七年）の登場。そして「アメリカ・ファースト（アメリカ第一主義）」を掲げて現れた現大統領、ドナルド・トランプ（在任期間二〇一七年～現在）と続いてきた。

「ヒストリカル・if」というのは、ときにナンセンスだ。しかし、もし司馬が今日まで生きながらえ、その鋭い眼光で二一世紀に入ってからのアメリカ合衆国の帰趨を注視したとすれば、彼はそこに何を読み、どんな知見を開示してくれるだろうか(11)。

二〇〇八年秋のリーマン・ショックによる経済的大打撃をみても、そこにはアメリカ文明衰退の影がちらつく。さまざまな民族の感性の「濾過装置」たるアメリカ合衆国は、すでにその耐用年数を迎えてしまったのだろうか。ドナルド・トランプを支持し、移民排除に賛同的な態度をしめす中・下層の白人労働者たちの風景の前景化は、かつて国家の大義だった濾過機能の低下と照応するのか。合衆国的な自由のブレーキなき暴走が〈強いものはより強く、弱いものはより弱く〉という社会傾向を生み、上下格差を増大させた。移民の集う実験場たるアメリカ合衆国は、司馬が肯定的に描いたような市民と文明のモデルを反故《ほご》にするところまで、すでに制度疲労を起こしているのだろうか。

*

ここまで、アイルランド、オランダ、そしてアメリカと辿ってきた。本書の欧米篇も、ここでひとまずの締めくくりとなる。

司馬が肯定的に捉えた市民と文明とは、一七世紀オランダの商人的市民社会が「ビジネス文明」を発明したことと深くかかわっていた。マックス・ヴェーバーに言わせれば、それはプロテスタンティズムの倫理観に根ざし、資本主義をみちびく論理と一致している。アメリカ合衆国という大実験場は、諸民族にみられる多様な感性の濾過装置であり、市民的な自由をまさしく具現化した国家だったといえよう。

しかしよく考えれば、そのビジネス志向に基づき市民的自由を謳《うた》う文明のあり方そのものが、逆説的に、その内的必然として、文明の凋落《ちょうらく》・腐敗をはじめから胚胎《はいたい》していたのではないか。一七世紀オランダの「ビジネス文明」から二〇世紀の「アメリカ文明」までを貫く、ビジネスと科学技術に特徴づけられた文明のあり方こそ、今まさに深く再考すべきものなのかもしれない。

そう考えたとき、ローマ帝国の文化にも染まらず、近代においても大英帝国とも——従属を強いられながらも――一線を画してきたアイリッシュ・ケルト固有の、文明というよりも文化形態のうちに、より正確には、その文化気質としての「感性文化のかたち」に目を向けることで、なにかひとつの未来を開く思考／技法のカギの模索をおこなうべきではないか、と筆者は考えている（これは、「極西の島国」アイルランドの正反対に位置する「極東の島国」日本にとって、とりわけ当てはまる地政学的見地からの希望的見解でもある）。もちろん、ここでの感性文化のかたちは、司馬がオランダ、アメリカ両紀行を通じて縷々説《るる》明してきた文明観と一致するものではないだろう。それは、〈文明とは、市民（あるいは国民）に対する公益性と利便性の確保である〉という考えをみちびく一種の普遍志向とは一線を画しているからだ。

われわれは、ある特殊な地域とその土地の歴史に根ざす文化気質――たとえばアイリッシュ・ユーモアの典型たる「死んだ鍋《デッド・パン》」など――を真摯に分析し、その思考法を丹念に拾いあげるべきではないか。オランダ由来の「ビジネス思考」とは異なる、アイリッシュ・ケルト流の「アート思考」に秘められた超近代的な辺境的世界性・強靱な柔軟性・原初的未来性が、そこに、はっきりと浮かんでくるかもしれない（桑島秀樹『生と死のケルト美学――アイルランド映画に読むヨーロッパ文化の古層』[12]を参照）。

なお、司馬のアイルランド紀行であぶりだされた文化気質に類するものは、おそらく世界各地の辺境地域や古代世界の世界観のうちにも、アナロジカル（類比／相似的）に散見されると思われる。こうした世界各地の辺境固有の風景に埋もれた、ある意味非近代的で可塑的・創造的な感性文化のかたちを掘り起こし、その土地々々を点と点で結びなおすことで、そこに未来型の新たな思考法を再発見しようではないか。このような態度こそ、ビジネス文明の功罪を深く理解していた――しかし、二一世紀を知らずに逝った――偉大な歴史作家・司馬への真摯な応答となるのではないだろうか。

第二部

東アジア篇

——鉄・馬・古墳にみる文化往来の夢

第四章　半島と島の相互交流史——「湖西のみち」「韓のくに紀行」

華夷秩序のなかの半島と島の地政学

東アジア篇最初のこの第四章でスポットを当て、司馬遼太郎の感性を追おうとするのは、『街道をゆく』シリーズの外国紀行第一弾である「韓のくに紀行」だ。一九七〇年代初頭という取材時期の年代的制約から、旅の舞台は、朝鮮半島の南半分、大韓民国（韓国）に限られる。なお、本章では、この韓国への旅の前提として、朝鮮半島からの渡来人の痕跡を追う「湖西のみち」をまずひも解くことにしたい。司馬が半島への旅の助走としたのが、まさに近江・滋賀をあつかう「湖西のみち」であり、この近江への旅こそ『街道をゆく』の第一歩を刻むものだったからだ。

のちに綴られる『街道をゆく』シリーズに、広島の山間盆地（安芸・吉田と備後・三次）を旅した「芸備の道」（一九七二年六月取材。本書第五章を参照）がある。そこに記された朝鮮半島からの人とモノの伝播——司馬の言い方では「（日本海的な）出雲文化圏の南下」——は、まさに「湖西のみち」「韓のくに紀行」から地続きのものだ（なお、一九七五年一月取材の「砂鉄のみち」もここに連なる）。

司馬の記述にしたがって「半島」と「島」をめぐる歴史風景を見晴るかしたとき、近代国家がなんども強く引き、また引きなおした国境線はぼんやりと霞み、ある時にはすっかり霧消してしまう。そして、むしろそこにくっきりと現れ出てくるのは、文化移動ないし文化伝播の史的ダイナミズムだ。古来、朝鮮半島から島国日本へと文明も人々もやってきた。しかし逆に、島国から半島国へ、さらに大陸へと移住した人々もいた。ここにあるのは、東アジアにおける人とモノの相互往来という史的事実である。ぼんやりと引かれた境界線の周辺領域を、「あっちからこっちへ、こっちからあっちへ」と自由に相互往還するイメージこそ、司馬が東アジア文化圏を考えるときに大切にしたものだった。

司馬本人がその紀行のなかで言及するわけではないが、ここで、「華夷《かい》秩序」という文明の「中心」と「周縁」をめぐる地政学的意識のことを考えておこう。半島国朝鮮と島国日本の歴史的立ち位置を理解するのにひじょうに示唆的だ。華夷秩序とは、〈中原《ちゅうげん》こそ宗主国たる華（夏）の主座であって文明の中心。その周縁部に属国たる夷狄《いてき》の国々、すなわち蛮族の小国群が控えている〉といった序列的国家観のことである[1]。

この秩序ゆえ、大陸中国と地続きの朝鮮が宿命的に背負っている「半島の悲しみ」がある。半島という地理的条件は、さらにその先の海上にある辺境島国を睥睨《へいげい》する前線でもある。だから宿命的に、大陸と島のあいだのバッファ（緩衝地帯）たらざるを得ない。半島国たる朝鮮は、宿命的な悲しみを歴史上幾重にも引き受けてきた。

「日本人の祖形」を求めて――「北馬」の夢を紡ぐ

一九七一年五月、司馬は朝鮮半島に向けて出発した。いまだ軍事政権下の韓国への四日間の旅だった。『街道をゆく』という壮大な歴史紀行シリーズが、朝鮮をめぐる思索からはじめられたという事実は、司馬の根源的な執筆動機を知るうえできわめて重要であろう。「日本人の祖形」を求めてみたい。この衝動こそ、その後四半世紀におよぶ彼の世界巡礼を牽引していく、大きな原動力だった。

司馬は、母方の実家があったことから、最古の官道のひとつ、奈良（旧葛城《かつらぎ》国）の竹内《たけのうち》街道沿いで幼少期を送っている。そのいにしえの都の薫り漂う地でヤジリ探しに興じた少年・福田定一《ていいち》こそ、後の作家・司馬遼太郎だった。長じて、戦前には植民地での需要も高かったモンゴル語を専攻（旧大阪外国語学校蒙古語部、現大阪大学外国語学部）し、それこそ「南船北馬」、わけても「北馬」の系譜――大陸北方の騎馬民族（馬賊）の歴史――に想いを馳せていく。[2] なお、産経新聞大阪本社記者時代の作家デビュー作は、講談社の懸賞に応募した短編伝奇小説「ペルシャの幻術師」（一九五六年）である。この短編小説は、若き司馬のもとにあった想像力の華麗な煌めきに満ちている。時代と場所を縦横に切り結ぶ、まさに大陸を横断するシルクロードを意識させる広範な文化伝播のイメージが鮮烈に浮かびあがってくる。このデビュー作からしてすでに、東西文明交流への熱いまなざしに貫かれていたわけだ。

騎馬民族の大移動を念頭におくロマンティックな文明史観は、たしかに現在の言語学的、遺伝学的あるいは考古学的な知見に照らせば、おおいに修正を迫られるものだろう。しかし、この作家の「歴史的

＝文学的想像力」――普遍的真実をぎゅっと凝縮して過去の風景を生気ある姿で現前させる力――によってよみがえる色彩豊かな歴史風景は、そこに血が通っているぶんだけ、禁欲的に史料の字面だけを追うおカタい研究記録やガクジュツ論文にはない魅力を放っている。そこには、リアルな説得力と人間的真実に肉迫する力が漲っているからだ。

「湖西のみち」――「楽浪の志賀」に半島風景を読む

助走としての湖西への旅の支度は、朝鮮半島に向かって「海上の街道」をゆく半年前のことであった。作家はまず手始めに、半島から「近《ちか》つ淡海《あわうみ》」たる琵琶湖周辺へと移住した古代渡来人のことを考えた。そして、その後二五年におよぶ街道巡礼の最初の一文を、こうはじめている。

「近江」
というこのあわあわとした国名を口ずさむだけでも、私には詩がはじまっているほど、この国が好きである。……
（「湖西のみち」、九頁）

『街道をゆく』は、その出だしから、まさしく詩的に時空を旅する態度をもってはじめられていたのである。「気分だけはことさらにそのころの大和人の距離感覚を心象のなかに押しこんで、湖西の道を歩いてみたい」（同書、一〇頁）と綴るように、司馬はまず当時生きた人々の感覚を内面化することに努める。そのうえで、彼固有の「旅する感性」でフィールドを凝視し、その歴史風景のなかをそぞろ歩く。そして、次のように、この連載紀行の基調に据えるテーマを吐露するのであった。

……この連載は、道を歩きながらひょっとして日本人の祖形のようなものが嗅《か》げるならばというかぼそい期待をもちながら歩いている。（同書、一二三頁）

「日本人の祖形（のようなもの）」を、現場に立って、そこにある土の匂いとともに嗅ぎとることこそ、司馬にとって重要な仕事なのだ。だから、「朝鮮渡来文化が地下にねむる上」を、いま（車で）走っている、と司馬は続ける。なお、作家はすでに別のところで、周到にも次のように述べていた。

……われわれには可視的な過去がある。それを遺跡によって、見ることができる。となれば日本人の血液のなかの有力な部分が朝鮮半島を南下して大量に滴《したた》り落ちてきたことはまぎれもないことである。その証拠は、この湖西を走る車の窓のそとをみよ。無数に存在しているではないか。（同書、一一〇頁）

琵琶湖の湖南地方は、かつて「楽浪《さざなみ》の志賀」と呼ばれていた。それに触発され、彼の感性ないしは一種の地名的想像力が駆動し、この地で半島風景の痕跡を探しはじめる。おそらく、柿本人麻呂による「近江荒都歌」の有名な反歌「楽浪《ささなみ》の　志賀の辛崎《からさき》　幸《さき》くあれど　大宮人の船待ちかねつ」（『万葉集』巻一―三一）も念頭におかれている。「志賀の辛崎（辛前／韓崎）」とは、現在の大津・唐崎周辺に比定される地

現在でも使われている北小松集落の「カワト／カバタ」、琵琶湖から稚アユも群れでのぼるらしい

だ。

司馬の取材コースは、粉雪の舞うなか、湖南の大津から琵琶湖西岸沿いを北上する道をとる。道すがら、まず湖西の小漁村「北小松」の風景に眼を留める。作家はここで、石組みの巧みさに注目する。船着場の波防ぎ、生活用水の暗渠（土地の言葉で「ショウズヌキ」。ただし、二〇一九年一一月の筆者による現地調査によれば、湖西では「カワト／カバタ」というほうが正確）、さらに古墳の巨石玄室などなど。これらに認められる高度な石組み技術は、まさしく半島からの渡来系集団の土木技術[3]が伝承されたものではないか、と。ここで、琵琶湖西岸には千基もの六世紀後半の古墳が存在するという事実への言及が続く。司馬いわく、だから湖西に残るすぐれた石組みの景観は、朝鮮半島由来の渡来人たちが伝えた先進文化の名残りなのだ、と。

地名の響きからの朝鮮憧憬——湖西から韓のくにへ

さらに、北小松の北辺、「高島」の地に鎮座する近江最古の神社・白鬚《しらひげ》神社——現在は猿田彦《さるたひこ》を祀る

――をめぐり、彼固有の歴史的想像力を飛翔させる。この神社に冠された「白鬚」とは、ほんらい朝鮮半島の南東部に展開した「新羅《しらぎ》」の謂いではないか、と。このような解釈は特異な一学説にすぎないとしながら、「それがたとえ奇説であるにせよ、近江という上代民族の一大文明世界の風景が、虹のようなきらびやかさをもって幻想されるのである」（同書、一八頁）といった具合に、過去の歴史風景を眼前に鮮やかに現出させるごとく、まことに堂々と述べるのである。

「湖西のみち」を綴る司馬は、地名など現場に伝わる固有名詞のはらむ音の響きに、わずかに残された過去の痕跡を鋭く嗅ぎとろうとする。そうして、そこから詩的過去の面貌を鮮やかに紡ぎだすわけだ。仮にそれが幻想であっても、過去の時空の普遍的真実がリアルに受肉する瞬間だ。「湖西のみち」では、こうした地名のもつ音の響きから着想された独自の史的連関の指摘が各所に散りばめられている。たとえば、北小松の古い漁港も、山口・周防大島の小松港と同じく、もともと「高麗津《こまつ》」だったのではないか、といった具合にである。比良山麓の北小松を歩く司馬が、この地を、ほとんど粉雪が舞う「北国（に近い風土）」だと述べるのは、眼前の風景に、近江八景の「比良暮雪《ひらのぼせつ》」という文学的レトリックを重ねるためかとも思われる。こうした地名的想像力を駆使した司馬の考察法は、オリジナリティあふれる詩的類推法と呼べ、『街道をゆく』シリーズ――わけても日本を含む東アジアの各地をあつかった初期著作群――におけるひとつの大きな特徴となっている。(4)

まとめよう。けっきょく司馬は、『街道をゆく』シリーズのはじめから、古代の琵琶湖沿岸に住まった朝鮮半島由来の人々を――ある種詩的に――ひとつの「日本人の祖形」として描き出そうとした、と

上：琵琶湖に浮かぶ白鬚神社の大鳥居／下：白鬚神社の背面山際に鎮座する岩戸社、社殿が古墳の横穴式石室の開口部に設えられている

いうことだろう。こうしたある種の朝鮮幻想に彩られた「湖西のみち」への旅を踏切板として、さらに日本人あるいは日本文化の祖形を求め、「韓のくに紀行」の旅へと出帆したのである。

司馬はいう。古来、半島の人々は冬に日本にやってきた、と。渡来人たちは、その先進的知識と技術を携え、北風に押されて、船で日本海を南下したのだ、と。しかし、作家による「韓のくに紀行」は、逆に、初夏の南風に乗って北の半島国へと歴史を過去に遡る旅だった。この半島への旅こそ、「海上の街道」をいくことで――やがて現代日本社会を反省する思考へとブーメランのごとく戻ってくる――超時空的な歴史風景をめぐるグレートジャーニーのはじまりだった。

新羅王陵の夢に酔う――七人の老翁と日本の上代文化

いよいよ「韓のくに紀行」の旅に肉迫することにしたい。

まずは「韓のくに紀行」における新羅《しらぎ／シルラ》の旧都・慶州《キョンジュ》への旅をみてみよう。王陵・掛陵《けりょう》で過ごした夕刻の出来事を描写する「七人の翁」と題された節からの引用である。まずは冒頭部分から。

「慶州ニ青山《せいざん》多シ」

と、むかし読んだなにかの文章をおもいだした。青山とは墳墓のこと。……松林はあくまでも「青山」のまわりにあって、不老の近衛兵のごとく青山を護衛し、あるいはときに風を呼んで宮廷の楽人のように松籟《しょうらい》を鳴らしつつ、青い軽羅《うすもの》をまとってゆたかにふくらんだ古代王たちの霊をなぐさめている。慶州の古

墳のうつくしさというのは、ちょっとくらべるものがない。（同書、一二〇頁）

作家はこの王陵にいたる道々の風景に、一種のデジャヴュ（既視感）を覚える。「このあたりの丘と野と林の風景は、ちょうど大和の帯解《おびとけ》の山村《やまむら》ノ里の茂みのなかから尼寺の円照寺へとわけ入ってゆく坂のあたりの景色にひどく似ている」（同書、一二二頁）と感ずる。彼のアナロジカルな想像力が現場で駆動しているわけだ。とうぜん彼は、書物知として、帯解の「山村ノ里」が『万葉集』に詠まれた土地で、『日本書紀』には欽明朝の百済人開拓村と記されていることも知っている。だから、「韓人というのは自分たちの陵墓や村をつくるときに、地相をえらぶ」（同書、一二二頁）とも言い添える。

そして、ついに掛陵へと至った際の感慨は、次のようなものとなる。「息をのむほどの美しさであった。こういう美しい王陵をもち、それを千年以上もまもりつづけてきたということだけでも、朝鮮民族というのはおそろしいばかりの深味を底に湛《たた》えている」（同書、一二二～一二三頁）、と。

次の場面、作家は、この美しい王陵を囲む老松の根方に、静かに「野遊び」に興じる「白い韓服を着た七人の老農夫」（同書、一二四頁）を発見する。老翁たちは、マッコリ（韓酒）をあおりながら、歌ったり踊ったりしている。このとき同行した詩人T氏が思わず漏らした、声をふるわせての感嘆の言も引かれている――「上代にまぎれこんだようですね」。

七人の翁たちは、司馬一行を、弾けるような笑顔で歓迎してくれたという。そして、日本と朝鮮のあいだの長い負の歴史を超越した彼らの歓待ぶりに、以下のような思いを抱く。「私はイルボン帝国の時代（軍国主義の戦前・戦中の日本による韓国併合期）よりも千年も前へ連れ去られてしまったようであり、筑紫《つくし》あたりから漂着してきた倭の漁師のような気分にさせられた」(同書、一二五頁)、と。司馬は、彼らとの宴での心地よいマッコリの酔いを思い出しながら、こう綴っている。「太古そのままの風丰《ふうぼう》をもち、松の根方で鼓腹撃壌《こふくげきじょう》」する彼ら七人の老翁こそ、「ほんものの人間」なのではないか。いっぽう、われわれ「イルボン・サラム(日本人)」は、「時というものに振りまわされている機械人形」なのではないか(同書、一二六〜一二七頁)、と。

「韓のくに紀行」の文体——フィクショナルな語りと作家のアイデンティティ

この「七人の翁」の節は、『街道をゆく』シリーズ初期の語り口を典型的にしめしている。文学的表現が前面に出ていて、小説仕立ての物語めいたところがある、といってもよい。ここに象徴される書きぶりは、半島と島をめぐる——ひいては東アジア篇全体をつらぬく——司馬の歴史的想像力が必然的に採用することになったものと言えるかもしれない。ただし、執筆時期が下るにつれ、たとえば本書前半であつかった欧米篇(アイルランド紀行、オランダ紀行、アメリカ紀行)を執筆する頃には——おそらくバブル崩壊を目前に控えた現代日本への痛烈な批判が主眼となってきたため——醒《さ》めた観察眼による客観的ディスクリプションのほうが前景化してくる。むろん手練手管の作家であった司馬の語り口は、シリーズを重ねるごとに磨きがかかる。しかしながらやはり、われわれは、時代が昭和を終え平成を迎える頃の書きぶりの変化に、もっと敏感になってもよいだろう——わけても、平成が終わり、令和という新時代を迎えた今日では。

ここで確認のため、急いで付けくわえておこう。『街道をゆく』の初期作品群――本書後半の東アジア篇であつかっている各紀行――の叙述がフィクショナルだというのは、そこに歴史的真実がないということではない。「韓のくに紀行」がフィクショナルな語りを採用しているからといって、そのことが歴史紀行としての瑕疵《かし》とはならない。そこにはむしろ、作家・司馬に特徴的な歴史叙述の文章スタイルが際立ったかたちで顕れており、それが作品のもつ大きな魅力となっているのだ。だから、シリーズ初期の韓国紀行での夢うつつの語り口は、「歴史作家」司馬の面目躍如といった感がある。

もうひとつ、フィクショナルな語り採用の裡に、われわれはむしろ司馬の胸に潜んでいた心の葛藤を考えねばなるまい。「韓のくに紀行」の冒頭、司馬は「私の韓国に対するイメージのある部分は、そのように多少お伽《とぎ》めかしい」（同書、九～一〇頁）と述べていた。『街道をゆく』シリーズのはじめに、彼が懸命に取り組もうとした東アジアをめぐる旅は、まさに小説家である司馬自身のアイデンティティと根源的にかかわる巡礼の旅であった。物語ることこそ、公的権威による書き換えをも拒む、個人レヴェルでの歴史記憶の普遍的受肉プロセスであったからだ。だからこそ、司馬のめぐった日本とアジアの各所は、『「お伽めかしい」表現でしか語りえない土地々々だったといえよう。

「七人の翁」の節にみられた色鮮やかなエピソードの数々は、「マッコリの酔い」のまどろみのなか、半島国の現在と島国の古代との境界を至極曖昧にするものだった。われわれはここで、古代ギリシャの哲学者アリストテレスが『詩学』第九章で説いた「詩（＝フィクション一般）」の規定を再度確認してもよい。アリストテレスいわく、詩とは、個別的事実の列挙・記録を旨とする「歴史」と区別されるものであり、そこには、凝縮されたかたちで、普遍的真実をしめす力が宿っているのだ、と。司馬の語り口は、まさにこうした普遍的な歴史風景のリアルな受肉と深くかかわるものなのである。

「倭」とはどこの地域か――半島と島の共通文化圏

司馬による朝鮮半島の旅は、北朝鮮一帯すなわち高句麗《こうくり》の版図を除く、南朝鮮の旧国旧都をめぐるものだった。まず、地理的に日本にいちばん近く、日本（当時は「倭」）の出先機関も置かれた半島の南部を占める加羅《から》ないしは伽耶《かや》。これは、現在の釜山《プサン》の西部一帯にあたる。つぎに、半島の東側に位置し、七世紀後半からは半島唯一の統一国家となった、旧都・慶州を擁する新羅。最後に、半島の西側にあって扶余《プヨ》などを首都としたものの、唐と結んだ新羅との戦い――白村江《はくそんこう／はくすきのえ》の戦い（六六三年）――における惨敗で国そのものの存亡は完全に絶たれ、日本（倭）へと王族を含む数万人の移民を余儀なくされた百済《くだら／ペクチェ》。これら古代朝鮮半島南部の国々の歴史風景こそ、この紀行の基調となっている。

もちろん紀行のなかでは、こうした古代国家の歴史的記憶のうえに、さらに後代に半島と島のあいだに生じた軋轢が複層的に折り重なる。たとえば、朝鮮で壬辰《じんしん》・丁酉《ていゆう》の倭乱として嫌悪される、豊臣秀吉による朝鮮出兵（文禄・慶長の役）（一五九二～九八年）の悪夢。また、大日本帝国による韓国併合（一九一〇～四五年）のもたらした植民地支配に対する深い怨恨。これら半島の民を襲った「負」の歴史記憶の古層を見逃すわけにいくまい。いまでも朝鮮において豊臣秀吉（あるいは加藤清正）や伊藤博文の名が、ある種の不快な響きをともなうゆえんである。だから、戦国期～近代における日本と朝鮮の微妙な力関係――島国の半島国への干渉や支配の諸相――にまつわる悲しみの記憶もまた、司馬の旅風景のあちこ

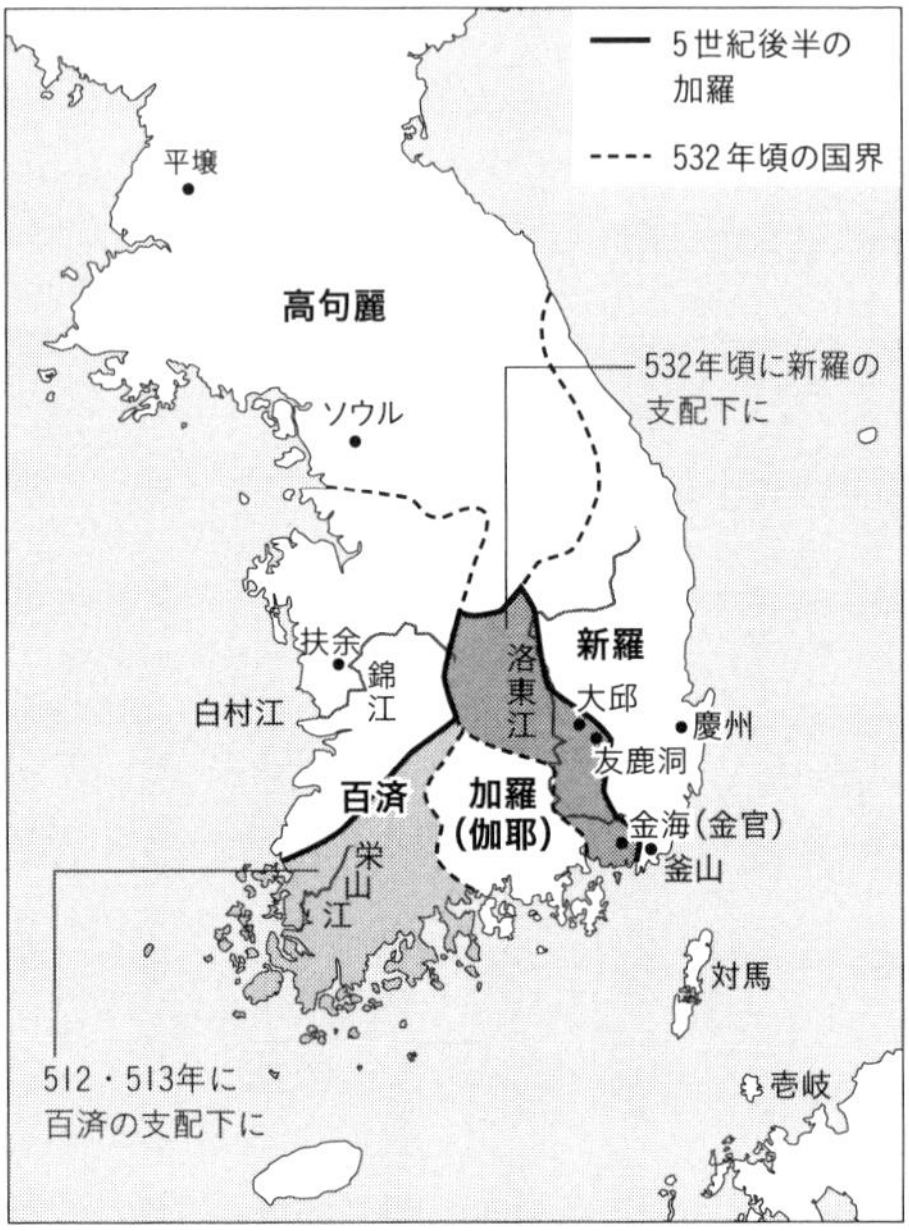

6世紀前半の朝鮮半島

ちで、ふっと顔を覗かせるのだった。

司馬の考える「倭」の内実はなにか。以下すこしく、豊臣秀吉や伊藤博文の名前と同様、ある面で半島民に忌まわしい響きをもって聞こえていた倭の範囲について考えておこう。

古代東アジア世界において「日本」を表す語としての「倭（朝鮮語では「ウェ」と発音）」は、中国の前漢代すなわち日本の弥生時代中期から、外部世界（主として華の国）で使われていた（ちなみに当地では、七世紀末の律令制施行にともない「日本」という公式国号が採用された）。司馬はいう、倭とは「チビ」を表す蔑称であった[5]、と。しかし、この倭人こそ、近代国民国家の引いた厳格なボーダーなどいとも簡単に飛び越え、半島南部と島のあいだの海域一帯をひろく活動領域ないしは生活圏とした人々ではなかったか。

島国における律令国家成立後も、「倭」の語は、中国・朝鮮の側から——ある種の蔑称の含みのもと——しばらくは使われた（「北虜南倭」という言い方もあった）。鎌倉幕府衰退後の南北朝〜室町期、一四

〜一六世紀の中国・朝鮮・日本の東シナ海・日本海沿岸部で暗躍した倭寇の「倭」もまたその一例である（教科書的には倭寇も前期倭寇と後期倭寇に区別される。田中健夫『倭寇――海の歴史』[6]を参照）。ここでの「倭寇」概念は、九州沿岸部を根城とした壱岐・松浦・対馬の土豪・商人・漁民など海賊的な私貿易民から、中国人（おもに福建・広東出身者）や朝鮮人（当時の統一高麗国の武装海民）まで含んでいた。さらに広義には、西日本一帯、瀬戸内海沿岸部や南九州の薩摩あたりの同様の集団をも含むこともあった。まさしくこうした倭寇の原初形態こそ、島と半島に両属する「境界」を自由に行き来する倭のあり方と呼応するものであろう。

なお、周防大島の民俗学者・宮本常一の著作[7]をひも解けば、近代の終わり頃まで、中国地方の瀬戸内小漁民――彼らは倭寇ではないが――は、東シナ海から日本海一帯といったかなり広範囲を活動領域としていたことがわかる。

このように、「倭」の定義をひろく考えれば、近代国民国家の国境線を優に越え、その版図はきわめて広範かつ曖昧になる。司馬の「日本人の祖形」を読むまなざしもまた、こうした古代〜南北朝・室町期の文化交流の複雑さを見透かした、歴史の古層を幾重にもつらぬくものだったにちがいない。

礼節文明の半島国・朝鮮と「素っ裸に褌一本」の島国・日本

「韓のくに紀行」は、「加羅の旅」からはじまる。司馬が最初に訪れたのは、釜山近郊の金海《キメ》だった。この金海について、司馬は次のように述べている。

ただいえることは、この金海という地名は、日本人にとってアテネやローマといった地名以上の重要さをもって記憶しておくべき事項に属するようにおもえる。（同書、六一頁）

四〜五世紀にヤマト王権による統合を経た倭は、この金海一帯を東限とする朝鮮半島南部地域に存在するようになっていた広義の倭人居住地域を「加羅／伽耶」と呼び、一国家とみなしていた。（なお、『日本書紀』では加羅と任那《みまな》を併記）。特に、金海一帯は洛東江《ラクトンガン》下流域の穀倉地帯で、「金官加羅」と呼ばれた土地。この国の勢力圏については、三世紀末成立の『三国志』魏書東夷伝・倭人条――邪馬壹国（臺国）論争にもかかわる史書――にある倭の西北限たる狗邪韓国《くやかんこく》の後継領域とする説もある。が、まだ定説はないようだ。いずれにせよ、倭ときわめて親和性の高かったこの地域は、金海金《キム》一族の故地すなわち本貫《ほんがん》の地であった。ここでもやはり、司馬の叙述を支えているのは、古代南部朝鮮人と古代日本人とは、ほんらい同一の文化を共有する雑種的・超領域的な異民族混交集団であり、ここに生きた人々を総称して「倭人」と呼んだという認識だろう。

司馬は、金海金氏の始祖である首露王《スロワン》（紀元一〜二世紀頃）の王陵（巨大な円墳）を訪ねる。このときの司馬の胸には、首露王もまた、「日本人」や「朝鮮人」といった近代国家的な国民分類では捉えられない「倭人」だとの想いがよぎったと想像される。つまり、彼も半島南部に生きた広義の倭の王のひとりだった、との考えだ。

ただし、司馬によれば、この一族が金姓《キム》を名乗るのは、始祖王が金の卵から生まれたとの天孫降臨伝承をもつため（同書、七二頁）、としている。そしてこの種の金卵出生譚は、大陸と地続きの地域に固有の神話のようだ。だとすれば、この首露王はまた、やはり他方で半島の文化、否、大陸の文化と強く結びついた存在でもあるわけだ。そして、大陸と地続きの半島国家の王であるという自己認識こそ、現代までつながる東アジア的な国家序列観――華夷秩序――の顕れともいえるのである。司馬は、この王陵の陵前に、半島全土さらに日本からも金海金一族の子孫たちが大挙して集まり、ひたすらに祈る場面に出くわした。子孫たちは、靴を脱ぎ、五体投地の篤い儒礼をもって始祖王の墓前に額《ぬか》づいている。彼らは、始祖以来の家系図である族譜《ジョッブ》に自分の名前が刻まれていることを誇りに思っているのだ。司馬は、儒教国家・李氏朝鮮以来の五百年におよぶ伝統の厚みと重さをここに看取する。やはり、この半島国は根っからの儒教国なのだ、と。

なお、司馬は、すでにこの韓国紀行の冒頭で、このような「礼」と「義」を重んずる半島の人々が抱いていた、島の倭人たちのもつ「非礼さ」「野蛮さ」について――その典型的な風俗のあり方を通じて――具体的なイメージのもとに語っていた。

長刀をふりかざし、素っ裸に褌《ふんどし》一本というのが朝鮮一般の「倭」というものの印象であった。朝鮮人は早くから儒教習慣のなかにあったため、男子の裸体というものを非礼と野蛮の極みだとおもっている。……

（同書、一二四頁）

作家は、また別の箇所でも、「素っ裸に褌一本」の倭人に触れている。「文化は興すが、決してみずから文明というこのおそろしいものを興そうとはしない」(同書、一五〇頁)人々でもある、と。この発言を好意的に解釈すれば、辺境の「島」という地の利を活かした、「文明」(8)に左右されない独自「文化」生成の可能性への暗示ともいえよう。

司馬は、日本人の野蛮さも、ひとつの個性的な「文化」のあり方へと結実するかもしれないことを示唆したのであろう。こうした司馬によるユーラシア大陸辺縁部の島国に生じた特異文化に対する鋭い観察眼は、大陸のもういっぽうの辺縁島国に生じたアイリッシュ・ケルト文化(本書第一章)への好意的まなざしとまさに共鳴している、と見てもよいかもしれない。

いずれにせよ、作家は、「アテネやローマ以上の意味をもつ土地」に生きる半島の民を——見方によってはいずれも「倭」という文化圏に生きた同属集団と見なしうるのだけれど——島の民とは一線を画する大陸的な文化伝統を墨守する人々として位置づけたのだった。

半島国家たる朝鮮は、東アジアの大国たる中国を強く意識しながら、ほとんどつねにその「華」としての文明の側に与してきた。否、その「華」と地続きの「半島の悲しみ」ゆえ、そのような態度をいつも示さざるを得なかったのが偽らざる事実かもしれない。いっぽう、島国国家たる日本は、けっきょく、幸か不幸か、海洋で隔てられ、辺境の非礼・野蛮の国に甘んずることを許されてきた。否、謳歌さえしてきたのだ。朝鮮にいまも残る儒礼の篤さを思うとき、華夷秩序へのコミットの地政学的差異を思わないわけにいかない。

楼門・駕洛楼にみる天平建築の原型

さて司馬は、この首露王陵の取材時に、王陵の手前、祖廟拝殿へといたる道の入口で立ち止まる。そこにあった楼門の扁額に、「駕洛楼《からくろう》」と「野太くておどけたような書体」で書かれていたからだ。そしてこの楼門建築そのものにかんする彼の観察記述こそ、まさに司馬一流の「感性哲学」が駆動する場面となる。

そして、じつにこの場面は、幻想的な文学仕立ての描写からはじまっているのである。王陵付近で車のドアを開けた司馬は、まばゆいばかりに輝く真っ青な空の下、白い鵞毛か雪片、あるいは深海のマリン・スノーのような綿毛が、ゆっくりと辺り一面に飛んでいる光景に出くわす。その正体は、柳の種子、漢詩でしばしば詠まれる「柳絮《りゅうじょ》飛ブ、の柳絮」の光景だった。まさに竜宮城へと時空を超えて沈潜していくようなお膳立てである。そんな夢うつつの舞台設定のなか、彼が出逢うのが、この駕洛楼の楼門だった。

楼門をくぐると、突如天平のむかしに入りこんでしまったような思いがした。左右に建物があり、正面に拝殿がある。どうみても、天平建築であった。ただし大和にのこっているそれらの様式のようにすらりとした感じでなく、使ってある材木なども平気でまがっていて、すべて草臭く、すべて粗豪で、田舎大工が大汗をかいてたてたような感じである。原型というのはすべてこうであろう。しかしながらもし私が千五百年前の浦島太郎なら、この廟ひとつをみてもここは竜宮城だとおもったにちがいない。

（同書、八九頁）

柳絮の幻想は、司馬を天平の世の日本（＝大和）へと誘った。そこには「野太い」オリジナルだけがもつ、強烈に匂いたつ魂の息遣いがあった。ここでの司馬は、現場に立ち、五感を研ぎ澄まし、固有の「歴史的＝文学的想像力」を働かせている。彼の見ている楼門は、はるか奈良の天平の歴史風景を、まざまざと血の通った姿で見せてくれているのだった。だから、そののち作家が首露王の子孫たちが真摯に額づく円墳のまえに立ったとき、そこに「ひと肌のまるみ」や「生けるものに接するような温かみ」を感じたのであろう。

皇と王、龍と鳳凰

「韓のくに紀行」には、あきらかに、篤き儒礼を護る朝鮮の民の「文明」と、半裸男子に象徴される倭人的な「野蛮」との対比がある。司馬によれば、この違いは、それぞれの国に君臨する君主の呼称の違いにも現れているという。「華夷秩序」意識の程度差の問題である。

司馬の引くエピソードはこうだ。明治新政府の権威が立った一八六八（慶応四）年正月、対韓外交を従来どおり対馬藩に任せる旨を伝えた。さらに同年九月、戊辰戦争の勝利が見えたころ、対馬藩を遣いとして李氏朝鮮に新政府樹立の挨拶状を送ったという。司馬はその文面を次のように要約紹介する。

「わが国は皇祖連綿として太政を総攬《そうらん》して二千有余年になる。しかるに、中世以降、政権が武将に任せられるようになり、外交のことも武将にまかせられていた。しかしこのたび幕府を廃し、王政にあらためた。よろしく懇歓《こんかん》をむすび、万世に渝《かわ》ることのない友誼をむすびたい。これはわが皇上の意志である」（同書、四二頁）、と。

この日本新政府の挨拶状に、朝鮮の側が怒って書状を突き返してきたというのだ。この国書は様式も用語も印鑑もすべて慣例に従っていない、と。特に問題なのは、「皇祖」「皇上」という表現。朝鮮側からすると、「皇」の文字を冠せられる人物は、世界でただひとり中国の皇帝だけ。朝鮮の最高位にある李氏は、あくまでも「王」なのだ。東アジアの漢字文化圏では、「王」は「皇」の下位区分にあたる。朝鮮の君主であれば、中国皇帝の傘下にある属国の王との認識が常識だった。司馬は、これを「法律語」でなく「文明語」の区分だという。だから、と言いながら司馬は次のように説く。李王家の宮殿に行っても、装飾紋様として「鳳凰《ほうおう》」はあっても「龍」はない。龍はあくまでも中国皇帝を象徴する図像なので、一階級下の王身分であれば、とうぜん使うことを憚るからだ、と。

われわれは、ここでもまた、歴史風景をみる司馬固有の眼が鋭く働いていたことに気づく。作家は、この韓国の旅でいくつかの旧王宮を訪ね歩き、この「義（ルール）」を再確認する。やはり韓国の王宮に龍がいない。これは、「礼（秩序的規範）」を重んじた証しなのだ、と。作家はこのくだりで、中国人が朝鮮を「東方礼義の国」と讃えたことを引き合いに出す。

いっぽうで、司馬は、そんな礼を欠いた島国日本に対する中国の反応を、「物知らずにはこまったものだ」「倭というのは礼も義もない」（同書、四三頁）といった想像上の言葉でさらりと表現する。蛮族の無礼な言葉遣いにいちいち目くじらを立てない懐の深さが、「皇」を戴く「華」の大国たる中国だといわんばかりに、だ。

こんな説明を聞くと、半島と島に生きる「夷《えびす》」同士の関係は、つねに微妙かつ不安定な均衡のうえに成り立っていて、いつも緊張を孕んでいるのがよくわかる。そしてまた、この慧眼な「感性の旅人」が、書物から得た「皇」の文字にはじまる問いを胸に、現場(＝フィールド)で観察される「鳳凰」と「龍」の風景をつねに心に留めながら、独自の歴史的想像力をはばたかせていたのかと思うと、その事実も興味深い。このような司馬の態度こそ、まさに後の『街道をゆく』シリーズをもつらぬく基本姿勢となっていくからだ。

降倭の武将・沙也可——朝鮮出兵における日本人の朝鮮帰化譚

司馬は、「日本人の血液のなかの有力な部分が朝鮮半島を南下して大量に滴《したた》り落ちてきた」と言っていた。しかし、彼はまた同時に、その逆方向のベクトルのことも考えていた。それは、「倭」の国境線は半島と島のあいだに截然と引かれたものではなく、漠とした流動的なものだったとの認識に根ざす発想だ。つまり歴史的にみれば、半島南部と島では、隣りあう地域同士が相互交流をもちながら、ある種の同一文化圏を成していたという発想である。そして、この逆ベクトル——島(日本)から半島(朝鮮)へ——の発想が象徴的に表れるのが、李氏朝鮮へと帰化した戦国武将・沙也可《サヤカ／サイエガ》のエピソードだ。

司馬は、旅の計画当初から、この沙也可の存在を知っていた。事前に『慕夏堂文集』——司馬は朝鮮語で『慕夏堂記《モハダンギ》』と呼ぶ――という、沙也可による自伝的手記とされる朝鮮漢文を読んでいたからである。「慕夏」とは、華＝夏すなわち文明を慕うことを指す。つまり、ここでは華夷秩序に則った儒礼を重んずる、というほどの意味だ。この書物は、司馬もいうように、後代の偽作の可能性が高いのだが、その書中の「鹿村誌」冒頭に「余ハ即チ島夷（＝日本）の人ナリ」とあり、沙也可その人がこれを綴った体裁を採っている。

司馬の解説する『慕夏堂文集』の記述によれば、沙也可は、豊臣秀吉の朝鮮出兵（文禄の役）に際し、一五九二年四月一三日に加藤清正軍の先鋒隊として釜山に上陸したという。しかしすぐに、「以前より、長らく華（夏）の礼教思想を慕っておりました」と三千人の家臣を引き連れて朝鮮側に投降。その後は朝鮮軍の一員として侵略日本軍と戦ったとされる。つまり、この沙也可は、当初より文明国（＝李氏朝鮮）の篤い儒礼のあり方に共感していたため、半島上陸後すぐクーデター的に朝鮮側に寝返った降倭の侍というわけだ。

じっさい沙也可の実在は確かで、戦での武勲――鉄砲と火薬の製法を伝えたという――を讃えられ、李朝の王から「金忠善《キム・チュソン》」の朝鮮名を賜り、資憲大夫、さらに正憲大夫といった高い官職にも就いていたことがわかっている。そして最終的に、現在の韓国第三の都市・大邱《テグ》南郊二〇キロの山間の集落「友鹿《ウロク》洞《トン》」（現在の慶尚北道達城郡嘉昌面友鹿里）に儒教書院を構え、「慕夏堂」と称し、この山里の小村で一族郎党の安寧を静かに享受したのだった。そうして現在にいたるまで、多くの子孫たちがその霊廟を護っている。

沙也可とは何者か。司馬は、まず学問的に、この『慕夏堂文集』の記述そのものに対して、次の諸点を根拠に疑いの眼を向けた。一・文禄の役の四月一三日上陸部隊は、歴史的には小西行長軍だったこと（清正軍は第二軍で四月一七日に上陸）。二・また、三千人の家臣を従えうるのは十万石クラス以上の大大名だと考えられること（当時の記録にそのような大名の投降記録はない。くわえて、沙也可も無名の若い武将だったとされる）。三・さらに、華（＝夏）の礼教思想の戦国期日本の武士階級への深い浸透も思想史的にみて怪しいこと。

では、司馬自身は、沙也可をどんな人物だと推察したのか。彼は、それまで沙也可と目されてきた清正軍の朝鮮投降者・阿蘇宮越後守（日本側の『宇都宮高麗帰陣物語』に記録された肥後の地侍）説を脇におきながら、これとは別に、司馬オリジナルの解釈を提示する。司馬はいう。沙也可は、「サエモン（沙也門）＝左衛門」の音の写し間違いではないか（同書、一三四頁）。「島夷」とされたのは対馬人であったからで、朝鮮外交の窓口たる宗氏対馬藩の朝鮮外交担当者だったのではないか（同書、一六四頁）、と。彼ら対馬武士は、釜山の倭館にも滞在しており、朝鮮語をよく解する者もいた。なかには李朝の官職に就く者もあった。当時の戦国武士のなかでは例外的に儒礼の教養も高かった。だからこそ、対馬武士なら、「秀吉の英雄的自己肥大という精神病理学的動機から出た外征に対し憎悪をいだいていたであろう」（同書、一六四頁）、と。

つまり、対馬という半島と島の境界領域は、日＝朝ダブルスタンダードの採用可能なインターフェイスであり、歴史的にみても朝鮮とうまく交流・交易してきた土地だから、一武将の朝鮮側への寝返りも不思議ではなかったのではないか、と。これが、司馬独自の説、「サヤカ＝対馬武士サエモン」説である。少なくとも、〈朝鮮の儒礼の篤さを慕って〉という部分についてはかなり説得力がある推論といえよう——が、しかし、二一世紀に入った現在、沙也可をめぐる解釈にはすでに大きな修正がくわえられているのだった。

沙也可の顕彰記念館——筆者のみた現代の日韓文化交流事情

ここでひとまず、沙也可の存在が現在どのようにあつかわれているか、その一端をしめすべく、筆者が沙也可の里・友鹿洞（友鹿里）を訪問した際のエピソードを紹介しておこう。

二〇一四年七月初旬、大邱市近郊の嶺南大学での東方美学国際会議（参加は日・中・韓）に際し、この友鹿洞を訪れる機会に恵まれた。この会議の主催者は、日韓美学研究会（一九九〇年代初頭〜二〇〇〇年代初頭に日韓両国でほぼ交互に隔年開催）を通じ、かれこれ二〇年以上交友のある閔周植《ミン・ジュウシク》教授（元韓国美学会会長、二〇一九年夏より国際美学会第二席副会長）。そして、会議後に筆者を大邱の街から南へ数十キロ離れた、この郊外の小村——現在では薬膳サムゲタンで有名な山間別荘地とか——まで自家用車を飛ばし連れていってくれたのは、やはりこの研究会を通じての旧知の友・張鹿姫《ジャン・ロッキィ》さんだった。彼女は、私設現代美術ギャラリーのインディペンデント・キュレーターで、その姉御肌——じっさい筆者よりも少々年長——の面倒見のよさから、韓国行に際して、日韓美学研究会に集う日本人の面々はなにかと彼女の世話になっていた。

鹿姫さんの車で、沢に沿ったゆるやかに蛇行する山道をうねうねと登っていく。と、果たしてその村はあった。半島内陸部の真夏の酷暑日だったからか、村の中心街路にもまったく人影は見えなかった。

しかし、沙也可＝金忠善を祀る祖廟・鹿洞書院《ロクドンソウォン》はすぐにわかった。この書院の前庭にもやはり人っ子ひとりおらず、そこにあったのは、白昼の静のみ。書院軒下のおおきな踏み石に腰かけ、しばし休息をとる。太陽光のまばゆさが支配する静寂宇宙のなか前庭をぼんやり眺め、朝鮮の儒者として生きた沙也可の余生を想った。

小休止ののち、「書院の裏山中腹に沙也可の墓所があるから行ってみましょう」と、韓国語はいくつかの単語しか知らない筆者は英語で同行の鹿姫さんを誘い、書院裏手のやや急勾配の山道を目指した。山には木々が鬱蒼と生い茂り、書院裏の登り口からは墓所らしきものは見えない。緑深い山が、ちょうど書院をぐるり取り囲むように背後にひかえている。しばらく登ると、ようやくテラス状に開けたゆるやかな傾斜面にでた。斜面上部の叢のなか、風化し古ぼけた白い墓石が二基ひっそりと佇んでいた。墓石の基礎部分は、もともと朝鮮風の土饅頭だったのだろうか。すでによくわからない。片方の墓石に「金忠善」の名を確認し、祖霊の眠る聖山の清新さと優しさを愉しんだ。沙也可の墓前にあった夏草の淡い香りは覚えている。が、そこに肌にからみつく夏の熱波の記憶はない。

山をくだり、書院に隣接する、あきらかに最近建てられたように見える建物に入る。沙也可＝金忠善を顕彰する記念館で、「達城韓日友好館」という。日韓友好の館という位置づけらしい。受付で「どちらからですか」と問われたので、日本から、と鹿姫さんを介して伝えてもらう。すると記念館スタッフは、「今朝も、日本人が二人来た」という。「和歌山からだ」と。東方美学国際会議の出席者ではない。まだ夏休みには早い七月初旬の平日に、和歌山からこの沙也可の里を訪ねる日本人がいるとは――ちょっと驚きであった。しかし、この友好記念館の展示内容を観て得心がいった。それは、じつは沙也可の

上：墓所裏山の山道より、鹿洞書院ならびに友鹿洞の村を望む／下：鹿洞書院裏山にある金忠善（＝沙也可）の墓所全景

正体をめぐる現在の新解釈に則ったものだったからである。沙也可とは「サイカ」で、紀州・和歌山を根拠地とする鉄砲傭兵で地侍集団・雑賀《さいか》衆の一員だったろう、と。彼ら雑賀衆は一五世紀に入る頃には現れ、ことに応仁の乱（一四六七〜七七年）以後は、西国各地の大名の傭兵として活躍した。海上交易にも通じ、水軍も擁していたという。一五世紀半ばに種子島に鉄砲が伝来すると、同じ紀州の僧兵集団・根来《ねごろ》衆に続いていち早く鉄砲を軍備に取り入れた、とも。この「サヤカ＝雑賀（衆）」との解釈が一般に浸透したのは、紀州出身の歴史小説家・神坂次郎が史料と踏査をもとに長編歴史小説のなかで提起したことに因《よ》るかとも思われる。具体的には、この降倭の武将をモデルとした――紀州雑賀・鈴木孫市の子を主人公に据えた――『海の伽倻琴――雑賀鉄砲衆がゆく』[9]において、であった。

　沙也可は――神坂次郎がこの長編小説で説いたように――現在では、紀州・和歌山の雑賀衆ということで、すでに一定の共通認識が成立しているようである。このような現在の定説に基づき、この新設の記念館兼友好館は運営されているわけだ。だから観光のハイシーズンには、特に紀州・和歌山からバスを仕立てて多くの来客があるらしい。一九九〇年代のワールドカップ・サッカーの日韓共催決定を機に、「韓流ブーム」と呼ばれる民間の文化交流熱が生じた。しかし、その後二〇〇〇年代に入り、日本の経済低迷と併行するように、両国の政治的関係にやや翳りが生じ、一時期よりも両国の交流熱は冷めてしまった感は否めない。むろん、昨今の世界的なプチ・ナショナリズムのひろがりと連動しているのかもしれない（二〇一九年秋現在、政治的レヴェルでは、残念ながら、両国の関係はいっそう冷え込んでいるかに見える）。また、ひとりの大学教員の実感としても、この十数年間で、あきらかに韓国から日本へと渡航する留学生も減っている（それに反比例するように、この間、中国本土からの留学生はずいぶん増えた）。

二一世紀を迎えた今日、半島内陸部のこんな山間の小村に、日韓両国の友好関係を途絶えさせまいと、四百年以上前に生きた「礼教降倭」の日本人武将を顕彰する立派な施設が建てられ、現に運営されている――じっさい真夏の平日に多くの日本人が訪ねてくる――という事実は、それだけでもきわめて奇特なことではなかろうか。

司馬はいう。

……沙也可が儒教の国を慕って化《か》したのは賢明であったかもしれない。かれはいまなお、かれの子孫という四千人から、儒礼をもって斎《いつ》かれているのである。日本の場合なら、戦国末期の無名の武士など、とっくに無縁仏になりはてているであろう。（同書、一九三頁）

司馬の取材時、この友鹿洞の戸数は七〇戸ほどだった。だが、韓国内には、この村を本貫すなわち出身地とする沙也可の子孫にあたる世帯が五〇〇戸ほどあり、総計四千人ほどがその血を引き継いでいるという。ここに引用した言は、この数字を聞いた作家が吐露した感慨である。ここでの司馬はまさしく、くだんの逆方向のベクトル――日本から朝鮮へ――を強くまなざしていると言えよう。

沙也可の村の風景に日本を読む――友鹿洞幻想

司馬は、この韓国行に随行した韓国人女性通訳にみちびかれ、沙也可の里・友鹿洞に至った。村へと続く沢づたいの山道をいく際に、彼が車窓から眺めた風景の描写がある。


やがて細流に達した。

流れはやや涸《か》れ気味で、大小の小石が白い背をみせている。道はその流れに沿ってわずかずつ登りになってゆき、やがて三方を山でかこまれた、日本の関東地方でいう「谷津《やつ》」といった風景の入口に達した。

「これはあれですね」

と、私はミセス・イムに言いかけて、あとはのみこんだ。倭人がつくりあげた田園風景ですね、といいたかったのだが、言うことが物憂くなるほどに、この農村の風景は日本人くさい。

（同書、一七二頁）


司馬に言わせれば、朝鮮半島の山の景観は――薪炭を得るため樹木伐採をしても植林がおこなわれないため――「禿山」ばかり。なので、このような沢に沿った山間の段々畑あるいは棚田は珍しい、と。司馬は、その「日本人くさい」風景の細部をさらに詳しく語る。


その風景は他村とはちがい、山には樹があり、山の腰には竹藪をつくってこれを取り巻かせ、それらの高所の樹林から細流をながし、その水によって田畑をうるおす仕組みになっており、なにやらおかしいほどに倭人のやり方である。

（同書、一七四頁）


里山の周到な利用法そのものが、「濃厚な特徴」として「倭人のやり方」なのである。司馬の感性は、

降倭の武将・沙也可の里（友鹿洞）へ通ずる山道沿いの日本的な田園風景

すでに村までの車窓風景のひとコマのうちに、降倭の日本人の隠れ里の本質をつかんでいたのである。ここでも、彼の感性哲学はあやまたず鋭敏に働き、四百年の時空を飛び越え、半島と島の風景は重なり合う。

ここでの司馬は、さらに現地取材で入手した情報も付けくわえ、沙也可の里に連綿と引き継がれてきた倭人的精神の影まで追おうとする。その情報とは、友鹿洞の村では大韓民国成立後いち早く農協（現在のJA）のような組織がつくられ、米の脱穀・出荷などを相互扶助的におこなってきたというものだ。くわえて、司馬が驚きをもって語るのは、村の世帯七〇戸ぜんぶに有線放送が引かれているという事実だった。彼は、これも「組織と運営のすきな倭人の癖《へき》」の現れかもしれない、と想像の翼をはばたかせている。

そうして「新羅の旅」をしめくくるこの友鹿洞行もまた、やはり幻想めいたひとつの劇《ドラマ》仕立ての場面で結ばれている。司馬の綴る村いちばんの長老との会話は、この小村訪問のもつ深い意味を語ってあまりある。

……柳の木のむこうの小径《こみち》を老翁がひとり、杖をひきながらこちらへ近づいてくる。すでに登場自体が劇であった。舞台の下手《しもて》から出てくる。他の者と、風体《ふうてい》がまるでちがう。（同書、一八八頁）

作家の長老に対する第一印象は、次のとおり。齢は八〇歳を超えてみえる。儒礼にしたがい白冠・白装のいでたち。面長の顔の下に長く垂れる髭が覆う。表情はまったく変わらない。だから、日本の神社縁起に出てくる「白髪白装の神」のようでもある。あるいはまた、近代以前の中国の高等遊民たる「読書人」「村夫子《そんぷうし》」「老儒生」のようにもみえる（同書、一八八頁）。司馬は、彼のすがたに「村の精神の象徴」（同書、一八九〜一九〇頁）を読みとる。同行の通訳でソウルの都会っ子であったミセス・イムに尋ねても、こんな風体の人物はみたことがない、という。司馬は、次のような喩えまでもってくる。「日本でいえば、群馬県あたりの古墳から突如、奈良朝時代の地方官人が揺らぎ出てきたような怖しさを想像せねばならない」（同書、一八九頁）、と（本書補章・群馬篇における渡来系「甲古墳人《よろい》」の発見譚のくだりをぜひ参照のこと）。

老翁は神あるいは精霊であるかもしれない。「韓のくに紀行」は、その出だしから、柳絮が舞う幻想世界への入場であった。また、柳と翁といえば、日本の夢幻能『遊行柳《ゆぎょうやなぎ》』の世界――かつて西行も詠んだ古木柳の精が遊行僧のまえに老翁のすがたで登場する物語設定――にも通ずる。死者の過去と生者の現在が、この沙也可の里の田園風景のなかで詩的に融け合う。

百済王族を祀る神社が近江にあった――韓国からふたたび近江へ

「韓のくに紀行」の助走は、近江への「湖西のみち」の旅であった。そして「韓のくに紀行」の最後は、「百済の旅」を経て、ふたたび近江・滋賀へと戻ってくる。

なお、司馬の百済の旅は、古代百済の旧都・扶余で出逢った近眼・色白長身の郷土史家で、作家が「わが百済悲歌の士」（同書、二四五頁）と呼ぶ李夕湖《イ・ソッコ》氏の嘆きに彩られている。「まぼろしの都」の小見出しのもと、千三百年以上まえに唐と新羅の連合軍に殲滅《せんめつ》された「百済の悲しみ」（同書、二六〇頁）に繰り返し言及される。

李氏は、怒りながら、「百済哀史」（同書、二五四頁）を叫びつづける。百済仏には「女人の肌」の温もりが宿っている。そう、百済は「微笑の国」だった。そこには六朝《りくちょう》由来の爛熟した文化伝統があったのだ、と。現在、新羅の旧都・慶州には古墳も出土品も仏国寺の石造美術もふんだんに残っている。高速道路だってある。しかしひるがえって、いま百済の旧都・扶余に何が残っているか、何も残っていないではないか、と（同書、二五九～二六〇頁）。

司馬が扶余の黄昏れた田園風景のなかに見たものは、かつての華やいだ王都の痕跡が根こそぎ抹消された「何も残っていない」悲しみそのものであった。なお、百済時代のもので唯一残っているのは、「平済塔《ピョンジェタプ》」と呼ばれる石造五重塔だけらしい。これは、まったく皮肉にも、唐（中国）の将軍が戦勝記念に建てた征服記念碑だという。司馬はいう、この塔ひとつみても、朝鮮半島という地理的条件に翻弄される「苛烈で悲痛な」国家のあり方がよくわかる、と（同書、二九三頁）。

「百済の悲しみ」への感慨は、そのまま日本への百済文化の移植につながっていく。こんどは、まさに生きた百済を、近江の風景のなかに再発見するのだ。「韓のくに紀行」と銘打った旅の終着点は、ふたたび「あわあわとした」近江へと戻ってくる。近江・湖東地方の山間部、蒲生《がもう》郡日野町小野に残る鬼室《きしつ》神社がそのゴールとなる。六六三年の白村江の戦いの後、百済からの亡命文官貴族たる鬼室集斯《クイシルチプサ》（達率《だちそち》という地位にあった）が、ここ湖東の地に遺臣たちを引き連れて入植したという（のちに当時の天智帝より学識頭・小錦下の官位を授与）。この土地は、他の「ガモ（ウ）／カモ（ウ）」の音の残る――たとえば

「加茂／賀茂／鴨」などの付く――地域と同じく、一般に半島渡来系の人々の入植の多かった地といえよう。司馬によれば、一帯には出雲系の神社も多いとも。[10]

〈かつての百済国の高官文人が日本の神社のご神体として祀られている〉という驚きが、司馬を近江へと呼び戻したといってよい。朝鮮に帰化して一村の儒祖となった日本武将たる沙也可のエピソードから、朝鮮の貴族から日本の神となった鬼室集斯のエピソードへ。司馬による半島と島のあいだの「海上の街道」をゆく旅は、その終盤にいたって、半島と島を行き来する人的交流の双方向的ダイナミズムの渦のなかへと収斂していく。[11]

「こっちからも日本へ、日本からもこっちへ」の交流ロマンを綴る

最後にもういちど沙也可の村の長老の言葉――くだんの幻想舞台の主人公のせりふ――に戻って、司馬の「韓のくに紀行」、いいかえれば、「湖西のみち」から始まる「日本人の祖形」を求める朝鮮半島への旅をめぐる考察を終えることにしよう。

主人公は、長老の座としての柳の切株に鎮座している――やはり『遊行柳』的だ。

通訳のミセス・イムは、司馬たち取材陣のことを、「沙也可」やら「金忠善将軍」やら口にしながら、この村がかつての日本人武士たちが住んだ村であるため、このイルボン・サラムたちはやってきたと説明する。このとき、この舞台のシテ役の老翁が、はじめて、そして言葉すくなに、低い声でゆったりと語ったせりふである。

それに対し、老翁ははじめて口をひらいた。低い声であった。

「それはまちがっている」

と、老翁はゆったりとした朝鮮語でいうのである。それはというのは、そういう関心の持ち方は――という意味であった。

「こっちからも日本《むこう》へ行っているだろう。日本からもこっちへ来ている。べつに興味をもつべきではない」

と、にべもなくいったのである。

（同書、一九〇頁）


司馬は、イム氏の通訳が終わると、その「にべもない」物言いに可笑しさがこみあげ、哄笑する。老翁はこのせりふを口にした後、司馬に微笑みを向けるだけで、それ以上なにも言わなかったという。なんとも、「韓のくに紀行」における司馬の思いの核心を衝く場面が、ここに集約的に演出されているではないか。これを踏まえたうえで、「韓のくに紀行」のエピローグに、近江・鬼室神社――滅亡百済からの亡命貴族たる鬼室集斯を祀る古社――訪問のくだりが置かれているのである。巧みな構成だ。

司馬が「湖西のみち」「韓のくに紀行」で綴る半島と島の文化交流史は、こうした物語的な古代憧憬と綯《な》いまぜのものとなっている。これら紀行における舞台設定や幻想的人物描写のあり方は、『街道をゆく』初期シリーズにおける際立った特徴のひとつといえよう。ここには、司馬遼太郎という歴史作家の個性とその固有の文体[12]が、きわめてよく現れている。

第五章　日本海＝出雲文化圏としての広島――「芸備の道」

旅先に故郷を匂いたたせる――土地＝国誉めの手法

一九七九年六月、司馬は三泊四日の広島への旅を計画する。ふたつの内陸盆地の町をめぐる「芸備の道」の取材であった。『街道をゆく』がはじまって十年弱。当初の「日本人の祖形」を訪ねるという思いにくわえ、一九六〇〜七〇年代の高度経済成長の結果として、歴史・文化がなおざりにされる時代的気分を如実に感じ、それを強く憂うるようになっていた。なお、『街道をゆく』の書きぶりそれ自体も、この頃にはさほど幻想めいたものでなくなっている。すくなくとも、この「芸備の道」ではそう言えそうだ。

とはいえ、たとえば広島紀行の次のようなくだり――水郷・三次《みよし》の駅舎もない単線レールだけの当時の国鉄粟屋《あわや》駅（当駅を含むJR三江《さんこう》線の鉄路は二〇一八年三月をもって全線廃止）での心情吐露――に出逢うとき、われわれはそこに、いまだある種の詩的響きを覚えるだろう。

……駅舎もなく、駅員もおらず、ただコンクリートのプラットホームが横たわっているだけで、こういうあたりに故郷をもてば、夢に草木まで鮮やかに色づいて出てくるのではないかと思われた。

(「芸備の道」、一三六頁)

このような司馬の口吻《こうふん》は、シリーズ第一作「湖西のみち」での始原的な故郷観とも重なる。それは、半島由来の石組み技術が痕跡を残す小村で、粉雪の舞うなかベンガラ格子の家並みを眺めての発言だった。司馬いわく、「こういう漁村(北小松)が故郷であったならばどんなに懐かしいだろう」(「湖西のみち」、一六頁)、と。

ここにあるのは、『街道をゆく』特有の風景へと分け入っていくまなざしであり、一種の「土地《くに》＝国誉め」(1)の手法——古代族長の予祝的な国見《くにみ》儀礼や中央から派遣された地方官吏の国内巡行の神事(地霊への挨拶)に倣ったもの——といえよう。司馬が『街道をゆく』シリーズの最初から採用していた「日本人の祖形」を求める旅の態度は、訪れる土地々々の神々を味方につけ、その地の歴史風景を色鮮やかに受肉させていく。だから、旅先のそちこちで、あたかもセルフ・アイデンティティと切り結ぶような「故郷の匂い」がふわっと立ちのぼってくるのである。

毛利氏の興隆地としての安芸・吉田、半島文化の渡来地としての備後・三次

広島紀行の冒頭、司馬はまず「安芸《あき》・備後《びんご》は、ひろい」(「芸備の道」、一九頁)と書く。たしかに安

芸・備後両国の領域は、瀬戸内海の沿岸部から北方の山間部まで奥深くひろがっている。一般に広島といえば、瀬戸内海文化圏と思うかもしれない。が、しかし、安芸・備後地域の山襞《やまひだ》深く刻まれた歴史の古層まで見通すなら、そうした理解では不十分であろう。

司馬は、旅の目的地として、安芸と備後から二ヶ所を選んだ。安芸・吉田と備後・三次である。どちらも内陸の山間盆地の町である。

吉田（現安芸高田市）は、あの毛利一族（もとは大江氏の流れで、神事仏事ではこの由緒ある姓を使っていた）が鎌倉期に地頭職で赴任・土着し、その後勢力を拡大していく根拠地だ。周辺には、源平の争いの後、鎌倉幕府の指示で関東御家人が地頭として管理した荘園が多く残る。

いっぽう、三次（現三次市）は、日本海へと流れていく江《ごう》の川水系——安芸・吉田もその上流域にあたるが——の三本の川筋、すなわち江の川・西城川・馬洗川がちょうど巴なす「霧の盆地」だ。[2] 古来より鉄穴《かんな》流しによる砂鉄製鉄（具体的にはタタラ製鉄）が盛んな水郷である。同時に、広島県下の約三千基の古墳のうち三分の二にあたる約二千基が残る、渡来系文化と関係の色濃い土地でもあった（同書、一九頁）——ちなみに、司馬は、「芸備の道」の『週刊朝日』連載中に地元高校教師の指摘を受け、約一万基の古墳のうち約四千基と書くべきだった、と参照資料の古さによる記述の不正確さを認め、訂正を施している[3]（同書、一〇四頁）。

広島山中に出雲文化をみる——朝鮮半島文化の南下

「韓のくに紀行」（本書第四章）との関連で、朝鮮半島文化の伝播をめぐり、やや大きなイメージ——作家・司馬固有の壮大な歴史ロマンにもとづく——を共有しておこう。そのために、旅の冒頭で司馬を捉えた「驚き」の話からはじめたい。タクシーに乗る司馬はまず、広島市街北郊をめざす。つまり、国道五四号線（旧道）——出雲街道——を、広島市街を流れ瀬戸内海にそそぐ太田川、さらにはその支流根《ね》の谷《たに》川に沿って北に遡上し、どんどん上流の山間部に入っていく。

司馬に驚きがもたらされるのは、市街地から二〇キロほど遡って、峠（上根峠）を越え、山間台地に達したときのことであった。運転手が、ここが「上根《かみね》」という集落だと声をかけ、おもしろいエピソードを披露しはじめる。このあたりの子どもは、戯れに立小便をするという。自分の小便が瀬戸内海方面に流れるか、はたまた、日本海方面に流れるか、それを検分するのだ、と。つまり、南（瀬戸内海）と北（日本海）の分水嶺が、まさにこの台地上にあるということだ。

司馬は次のように書く。

このことは、一つの驚きである。

広島県というのは瀬戸内海文化圏だとおもっていたのだが（事実そうではあるが）、それについての自然地理の面積はじつにせまい。広島市街を出て太田川とその上流（根之谷川）をわずか二〇キロばかり北上

したただけで、もう川が日本海にむかって流れているというのは、ただごとではない。（同書、三二頁）

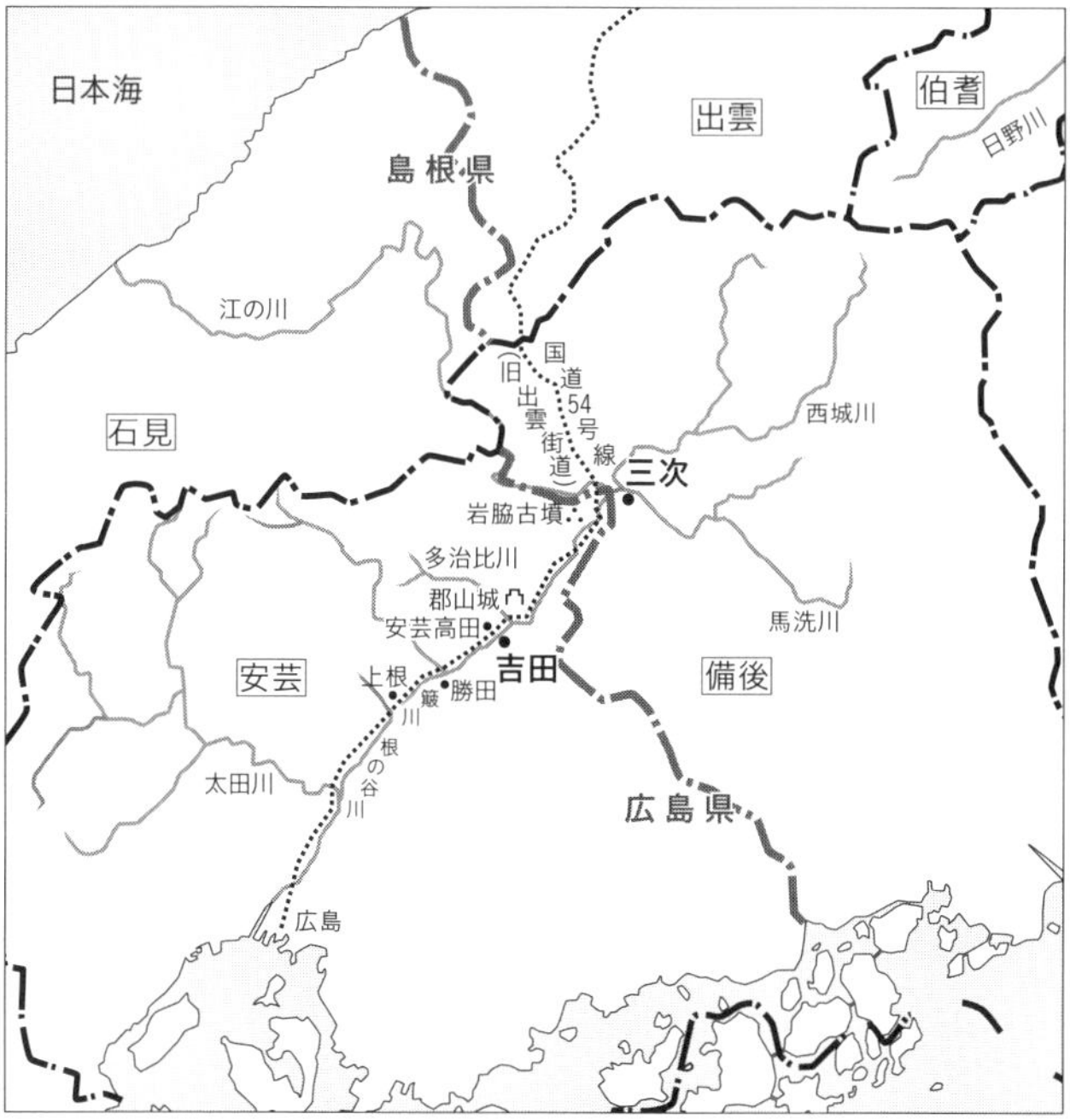

安芸・吉田、備後・三次

筆者による路線バスに揺られての追跡取材（二〇一八年一〇月）でも、この分水嶺の上根峠（この周辺の国道五四号線は現在バイパス新道で、県道五号線のほうが司馬の辿った根の谷川に沿う旧道。峠上の「下根」から五四号線に戻る）を越えたあたりから、水の流ればかりでなく、気温もすこし変わった気がした。標高二〇〇メートルを越える――ひと息に六〇〇メートルの落差を登る――峠の頂上台地を、この街道は安芸高田方面へと抜け、わずかに蛇行しながらさらにゆるゆると北に下っていく。

司馬は先の引用に続けて、さらに歴史的想像力の翼を羽ばたかせ、次のようにいう。「古代の文化圏でいうと、日本海の出雲文化圏が水流を南へさかのぼって（古代弥生式農耕文化は水流をさかのぼってゆく文化であった）広島市域北方二〇キロのところまできていたということではないか」（同書、三二頁）、と。

「古代出雲文化圏」をめぐる司馬の定義は、〈水稲農耕・砂鉄製鉄の能力と独自の神話を有する文化圏ないし政治圏〉だった。彼はここで、「広島＝古代出雲文化圏」説を裏書きするように古墳分布図をもちだすのだった。一般に先進地域と思われている瀬戸内海沿岸部に白っぽい空白が目立つ。しかし他方で、三次など河川が日本海へと注ぐ県北部の地域ではむしろ色が濃くなり、古墳の密集度の高さがうかがえる（同書、三二頁）、というのである。そして司馬は、ここからさらに、次のような大胆な文化伝播の図式を想い描いていく。

……それらの地方にある古社もほとんどが出雲系の神々で、飛躍をおそれずにいえば、古代の広島県は瀬戸内海文化よりも日本海文化に（日本海に面していないにもかかわらず）属していたのではないか、という想像ができる。このことは、三次のくだりでふれるかもしれない。（同書、三二頁）

これは、富山県が国土地理院の承認を得て作成した「逆さ地図」、すなわち『環日本海・東アジア諸国図』（一九九四年初版）――かつて「裏日本」と言われることもあった富山がじつは日本の重心であることを視覚化した南北（評価）逆転図――と同趣旨のコペルニクス的大転回の発想といえよう。〈広島＝日本海文化圏＝出雲文化圏〉[4]という考えは、作家本人が予示するように、紀行後半の備後・三次のくだりで、さらに掘り下げられる。とはいえ、司馬の記述を注意深く読めば、ここ安芸・吉田のくだりでも、朝鮮半島由来の製鉄の痕跡をかぎわける嗅覚が鋭敏に働いていたのがわかる。安芸・吉田への一本道をタクシーで辿りながら、司馬の脳髄では、彼一流の地名分析の歴史的想像力がスパークしていた。

司馬の眼は、数キロ先の吉田までに点在する集落名を地図で追う。関ヶ原での敗北後、親方領主・毛利氏の防長二州（山口県）への減俸改易にともない、主だった家臣たちもそれに従った。結果、家臣の姓「勝田《かった》」「入江」「桂」「福原」「国司《くにし》」など——幕末長州藩士たちの氏姓として知られる地名——が、この街道沿いに残り、そこに連なっていたからだ。司馬はこの事実を、書物知として知っていた[5]（同書、三四～三六頁）。

こうした関心にくわえ、「日本海＝出雲文化圏」すなわち半島渡来文化の痕跡探しもまた、ここに濃厚に顔を覗かせている。司馬は、国道五四号線に沿って「八千代町勝田」（現安芸高田市）集落の先の合流地点まで流れている江の川の一支流「簸川《ひのかわ》」の川名に鋭く反応する。作家は、かの地の小店主に「ヒノカワと訓《よ》むんですね」とあえて確認し、そこから彼一流の地名的類推を繰りひろげていく。出雲にも簸川があった。『和名抄』に載る古名としては「斐伊川《ひのかわ》」である。同じく古代出雲圏の鳥取・伯耆《ほうき》にも「日野川」——やはり簸川ともいう——がある。出雲のヒノカワも、伯耆のヒノカワも、古代以来の砂鉄採取場という共通点があった。そうして、「この安芸国の勝田を洗って北流するヒノカワも、もしそうだったとすれば砂鉄採取と関係のある名かもしれず、そうでないかもしれない」（同書、三三頁）、と想像をひろげていく。

「芸備の道」前半の安芸・吉田のくだりでは、製鉄つまり朝鮮半島由来の渡来文化へのこれ以上の言及はない。吉田への旅の関心が、あくまでも毛利氏（特に元就《もとなり》）飛躍の地たるこの山間盆地の町風景にあったからであろう。ただし急いで付けくわえれば、司馬自身は、郡山城——江の川（可愛川《えのかわ》）とその支流の多治比《たじひ》川の合流点にある——に対峙したとき、この山城の佇まいに、どことなく高句麗由来の「朝鮮山城やそれに伴う戦闘法」（同書、五九頁）を想起させるものがある、とも言っていた。(6)

郡山城にいたる街道筋の勝田地区の眺めは、旅の車窓風景のひとつにすぎない。だが、その過ぎゆく車窓風景のひとコマひとコマにしかと眼を凝らすことで、彼固有の「旅する感性」はびんびんと反応していった。安芸・吉田への道すがら出逢われた古代イメージの切れはしは、やがて後半の備後・三次のくだりで、いっそう鮮やかな歴史風景のなかに織り込まれ、至極立体的なかたちをとっていく。その伏線が、紀行前半における叙述の行間にも秘められているのである。司馬が散りばめた壮大な歴史ロマンの欠片《かけら》を拾い集めながら、丹念に旅の足跡を追ってみることは、『街道をゆく』シリーズをつらぬく隠れたテーマを掘り起こすための最も大切な作業でもある。

広島といえば毛利

広島大学の筆者のゼミの卒業・修了生たちとの宴席で、広島市郷土資料館元館長だった社会人大学院生Nさん——広島市の生まれですでに還暦も迎えている男性——と歴史談義をしていて、「やはり広島人は、浅野でなく、毛利といいますね」という発言がでた。広島地域はいずれの殿様ないし大名が支配したところか、という一般的イメージの問題である。

しかし、広島城で長らく城主を務めたのは、その物理的時間の長さからいえば圧倒的に浅野一族だった。広島の武家茶道・上田宗箇《そうこ》流もまた、浅野家家老の上田家に伝承されたもの。初代宗箇・上田重安《しげやす》――山田芳裕の漫画『へうげもの』（講談社、二〇〇五～一七年）で有名――は、もともと豊臣秀吉の寵愛も篤い側近だった。が、関ヶ原の戦いの後、紀州和歌山藩主・浅野幸長の家臣となる。そして幸長没後の一六一九年、弟・長晟《ながあきら》が、大坂の陣ののち福島正則の改易を受け、安芸・広島に入城。これにともない、初代宗箇もまた広島に入った（二〇一九年現在、茶道家・上田宗箇流を筆頭に、地元をあげて「浅野広島城入城四〇〇年記念事業」を推進している）。なお、先のNさんの補足によれば、「だから、上田宗家では、広島はやはり浅野、と言うでしょう」とのこと。浅野家は、一八六九年の版籍奉還をもちこたえ、藩主・長勲《ながこと》は知藩事となって、七一年の廃藩置県まで広島を治めた。ここまでなんと二五〇年を超える治世である。

これに対し、当初秀吉の五大老の毛利家は、元就の孫・輝元が、一五八八年の秀吉上洛に前後して広島城の築城を開始。一五九一年に秀吉から九ヵ国一一二万石を安堵され、本拠地を吉田・郡山城から広島城に移す(7)。けれど、輝元は、一六〇〇年の関ヶ原の戦いで西軍総大将（＝反徳川方）として敗れる。結果、毛利家は長門・周防二州に転ぜられ、広島城はまず福島正則の手に渡ってしまう。

というわけで、毛利家は、築城の一五九一年から一六〇〇年まで広島城の殿様ではあったものの、じつは広島城主だったのは輝元のみ。したがって、安芸・広島での殿様歴は、毛利家がわずか一〇年（吉田・郡山城主の期間は除く）、浅野家が二五〇年である。年月だけからいえば、領主期間の差は歴然としている。なのに、どうして現代の広島市民の感覚では、いまだ「広島といえば毛利」となるのか(8)。

毛利氏の根拠地、安芸・吉田盆地の郡山城跡を南面より望む（安芸高田市）

毛利元就の領民撫育策――吉田・郡山城での籠城

安芸・吉田での毛利一族の興隆は、次男・元就が――長男・興元、その幼き嫡男・幸松丸《こうまつまる》の相次ぐ死により――たまたま一族の家督を継ぎ、当初は南東尾根の本城だけだった郡山城を全山要塞化したことに拠る。

筆者が郡山麓の安芸高田市歴史民俗資料館でみた展示品（複製）に、一五二三（大永三）年、幸松丸の死に際しての元就による発句《ほっく》の書付文書（オリジナルは防府《ほうふ》・毛利博物館所蔵）がある。吉田西郊の多治比猿掛《さるかけ》城在住時のものという。

毛利乃家／わし乃はを次／脇柱〔端裏書には「毛利の家督元就被在時之発句」とある〕

「わし乃は」は「鷲の羽」で、武威の象徴たる矢羽根のこと。由緒正しい「武家」を指す。「次」は、「矢をつぐ」と「家督をつぐ」の掛詞だ。続く「脇柱」とともに「次男」の意も。いずれにせよ、思わず毛利一族の惣領の地位に踊りでた、若き元就の思いを表す句といえる。

当時の毛利氏は、北は出雲の尼子《あまご》氏、西は周防《すおう》の大内氏に挟まれていた。もともと出雲の尼子氏に従属していた毛利一族は、尼子の締めつけが厳しくなるにつれ、西の大内氏に歩み寄った。毛利一族が尼子と大内という二大勢力の勢力圏のインターフェイスたる安芸・吉田を根拠地としたことが、元就に結実する高い政治的な状況判断力を鍛えあげたと言えるかもしれない。

一五四〇年秋、ついに尼子が毛利を滅ぼすべく、兵三万を吉田・郡山城に差し向ける。このとき、元就の号令一下、全山要塞と化した郡山城に——司馬の表現では——「さざえがふたをしたように」閉じ籠もる。しかも、領民たる農民たちとその家族まで一緒に、だった。司馬はいう。

かれの元来の所領三千貫は、まことにせまい。かれが農民の顔をぜんぶ知っていたとしてもふしぎではないほどにせまいのである。

（いっそ農民と一緒に）

という思想が最初から元就にあった。……

（同書、五四〜五五頁）

だから、元就の領民撫育《ぶいく》策は「御為《おため》ごかしではなかった」、と。毛利一族（特に元就）は、象徴的に「中国者《もの》の律儀《りちぎ》」（同書、九頁）と言われ、まさにその「質実な」性格（同書、四九頁）で領民を治めた。司馬にいわせれば、このことは、郡山の一角に鎮座する元就墓所が、いまも親しみを込めて地元の人々に「お墓さん」と呼ばれていることからも窺い知れる、と。

安芸門徒のなかでの政治哲学——「百万一心」の精神

司馬の指摘でおもしろいのは、元就は、こうした戦術の「型」を、彼が吉田・郡山城主となった時点ですでに考えていた、とする点である。ここにこそ、元就に象徴される精神のあり方が発露しているのだ、と。

右：毛利元就の墓所、司馬は墓標となっているハリイブキの老木を「元就の枯骨」に喩える／左：元就墓所の真向かいに建てられている「百万一心」の石柱

元就は、郡山城主になったときから、この型を考えつづけてきたにちがいない。（そのためには、農・商と一つにならねばならない）ということを、最初は手段として功利的に考えたのであろう。その手段が、功利性をふくんだままやがて元就の基本的な政治思想になってゆき、山陰・山陽を覆う勢力になってからも変らなかった。

（同書、五五〜五六頁）

司馬は、元就のスマートで巧みな政治手腕をみごとに表現している。ここで主張されているのは、ある種の功利主義的な政治哲学といってもよい。しかも、それは、スマートなだけでなく、領民に対してすこぶる優しい施策でもあった。元就の領民撫育策は、司馬の思考にしたがって考えると、ひじょうに合理的な統治戦略だったということだ。

なお、郡山籠城戦の精神は、毎年七月下旬に開催される「一心祭り」(二〇一九年夏で三六回を数えるが、現在の一心踊りと一心節が初披露されたのは一九八六年から)のスローガン、「百万一心」(一日、一力、一心とも読める)にも生きている。もともとこの「百万一心」とは、郡山城拡張工事の際、領民をひとりとして軽んずることのなかった元就の気質をしめす言葉だった。伝承では、この「百万一心」とは、郡山城本丸の石垣普請のための安全祈願にあたり、生娘の人柱に代わって基礎となる石に刻まれた文言だという。ちなみに、この礎石は、江戸の文化年間(一八一六年)に長州藩士によって発見され、拓本がとられた、とのことだ(ただし、現在オリジナル石も拓本も所在不明)。そして、この拓本をもとに、昭和六(一九三一)年に柱状石碑がつくられ、現在も元就の墓に向かい合って立っている。

なお、筆者の追跡取材時に、たまたまこの「百万一心」碑のまえで出逢った散歩中の地元主婦連によれば、「お墓さん」と呼び習わす伝統は、残念ながらすでに廃れてしまっているようだった。けれど、地元吉田地区の小学六年生は、学校の年中行事として、「領民の娘の命を救った殿様」の芝居を演じ続けていると聞いた。

けだし、まさしくこんなところに、現代でも「広島といえば毛利」といわれる秘密が潜んでいるのであろう。

元就の近代精神——オランダ・ライデンでの近代市民誕生との共鳴関係

安芸・吉田の旅の最後に、司馬が感じ入った元就の領民統治能力の高さとの関連で、「安芸門徒」の話をしておきたい。広島は、本山のある京都は別格として——「三河門徒」「加賀門徒」などと並び——「安芸門徒」と呼ばれる真宗門徒の多い地域、すなわち浄土真宗の影響が色濃い土地だ（ちなみに、領主・毛利家は禅宗で真宗門徒ではない）。じつは筆者の妻の実家もごく一般的な安芸門徒の家なのだが、本書執筆中に義母（妻の母）の葬儀ならびに関連の法要を経験した。その際、北関東の東夷《あずまえびす》で天台檀家の家に育った筆者が驚いたのは、寺の須弥壇《しゅみだん》でも家庭の仏壇でも、つねに中央に放射状の光輪を負う阿弥陀如来像——正式には本山から受ける御本尊の軸画「免物《めんもつ》」を据える——が座していること。その両サイドに、「御両脇《ごりょうわき》」として、向かって右に開祖・親鸞、左に中興の祖・蓮如の軸物が添えられるのみ。つまり、〈阿弥陀様のもとでの衆生《しゅじょう》の平等〉といった考えが浸透しており、通常は位牌も作らず、仏壇自体もかなりコンパクトなのである。神棚も——おそらく商店主や漁業従事者などを除き——祀らない。だから、真宗というのは、あらゆる宗教的虚飾を排した〈シンプル・イズ・ベスト〉の合理的精神でまわっている、という感じなのだ。ただし、信心深い檀家の家々には、門徒勤行集があって親鸞聖人の御言葉がつねに唱和される。ここからも庶民の地域の「横」の結びつきの強さがわかる。ちなみに、故人となった義母本人は、お隣りの備後の、家具づくりで有名な山間の町の出身なのだが、その家は真言宗。その旧宅には造り付けつまり建物の一部としてビルトインされた立派な仏壇があった。安芸門徒の家とは対照的な光景である。

司馬もまた、浄土真宗の信仰のあり方のうちに、戦国期の安芸庶民のあいだの「横」のつながりの根源を読みとっていた。すなわち、領主との「縦」の関係とは別次元の、真宗の講に基づく強い宗教的連帯意識によって領民同士が結ばれている、という認識である。こうした認識に立って、司馬はいう。戦国武将のうち毛利元就だけが、「戦国末期に、中世的政治感覚ではいたって御《ぎょ》しがたい門徒というものをみごとに御して一度もトラブルをおこさなかった」(同書、一五頁)、と。元就の戦術ならびに統治法に見いだされる際立ったスマートさないし新しさは、強固な宗教的結束を断ち、武士・農民・商人という身分制度さえ超越するものだった。

思いだそう。ここでの元就の思考の型と同じものを、もっと具体的にいえば、ちいさな城砦への籠城と近代的市民の誕生をわれわれはすでに確認していたのではなかったか。そう、それは、「オランダ紀行」(本書第二章)で語られたライデン市民のスペイン支配からの解放の話だ。一五七四年、ライデンの市民たちはスペイン軍を水攻めにし、彼らから自由自治を勝ちとったのだった。司馬はここに、プロテスタンティズムを信奉する合理的精神をそなえた新興商人たちによってもたらされた「市民社会」のすがたをみる。しかも、それは「世界史上はじめて」のことだったと褒めたたえたのであった。そして、ここで勃興した合理的かつ功利的な近代市民が「ビジネス文明」を牽引し、良きにつけ悪しきにつけ、その後の世界のあり方を左右したことはすでに見たとおりである。

ライデンの話は、一六世紀後半のヨーロッパでの出来事だ。しかし、その数十年まえ、一六世紀前半の日本でも――ある意味同時代的に――真宗門徒の強い宗教的紐帯が存在するなかにあって、毛利元就という武将領主が、四民平等的で合理的・功利的な統治法を型とする新たな政治哲学を採用することで、その支配圏域を拡大していったプロセスは注目に値しよう。こうみると元就は、ある種の近代人――ビジネス文明の人――なのである。

司馬自身によるライデンと安芸・吉田の比較論はない。が、しかし、このような毛利元就の比類なき政治統治能力の目新しさに思い至ったとき、作家の脳裏には、西洋の近代的な市民精神や近代市民社会の芽ばえとの二重写しのイメージ、世界史的なシンクロニシティへの気づきがあったのではあるまいか（あるいは、このときにはまだぼんやりしていたが、約十年後に「オランダ紀行」を綴る段になって、きっと元就のことを思い出していたであろうと想像しうる）。いずれにしても、吉田・郡山城での元就の対尼子戦をめぐる司馬の語りは――まさに思想的レヴェルで――十年後のオランダ・ライデン市民の解放譚と共鳴させて読むことが可能だと筆者は考えている。こうした意味で、この「芸備の道」の一節には、司馬一流の歴史認識の型が、奇しくもアナロジーとして顕現しているのである。

備後の盆地・三次――川辺の「水村」の地

安芸・吉田から北へ、江の川に沿って二五キロ。司馬は出雲街道（国道五四号線）を、最終目的地の備後・三次へと向かった。司馬の眼は、日本海へと流れゆくこの大河の先に、出雲・石見の国を見晴るかしている。三次での散策は、こぬか雨のそぼふる朝にはじまった。山と川の織りなす詩的世界への旅である。三次の景観は、まず次のような歴史的イマジネーションのなかに立ち現れてくる。

三次盆地の巴なす江の川と「牛の背」のような山並み
(みよしまちづくりセンター屋上より)

三次盆地には諸方から水流が落ちこんで巴《ともえ》をなし、このために夏から秋にかけては霧がふかく、それが古い城下町の風情《ふぜい》とよく適《あ》って、霧の里といわれる。いまは霧の季節ではないが、多少の霖雨《りんう》は三次の町に似合っているかもしれない。

(同書、九五頁)

司馬の記述は、三次の盆地風景をめぐるこのような簡潔な描写のあと、「ミヨシ」地名にまつわる語源的思索から、その歴史の古層へと沈潜していく。作家は、地元郷土史家・堀江文人氏による歴史小冊子『三次小史』に注目する。この郷土史家の地名考証が――堀江氏本人もいうように――「多少の飛躍もある」ものの、「まことに魅力的な説」(前掲書、九八頁・一〇〇頁)だからだ。この郷土史家による地名起源説に基づき、その歴史的夢想に相乗りするかたちで話を進めていく。その説とは、がんらい「ミヨシ」とは「ミ・スキ(水村)」で、「スキ(村)」のほうは古代朝鮮語からの転化だ、というものだ。司馬はそこからさらに考察を深め、「次」を「スキ」と読むのは、古代大嘗祭において初穂献上を指定された国の呼び名から来たのだろう、という。そして、このような連想を遺憾なく発揮したのち、また次のように言うのであった。

ともかく、いまの三次あたりを、
「水村《ミスキ》」
であるとよぶ感覚は、いかにも地理的実景が目の前にあらわれ出るようにあざやかである。

(同書、一〇三頁)

われわれは、ここでもまた、司馬のもとにあった地名をめぐる「歴史的＝文学的想像力」と、郷土史の細かな情報まですくいあげる草の根的なまなざしとの交差を愉しむ。ここでの作家の想像力はむろん、三次の地霊（ゲニウス・ロキ）によって活性化された鋭敏な感性に下支えされている。だから、たとえこの語源的解釈が誤解ないし誤読であったとしても、われわれ読者は、その詩的なイメージが鮮烈に射抜く普遍的真実のほうに強い魅力を感ずるのである。しかも司馬の眼のフォーカスは、ここでふたたび、半島渡来人の古代的記憶へ向けてぐっと絞られていく。ここに顕現しているのは、司馬一流の「感性哲学」の煌めきであり、まさにこの偉大な歴史作家がその伝家の宝刀を抜く瞬間なのだ。

「牛の背」のような山の風景――半島伝来のタタラ製鉄と鉄穴流し

古代朝鮮語の「ミスキ（水村）」にやってきたのは、「タタラ衆」と呼ばれる砂鉄製鉄の技術をもつ職能集団だった。司馬は想像する。「三世紀から、五、六世紀にかけて、タタラ衆（砂鉄製鉄集団）が大挙南朝鮮からやってきて出雲、伯耆《ほうき》、因幡《いなば》あたりの山中に大展開した」（同書、一〇三頁）、と。なお、司馬は、製鉄という「文明」がもたらした環境変化、すなわち、森林乱伐による朝鮮半島南部の禿山化《はげやま》という事態も意識していた。

司馬自身も指摘するが、タタラ衆の渡来・移動の歴史は、すでに先行する『街道をゆく』シリーズでもあつかっていた。「芸備の道」に数年先んずる一九七五年一月に取材された――出雲～吉備の紀行

――「砂鉄のみち」(『街道をゆく7』所収)である。

そして、これら「砂鉄のみち」にも通ずる渡来系製鉄民と古墳との関係――備後・三次地区の格別の古墳密集度の高さについてはすでに述べた――を、次のようにいう。「中国山脈のあちこちにある古墳の何割かはタタラ衆の親方のものであったろうとおもわれる」(前掲書、一〇三〜一〇四頁)、と。司馬は、このように、三次の古墳の埋葬者たちが、渡来製鉄集団とかかわっていたことを示唆するのであった(なお、この考えは、本書補章・群馬篇でも思いだして欲しい)。

さて、こうした朝鮮半島からのタタラ衆という職能集団の移動の歴史――先に述べたように司馬にとっては「砂鉄のみち」と一筋に連なる歴史風景なのだが――は、眼前の天地自然の風景把握にもつながっていく。まさに司馬の感性哲学がここで発動するわけだ。

三次盆地をとりまく山々が古代から鉄を出してきたということは、山容まで改まっていることでもわかる。

山頂や稜線が掘りくずされ、どの山も牛の背のようにまるくなだらかになっている。そのあとに草苔《そうたい》がはえ、樹木が茂り、一見、もともとそうであったかのように見えるが、砂鉄採取という、古代的状況のなかではすさまじい自然破壊のあと、自然が回復した姿であるにすぎない。むろんこの盆地での砂鉄採取と製煉は古代にとどまらず、中世、近世、明治期までつづいた。

砂鉄はそれを掘りとったあと、人工の川溝《かわみぞ》に流される(鉄穴流し)。水の豊富な土地でなければこのしごとはできない。

(同書、一〇四頁)

司馬は考える。朝鮮半島南部を禿山にし、日本海を渡り出雲地方に入ったタタラ衆の一部が、江の川を南の山間部へとどんどん遡り、最終的にこの美しい水郷盆地に到達する。そしてここで、「おお、水《ミ》村《スキ》よ」と感嘆の声をあげ、そこに棲みついたのだ、と。歴史ロマンとしてじつに鮮やかなイメージだ。

江の川水系の川筋が集まり巴なすこの地は、鉄穴流しにも稲作にも好適地だった。だから司馬は、「盆地をめぐる山々にタタラ衆がハリネズミの毛のように集まった」とみる。命令系統のはっきりした渡来系職能集団があまた移住し、その親方たちの号令があったればこそ古墳築造のような大事業もできた、と司馬は想像を膨らませていく。

先にみたように、司馬には備後・三次に入る以前から予感はあった。安芸・吉田からの伏線が効いている。司馬はいう。「こういう古代的状況を草木のなかから感じたいと思って、吉田から三次へむかっている」（同書、一〇五頁）、と。そう、こうした一連の思考は、三次へと至る道々の風景スケッチが、ひとつに結像したものなのだ。

製鉄文明と環境破壊――一九七〇〜八〇年代の『街道をゆく』の関心

「芸備の道」の書かれた時代背景を考えておこう。一九七〇年代後半〜八〇年代、ちょうど「砂鉄のみち」「芸備の道」が書かれた時期、田中角栄の『日本列島改造論』（日刊工業新聞社、一九七二年）――当時の政府綱領――にあと押しされるように、日本経済は未曾有の高度経済成長を経験していた。しかし他方で、自然環境の破壊や歴史遺産の軽視といった負の側面もあちこちで露呈しはじめ、それが看過できない状況になっていた。

司馬は、三次篇の最後に、三次西郊「粟屋」地区の市街地を見下ろす江の川左岸断崖上にある岩脇古墳（実際には大円墳と小円墳群からなる円墳群。現在は古墳公園として整備）を訪れ、この古墳を救ったひとりの篤志家医師・故河野《こうの》寿《ひさし》翁の功績に言及する。アマチュア郷土史家で、私財を投じてこの古墳や鉄穴場《かんなば》（自宅近くの丸山鉄穴場跡）の保存に尽くした人物である（紀行には故老翁夫人との邂逅《かいこう》譚も記されている）。

司馬は、岩脇古墳の脇に建立された彼の頌徳碑に注目する。そこにはただ「文存亦仁術」の文言と簡素な略歴が刻まれていた。作家はここに、一地方に生きた郷土史家のもとにあった社会公共善をなす模範的徳性の存在を確信する。司馬が安芸・備後を旅したのは、まさにそのような倫理が忘れ去られようとしていた時代であった。

このように、司馬による一種の文明批判も、「芸備の道」には孕《はら》まれている。ここでの「文明」とは、製鉄集団のおこなう自然破壊であり、歴史的文物の保存よりも、開発や利便性を追求する一種のビジネス優先主義といえよう。見ようによっては、古代において「鉄」を手にした者とは、富と武を背景に社会暴力を行使する野蛮人だったと言えるかもしれない。ここには、製鉄文化という新たな「文明」が、同時にまた、「野蛮」でもあったという矛盾が潜んでいる。緑の山々は過剰な樹木の伐採で禿山となり、山体そのものも砂鉄採取で地肌も露わに削られた。宮崎駿《はやお》の長編アニメ『もののけ姫』（スタジオジブリ、一九九七年）があつかった主題である。

司馬は――皮肉を込めて――弥生式農耕の先住民を脅かした三次の古墳群被葬者たち、とはつまり、新規に参入してきた渡来系タタラ集団の親方衆の面貌を、次のように揶揄《やゆ》してみせる。(9)

やたらと土を盛りあげたがった支配者たちの顔が、どんなだったか、古代にゆけるものなら一目見てみたい。存外、高貴な顔など一つもなくて、いまの土地ブローカー、地面師、大型ゴミ不法投棄屋がその日からつとまる顔であったかもしれない。

（同書、一三〇頁）

当時の司馬が抱いていた文明的蛮行への憂い、すなわち同時代日本の社会傾向への鋭い批判のまなざしが、ここに間違いなく読みとれよう。

それでもなお、以下のことはすぐに断っておかねばなるまい。司馬は明言しないが、渡来系製鉄集団がもたらしたものについて、その暴力性を意識しながらも、やはり〈誰もが豊かに暮らせる文明化の手段〉として肯定的に捉えていたのではないか、ということだ。これは、オランダのビジネス文明（本書第二章）やアメリカの科学技術文明（本書第三章）についても同じことである。司馬の「文明」観は、『街道をゆく』全体を通して、ひじょうにアンビヴァレントであり、右に左におおきく揺れていたのではないだろうか。

ワニを食べる三次の人々

本章を締めくくるにあたり、余談ながら、三次周辺に息づく珍しい食文化を紹介しておこう。残念ながら、司馬はこれには触れていない。

ワニの刺身丼とワニ・コロッケ（三次もののけミュージアム併設の食堂にて）

三次など備北地方の山間部——お隣りの庄原《しょうばら》も含む——の人々は、ハレの日に「ワニ料理」を食べる。近所のスーパーにも「ワニ」の肉が並んでいる。ただし、クロコダイルやアリゲーターの類のワニ（鰐）ではない。ここでのワニとは、「サメ（鮫）」のこと。山間地なのに刺身でも食べる。最近では、ワニ・バーガー（中国自動車道・七塚原ＳＡでの販売が有名）もある。アンモニア分の多いサメ肉は、すこし鼻をつく臭いがあるが保存も利く。刺身などはねっとりとした固有の食感があり、味も意外に淡泊で、地元では人気がある。これらのサメは、もともと、山陰など日本海からもたらされたものだった。こうしたサメ食文化[10]もまた、備後・三次が、日本海文化圏と深くつながっていることをしめすひとつの証左かもしれない。

なお、人間とサメとの強固なつながりをしめす古代信仰の痕跡は、新潟のヒスイ産地の縄文遺構でも見てとれる（新潟・糸魚川市の寺地遺跡）[11]。また、『古事記』（上巻・神代）のオオクニヌシノミコト神話「因幡の白兎（稲羽之素兎）」でも、サメは重要な役割を担っている。「因幡の白兎」は表向き、沖合の岩礁・淤岐島《おきのしま》から海岸への渡りの物語だが、想像をたくましくすれば、日本海に居並ぶサメたちがつなぐ半島（朝鮮）と島（日本）の「海上の道＝架け橋」譚、あるいは、異民族の交流譚と読むこともできよう。

＊

ここまでで、司馬本人の旅にもとづく滋賀、朝鮮半島、広島をめぐる東アジアの旅は、ひとまず終わりとなる。ここにあったのは、『街道をゆく』シリーズのもっとも初期にあった司馬の関心、すなわち「日本人の祖形」を辿りたいという衝動に駆りたてられた道行きであった。そこにはつねに、一九七〇年代以降に急速な経済成長を迎えた日本社会の暗部へと向けられた鋭いまなざしがあった。「日本（人）とは何か」「国土とは何か」「近代化とは何か」、さらに「文明とは何か」といった問いと言ってもよい。

第二部・東アジア篇の旅はまた、時期的にはむしろ司馬晩年の著作である第一部・欧米篇の旅とアナロジカルに照応し、司馬固有の思考の原型を垣間みせてくれていたことにも、ここで注意を喚起しておきたい。それは、たとえば、ユーラシア大陸の東西両端の辺縁に見いだされた、〈朝鮮半島 vs. 日本〉の関係と、〈アイルランド vs. イギリス〉の関係とを引き比べる視座である。あるいは、毛利元就の吉田・郡山城籠城ないしは領民撫育策と、同時代オランダの古都ライデンにおいて対スペイン戦の結果生まれた市民の姿とを比較する視座だ。いずれも、グローバルな視座で、「日本」や「近代」を相対化し、世界史の展開のなかで歴史を捉えなおす思考の枠組みを意識させるものであった。

また、いっぽうで、『街道をゆく』初期の東アジアをめぐる旅は、「鉄」「古墳」等をキーワードに、その古代から戦国期にまで遡り、朝鮮半島と日本（倭）との文化交流の歴史を追うものだった。ここには、「北馬」の中国大陸北辺から朝鮮半島を経て日本へと至る人とモノの伝播プロセスを念頭におきながら、旅先で渉猟した景色や匂い、手触りで色づけを施すことで、壮大な歴史ロマンを生きいきと紡ぐ強靭な歴史的＝文学的想像力の飛翔があった。ただし、このときの司馬は、時に——自己を相対化するような醒めたまなざしで——半島と島の双方向的な交流・移動の事実をも強く訴えていた。「韓のくに紀行」の沙也可＝金忠善のエピソードなどは、まさしくその最たるものであろう。

さて、第二部の最後に、筆者は、こうした司馬の思いを胸に、自己の根をあらためて見つめなおし、それを記述したい、否、物語ることでいっそう深く理解し、さらにそれを相対化したいという衝動に駆りたてられた。そのために追加の一章を設けねばならなかった。それが、以下に続く補章「司馬の見残した火山の風土——群馬・渋川金島のみち」である。これは、司馬の眼を借りた、いわば『街道をゆく』の応用実践篇であり、司馬が見残した風景スケッチの補遺でもある。そしてここにも、「鉄」の文明史の道はつながっていく。

さあ、第二部最後に——筆者の生きた街道の記憶を刻む——補章の旅へと読者諸氏をいざなおう。これは、筆者にとって、司馬の「街道」を追いかける旅をはじめたときから、すでに無意識に計画されていた紀行だったといってよい。

補章　司馬の見残した火山の風土——群馬・渋川金島のみち

二二歳の司馬遼太郎と坂東武者の大地

司馬は、「毛野《けぬ》のみち」を、『街道をゆく』シリーズに入れていない。ただし、上毛野《かみつけぬ》すなわち今の群馬県、および、下毛野《しもつけぬ》すなわち栃木県、これらの土地にまったく関心がなかったわけではなかったように思われる。否、むしろ、一九四五年八月一五日、彼が二二歳の青年戦車兵として敗戦を迎えた栃木・佐野については、いつかは歩かねばならない道と認識していた節がある。司馬自身がいうように、彼の著作の多くは「二二歳の自分への手紙」(1)だからだ。この偉大なる歴史作家は、終戦以来「どうして日本人はこんなに馬鹿になったんだろう」と自問自答を重ね、ひたすら書き連ねてきたのである。

このように文字通り戦後作家だった司馬にとって、栃木・佐野の地は「現代の日本人」「現代のこの国（日本）」を問う出発点だった。そして、ある意味で昭和史そのものを書きあぐねた彼は、むしろその土地のさらに古層、坂東武者《ばんどうむしゃ》への関心からはじめるほうが今に通じている、と感じていたのかもしれない。佐野といえば、鎌倉武士の精神を象徴的に語る謡曲『鉢木《はちのき》』の舞台、すなわち坂東武者・佐野源左衛門常世の「いざ鎌倉」の物語の地だ。(2) 大雪の降る晩、この貧家の主は、旅僧姿に身をやつした執権・北条時頼を精一杯もてなす。そうして「鎌倉一大事」の報を受けるや、最小限の武具を身に纏《まと》いおっとり刀で馬を駆り鎌倉へと馳せ参じた、というあのエピソードである。

終戦間際、司馬は中国東北部から、具体的には、陸軍駐屯地のあった満州東部の牡丹江近郊――当時のロシア国境まで約二〇キロの地――から日本へと召還される。行き先は機密情報として知らされていなかった。朝鮮半島の釜山港から日本海を新潟に渡り、そこからまず群馬県まで汽車に乗せられる。最終目的地の栃木・佐野での駐屯は、九十九里浜からの連合軍上陸を想定した戦車決死作戦の準備を意味していた。司馬は、この佐野への移送途次、群馬・相馬《そうま》ヶ原《がはら》の演習場にて一時滞留を命ぜられる。

このときはじめて、汽車の車窓から、坂東武者が駆けめぐった大地を、この将来の歴史作家は目の当たりにすることになる。このとき彼の脳裏に焼きついた関東平野への感慨は、「私の関東地図」(一九七九年一二月に初掲載)という小文(3)に収められている。司馬は当時のことを思い出しながら、北毛の城下町・沼田《ぬまた》を過ぎ、関東平野がぐっと眼前に開けてくる前橋《まえばし》の駅に降りたったときの思いを次のように綴っている。

沼田の盆地は、陽《ひ》の下で見た。
前橋で降り、そのあと桑畑のあいだの道を徒歩で西方の相馬ヶ原(箕輪《みのわ》町、現・箕郷《みさと》町)〔現高崎《たかさき》市〕にむかったときは、はじめて見る関東平野というものの広さにおどろいてしまった。

(『司馬遼太郎が考えたこと10』、一一八頁)

ここでの司馬は、広大な関東平野を満州の大平原になぞらえて語っていた（同書、一一九頁）。しかし、彼にとって、この地は——満州とはちがって——野趣に富む東国の火山の大地でもあった。「火山の風土」に接するのもほとんどはじめてだったのである。

私は、火山も知らなかった。

榛名《はるな》、赤城《あかぎ》という、山頂に火口湖をたたえて裾《すそ》野を大きくひろげている円錐《えんすい》状のかつての火山が前面の視野いっぱいを占めていて、その四合目あたりから裾野が大傾《おおかし》ぎにかしぎつつこちらへひろがってきて、さらに背後へひろがりつづけ、ついに東京にいたるのだろうと思うと、空が落ちてきても大丈夫なひろさのようにさえおもわれた。（同書、一一九頁）

司馬と一緒にいた——生まれも育ちも京都の——上官の中尉は、「こんなところ、空と桑畑があるだけじゃないか」とまったく共感しなかったらしい。司馬は、この日の自分のことを振りかえり、「土霊でも憑《つ》いてどうかしていたのかもしれない」と述べつつ、このような大きすぎる「空」こそが上州の近代詩人・萩原朔太郎を生んだのではないか、と文学的夢想をひろげている。「ともかくもこの日の上州の空は大きすぎ、なにか言葉でうずめないと歩いていられないほどであった」（同書、一二二頁）、と。

「風景を読む」感性の処女地——筆者の原風景・渋川金島

司馬の断片的な記述からみて、毛野ないし北関東の風景のひとコマは、如何《いか》ほどかのことを考えさせるに足るものであったかと思われる。だが、その衝撃を『街道をゆく』の一篇として作品に結実させることは叶わなかった。だから、この補章は、司馬に敬意を表しながら綴った、いわば『街道をゆく』の続篇、あるいは、そこから抽出された彼の「感性哲学」を実践した応用篇なのである。ことに副題に「群馬・渋川金島《しぶかわかなしま》のみち」と題して特定の土地をピンポイントであつかうのは、ひとえに、そこが筆者の故郷であり、もっとも熟知したフィールドだからだ。風景を読む筆者の眼を養った天地といってもよい。簡単に「渋川金島」の地勢を語っておけば、かの地はまさしく関東平野の平野部と陸奥《みちのく》・東北に連なる野趣に富む山間部とが接するインターフェイスにあたる。さらにやや勇んでいえば、筆者は——「西の人」司馬とは異なって——火山の風土で培われた眼をもつ。だから、大作家・司馬が見残した坂東ないし毛野の風景を、その地理・人文《じんもん》の古層までしかと凝視して語ってみたい、と切に思っている。

筆者少年期の眼の鍛錬の場を、雑多なイメージの群れとして提示しておこう。物心のつく一〇歳前後の頃だったか、自宅近くの田畑の畦道で、縄文・弥生の土器片や平安の須恵器片あるいは鉄滓《かなくそ》（正式には「テッサイ」と読む）の類いを見つけては、大事にポケットに詰め込んでいた。家ではそれらを空いた菓子箱に並べ、飽かず眺めもした。めざとく町の広報誌の告知を見つけ、地元郷土クラブ主催の旧跡探訪の会にひとり参加もしたこともある。そのとき、半ば土に埋もれた自然石の庚申塔側面に、寄進者として刻まれた江戸期の先祖名――桑島織部(4)――を見つけ、胸を躍らせたのをよく覚えている。また、地元農家の三男坊だった父（父は七人兄弟姉妹の下から二番目。末の叔父を除き伯父伯母は、いずれも一九二〇～三〇年代生まれ）の親族の寄合いで、たまたま伯父伯母たちの口を突いて出た「シシドテ」（鹿・猪除けの簡易な空堀）の話に興味をもった。後日、父にせがんで、山裾に残るシシドテの痕跡を確かめに出かけたのは言うを俟《ま》つまい（青年期、関西で過ごした大学生活では、けっきょく専攻にも選ばず、いま思えばやや不真面目な態度ながら、サークル「考古学研究会」（顧問・都出《つで》比呂志教授）の一員として、大阪・北摂地域の古墳をめぐったりもした）。

少年時代のこのような癖《へき》は、現在の筆者においても、たぶんほとんど変わっていない。変わったとすれば、そののち多少の書物知を得たことであろうか。たとえば、宮本常一の「あるく・みる・きく」の旅の民俗学（特に「汽車に乗ったら窓から外をよく見よ」「新しくたずねていったところはかならず高いところへ上ってみよ」「人の見のこしたものを見るようにせよ」など、宮本の父親の残した「旅の十カ条」(5)）への関心。ちなみに司馬も「私自身、宮本学に親しんだのは、よほど古いつもりでいる」といっている(6)。あるいはまた、ゲオルク・ジンメルによって「アルプス美学」等で説かれた風景の力学的分析法への興味。このジンメルの手法については、筆者の処女作『崇高の美学』（講談社選書メチエ、二〇〇八年）の第三章第一節にその一端を記している。そうして、もちろん司馬の『街道をゆく』のうちに内在化された「感性哲学」――眼の思考・現場主義・歴史的＝文学的想像力――への気づきを忘れてはなるまい。これらの発見とその応用実践の試みが、本章を綴る視座を下支えしている。

だから、二〇一二年一二月一〇日（群馬県埋蔵文化財調査事業団の公式発表）、榛名山《はるなさん》の噴火に際して甲冑を着たまま被災した古墳人（甲人骨《よろい》）が、群馬県渋川市の金井《かない》東《ひがし》裏《うら》遺跡から出土したとのニュースが飛び込んできたとき、居ても立ってもいられなかった。まさに少年時代に慣れ親しんだ土地――父祖伝来の地である「金井《かない》」（金島地区の一部）――での世紀の大発見だったからだ。その年の瀬の帰省時、さっそく現場の風景的布置の再確認に走ったのを、その興奮とともに思いだす。現在、この遺跡周辺（「金井遺跡群」と呼ばれるようになった）は、いわゆる「日本のポンペイ」(7)のひとつと目され、世界的な火山灰考古学の最前線となっている。

このように、群馬の大地、ことにそのほぼ中央に位置する渋川金島一帯は、筆者にとって、その風景のなかに幾重にも歴史記憶の層が重ねられた唯一無二の場所なのである。しかもこの土地は、正確な風景的布置でいえば、司馬が眼をみはった驚くほど広い空の関東平野ではない。そこに在るのは、山が終わり平らかな野が川の下流域へとのびやかに展開する、まさしくその突端の風景である。以下では、群馬・渋川、わけても金島の自然地理を語り、その風景的布置をいまいちど明確にしながら、かの地の歴史的古層を露《あら》わにしてみたいと思う。司馬の見残した大地を凝視し、その基底に響く鼓動に耳を澄ませば、きっとこの土地に固有の記憶を引きだせる。そう、信じている。

関東平野という扇の「かなめ」――渋川金島の山河地理

埼玉・東京方面へ扇状に開けた関東平野の中央を流れる「坂東太郎《ばんどうたろう》」利根川《とねがわ》に沿って北西方向に遡ると、ちょうどその「かなめ」の位置で、群馬県西部の浅間・草津を水源とする吾妻川《あがつまがわ》と交わる。平成大

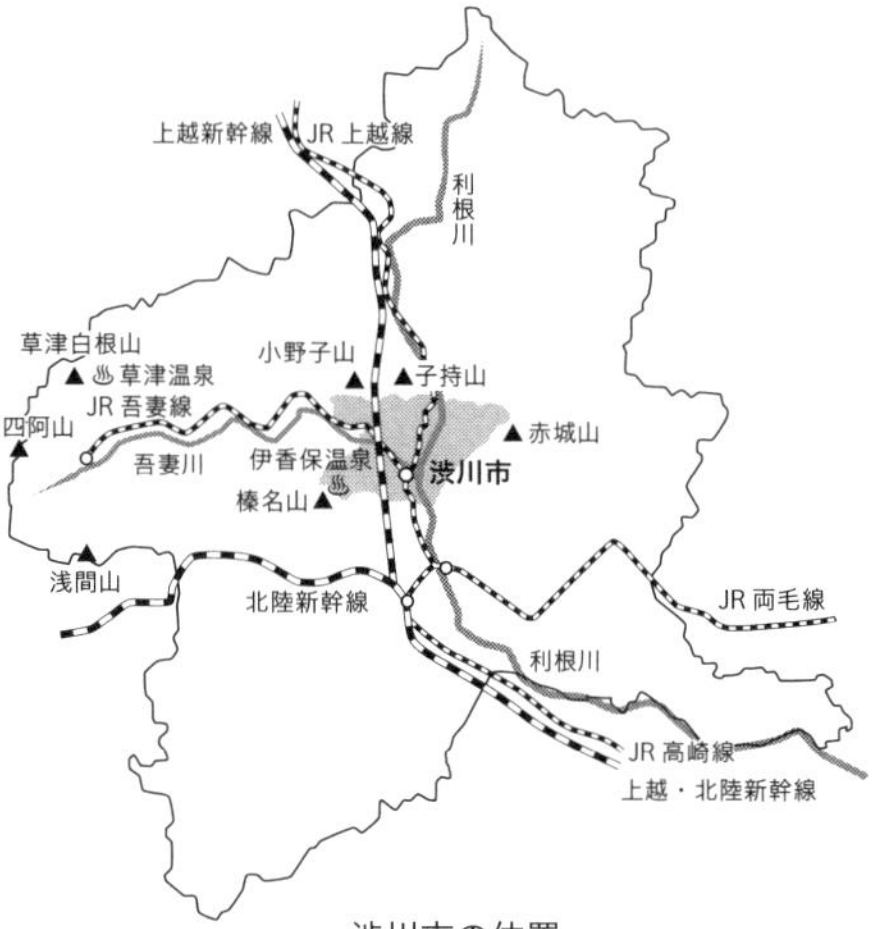

渋川市の位置

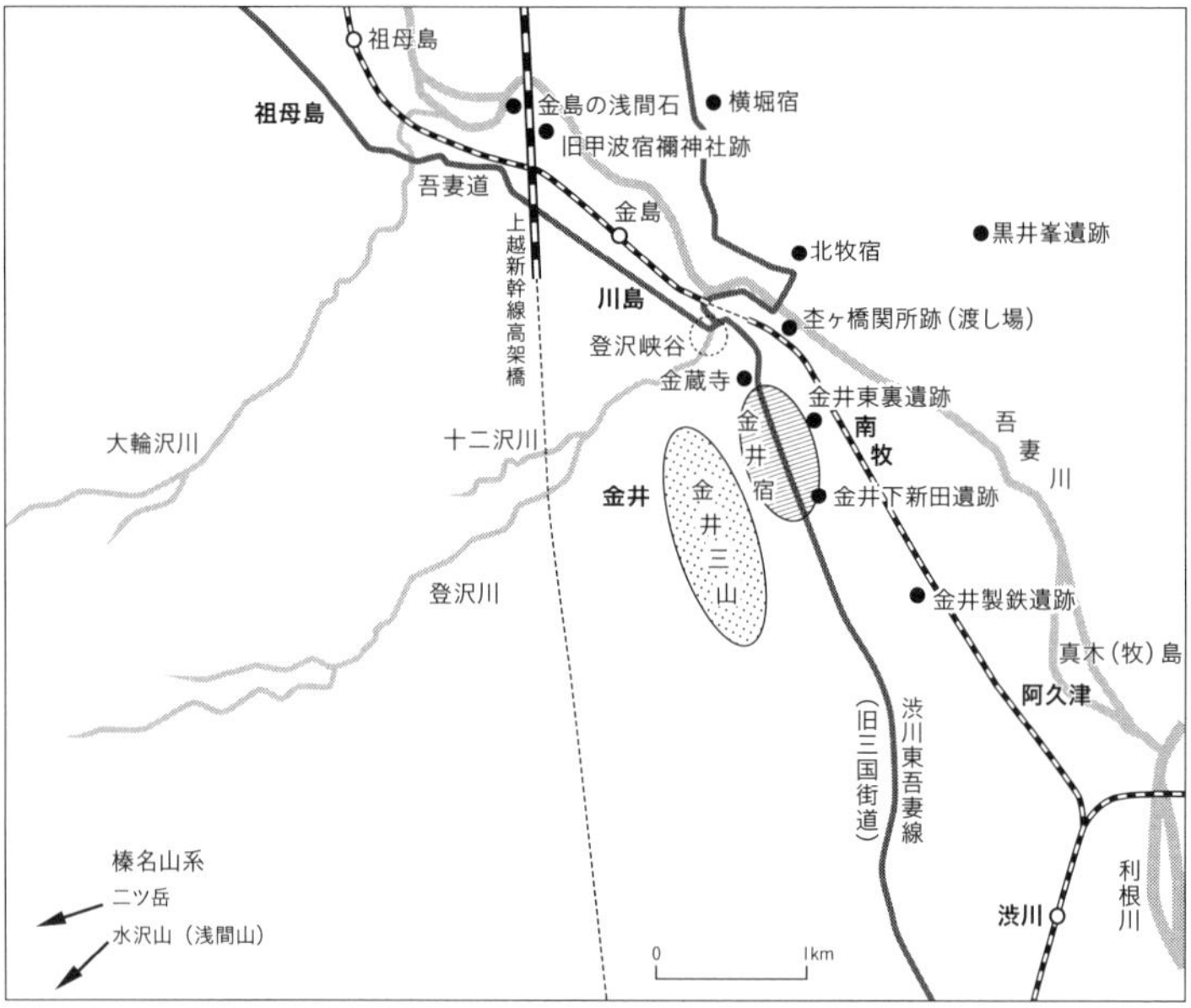

金島地区（渋川市）周辺

合併前の渋川市域は、ちょうどそのY字型合流点西側の扇状台地上に展開する地域だ。ここは、河川が中流域から広い川幅の下流域となる前線にあたり、榛名山東麓の扇状台地に段丘をなす坂の町。利根・吾妻の両河川をはさみ、東には赤城《あかぎ》山が望まれ、西には榛名山がひかえる。渋川の地名由来には諸説あるが、一説に川が合流して「澁る（シブる＝水が留まる）」場所の意とも、また一説に川が製鉄の鉄滓で赤茶色に濁る場所の意とも言われている（渋川地名研究会・渋川市教育委員会編『渋川市の地名』(8)）。なお、榛名も赤城も小休止中のカルデラ型活火山で、山上湖を中心にそれを囲む峻険な山々が連なる。東麓の渋川方面からよく見えるのは、伊香保《いかほ》温泉をはさみ上下に位置する二ツ岳と水沢山《みずさわやま》（正式名は浅間山《せんげんやま》）だ。

　金島は「カナシマ」と読む。榛名山の北東麓、西（榛名山の北側）から東へと流れていた吾妻川が、このあたりでゆるやかな弧を描きながら九〇度流れの向きを変えて南に下りだす。その吾妻川がつくる大きな弧に沿って、いくつかの集落が展開してきた。北から「祖母島《うばしま》」「川島《かわしま》」「南牧《なんもく》」「金井《かない》」「阿久津《あくつ》」である。これら集落の連合体が――明治二二（一八八九）年四月の町村制施行で西群馬郡金島村となった――旧金島地区（一九五四～二〇〇六年、平成大合併以前の旧渋川市）である。江戸期には三国街道が通り、佐渡への流人（＝無宿人）移送路でもあった（なお、通称「金井宿本陣の地下牢」(9)も残る）。

　吾妻を「アガツマ（＝わたしの妻）」と呼ぶのは、日本武尊《やまとたけるのみこと》＝倭建命が、己れのせいで海に身を投げた妻・弟橘媛《おとたちばなひめ》を偲び、このあたりで「ああ、吾《あ》が妻《つま》よ」と嘆じたからだ、と伝えられる。この風流な名をもつ川のひとつの水源をなすのが草津《くさつ》温泉の湯の川で、そこは現在も火山活動中の草津白根山《しらねさん》の麓にあたる。吾妻川は、こうした水源の地質的事情から、その雅な名前とは裏腹に火山性強酸質の「死の川」であり、中和のための石灰剤投入（昭和三〇年代に開始）がなければ魚も棲《す》めなかった。また流域の土壌も多分に酸性が強く、地元農民たちにはやっかいな存在で生産可能な農作物も限られた。

草津白根の南側へと眼を転じよう。吾妻川本流の水源地（四阿山《あずまやさん》・鳥居峠）の谷間をはさみ、さらに南方にひかえるのが、おそらく北毛一著名な活火山浅間山《あさまやま》である（現在でも噴煙をあげており、本書執筆中の二〇一九年八月にも小規模噴火があり、入山規制中）。天明三（一七八三）年の旧暦四月初旬〜七月初旬に起こった断続的な浅間山大噴火が広範囲に凶作・飢饉をもたらしたことはよく知られていよう。

　金島の村々も火山泥流の直撃に遭い、下位段丘面の集落はほぼすべて埋もれてしまった。川島の川神を祀る延喜式内社・甲波宿禰《かわすくね》神社（上野国四之宮）――「カワスクネ」とは「カワ（川）」の「スクネ（直根）」で「川の本流」の意とも――も流された（その後上位段丘面の端山麓に祀られた）。金島地区では、特に川島地域の被害は甚大だった。旧神社跡近く、ちょうど榛名トンネルから顔を出した上越新幹線が吾妻川の高架橋を渡る直下の場所（右岸）には、群馬県指定天然記念物の「金島の浅間石《あさまいし》」（南北約一〇メートル、高さ四・四メートル）も残っている。この浅間石というのは、泥流が運んできた巨大溶岩塊（焼け石）のこと。表面はガスの抜けた気泡痕だらけで、ゴツゴツとして真っ黒い。「金島の浅間石」ほどの大きさではないが、今も金島地区より下流の渋川一帯の吾妻川・利根川流域には大小さまざまな浅間石が点在する。

　筆者の生家は、川島より下流の金井に属する。金井の「金《かな》」の字は、古来この地で川砂鉄採集による製鉄業が盛んだったことに由来しよう（もと「金鋳」か）。地元郷土史家たちの後を追った少年時代、榛名山麓から吾妻川まで続く段丘なす坂道が遊び場だった。遊び疲れた夕暮れの空には、西陽の輝きのなか、いつも水沢山の漆黒の威容があった。あの頃、そうした山の姿を背にしばしば通いつめた場所こそ、

吾妻川右岸・川島地域に残る、浅間山大噴火の泥流で運ばれた「金島の浅間石」(輝石安山岩)

金井製鉄遺跡、今でも遺跡周囲で見つけられる鉄滓片と土器片など

生家のある段丘面の棚下田地にあった金井製鉄遺跡だ。低い段丘斜面を利用した石組み式製鉄炉（半地下式竪型炉）と炭窯数基をもつ九世紀末のタタラ製鉄遺構である。この遺跡は公営浄水施設の端にあって、当時の目印は白塗りの木製標柱だけ。この標柱付近の畦道で、手のひらにずしんと重い奇妙なかたちの鉄滓を拾っては、ポケットをいっぱいにした。時折、段丘斜面を一段下り、遺構保存のためのブロック製建屋の窓越しに、かたちは崩れ少年の眼には判然としない製鉄炉の痕跡を飽かず眺めたものだ。壁にへばり付いて暗い内部をじっと見つめていると、吐く息で窓ガラスが白く曇った。そのときの情景と胸の高鳴りは、今でもまざまざと思いだせる。

関東平野の果つる地――金井と川島の境界、あるいは「登沢峡谷」

もうすこしだけ、別の角度から、個人的記憶にもとづいて金島の自然地理を掘りさげてみよう。思えば、本章におけるここまでの風景描写は、南側の渋川の旧市街から北側の金島の各集落までの一帯を事例に、西側の榛名連山のすがたを、ことに伊香保温泉下の水沢山をランドマークと捉えながら、東側を南北に流れる吾妻川に向かい、扇状台地に段丘面と段丘崖を刻みながら下っていく〈東西方向のベクトル〉を基準に考えてきた。しかし、こんどは広義の金島地区を中心に、そのなかの各集落のあいだに存する差異に注目しながら、〈南北方向のベクトル〉でも考えてみたい。金井の南側には渋川の町、北側には川島・祖母島の集落が連なっている。

さて、同じ金島地区でも、筆者の生家と本家（父の実家）があるのは金井で、母の実家は川島に属する。金井から川島に抜けるには、旧三国街道にあたる県道三五号線（渋川東吾妻線）を北上せねばならない。ゆるやかな一直線の上り道に沿って両サイドに形成された旧金井宿の家並みを抜けていけば、この宿場の北限に位置する金蔵寺《こんぞうじ》にいたる。この古刹を過ぎると、道はやや下り坂となり、すぐに左右におおきく屈曲した深い谷に沿う場所を過ぎ、そこから川島地区へとまっすぐ進むことになる。川島に入る手前、この屈曲した大カーヴの下に小峡谷を刻むのが、吾妻川支流の登沢川《のぼりさわがわ》だ——地元では「ノボッツァワ」と呼ぶ。この峡谷には谷間を見下ろす鉄橋がかかっている。

筆者は、この大カーヴをなす谷間を「登沢峡谷」と名付けたい。登沢川は全長わずか五キロの谷川。金井集落西方、水沢山麓の高緯度地域を水源に深い谷を穿《うが》ちながら、ごろごろとした岩を残して流れくだる急峻な沢だ。ときに鉄砲水もでた。なお、旧金井宿北限に位置する金蔵寺も「登澤山・照泉院」の名を冠している。寺の西方の山道沿いには、登沢川支流の十二沢《じゅうにさわ》の細流がある。水源が街に近いぶん濁らない十二沢の水は、わざわざ樋を通して宿場に供給された。この貴重な清らかな水を宿場の「東裏」「西裏」両サイドの家々に均等に分配するシステムもあった。それは石製Y字型の分水石であり、金蔵寺のすぐ南、滝不動に守護された水路内にいまも見ることができる。金蔵寺は、やはり自然地理的にも人文的にも、聖なる地に据えられているのだ。

金蔵寺あるいはすこし南の金井本陣跡のある段丘面の崖下一帯、旧三国街道がおおきく屈曲する「登沢峡谷」手前の棚下に展開するのが、南牧の小集落である。ここに三国街道の杢ヶ橋《もくがばし》関所があった。この関所の渡し場（流路の変化に応じ場所も変わった）から対岸の吾妻川左岸に渡り、旧子持村の「北牧《きたもく》」「横堀《よこぼり》」の宿場を通過していくのが、三国街道の正規ルートだった。つまり、上位段丘面を走る現在の県道をさらに北へと直進し、金井から「登沢峡谷」を越えて川島に入るのは、ほんらいの三国街道からは逸れる裏街道の吾妻道ということだ。

たしかに「登沢峡谷」の道がおおきく湾曲するところに架かる鉄橋を越え、県道に沿って母の里である川島へ、さらに父方伯母の嫁ぎ先があった祖母島へとこの橋を通過していくルートを採ると、同じ金島内での南北移動ながら、感覚的には何か大きな「断絶」ないし「結界」を越えるような不思議なワープ感があった。じっさい幼少期の筆者は、父の運転する自家用車で「登沢峡谷」の大曲がりを通過する際、そのカーヴがあたえる強い遠心力に緊張した。やや傾く車窓から谷底をのぞき込むだけで怖かった。川島の集落に入ると、ゆるやかなアップダウンはあるものの、見通しの利くまっすぐな道となり、こんどは次の祖母島に入る手前の大カーヴまで一直線に続いていく。なお、川島と祖母島のあいだにも、やはり大輪沢川《おわんさわがわ》という上位段丘面を通る県道と直交する谷川がある。大輪沢川の小峡谷を越え、道は段丘の縁に沿う崖の端を祖母島の棚上集落まで進んでいく（さらに北進すると祖母島の北限で、はるか榛名湖を水源とする沼尾川が流れるおおきな谷間となる。ここはすでに標高がかなり高くなっているぶん、谷も深く崖も険しいおおきな分断線となる）。

ここまで見てくれば明らかだろう。その地名がしめすとおり、川島や祖母島は、峡谷を境界とする

「島」状の集落群なのだ。このあたりの景観は、渋川以南から金井までが見せる平野部の街風景とはあきらかに異なっている。金島地区内の金井と川島とのあいだには、地形上の「大断絶線（グレイト・ディバイド）」が存在している、といってもよい。そして、まちがいなくこの自然地理的な特性は、金島の人文にも影響してきたと思われる——ちなみに、金井の金蔵寺近くの地元小学校まで徒歩で通っていた川島在住の母とその姉・妹（これら母方の伯母・叔母は、いずれも一九四〇年代生まれ）の話では、当時いまだ「登沢峡谷」を斜《はす》に横切る高架橋がなかったため、深く切れ込んだ湾曲する断崖沿いの側道を進み、峡谷深奥部の短い橋を渡ったあと、さらに断崖上部まで岩だらけの山道を登ったということだ。

こんなわけで、金井と川島の境界を截然と分かつ「登沢峡谷」こそ、まさしく関東平野から山間部へと入る最初の谷間ではないか。だとすれば、この「登沢峡谷」は、まさに「関東平野の果つる地」であり、江戸・東京の武蔵野から広々と続く——司馬が驚愕した——大きすぎる空と野の風土の北限のひとつなのである（なお、現在の渋川市は、広報上これを逆手にとって、「関東平野ここに始まる」[10]とアピールする。つまり、野がここから南に開けていくのだ）。『街道をゆく』のオリジナル続篇たるこの「群馬・渋川金島のみち」のおもしろさは、このように具体的なトポスに即して関東平野の境目を見極め、そこに現象する風景を凝視することで、かの地で育まれる歴史的人文を深く読み解いていくことにある。この愉しさのことを、ここでもういちど確認しておきたい。

金井東裏遺跡――火砕流に被災した「甲を着た古墳人」の出土

二〇一二年の年末、金井を一躍有名にするビッグニュースが飛び込んできたことはすでに述べた。金井東裏遺跡での奇跡の大発見である。[11] 上信自動車道（国道三五三号線・金井バイパス）建設工事中に、鉄製甲を装着した六世紀初頭すなわち古墳時代後期の成人男性の人骨が出土したというものだ（実際には、二〇一二年一一月一九日発見）。しかも、榛名・二ツ岳――遺跡から南西へ八・五キロ――の噴火火砕流の被災者で、両膝を立て噴火する榛名山のある西方向に前のめりに突っ伏した姿で見つかったのである。翌年四月には、「甲を着た古墳人」（1号人骨）発見地点の十数メートルほど西から、後に「首飾りの古墳人」と呼ばれる成人女性の全身骨格（3号人骨）も出た。周囲からは、生後数ヶ月の乳児の頭骨（2号人骨）と幼児の頭骨と脛骨（4号人骨）も見つかった。そのようなわけで、当初、古墳時代の首長一家の被災人骨がまとまって出土したと考えられた。しかし現時点では、彼らが家族であったという考古学的および遺伝学的な根拠は見つかっていない。なお、これら人骨出土地のすぐ北西側では、小型の鏡や鉄製品のほか、甕・壷・杯など六百個、臼玉・管玉・ガラス玉・勾玉など九千個をともなう同時期の大規模祭祀遺構の発見もあった。同年三月には、人骨発見場所から約一一〇メートル南の場所で、多数の人間の足跡（一一四個）および馬の蹄跡（二九個）も見つかっている。この足跡・蹄跡により、大人や子どもが複数の馬を連れ、西の噴火する榛名を背に、火山灰上を東方向へと避難したことがわかっている。

さらに二〇一四年四月には、同じ自動車道工事にともない、金井東裏遺跡から四百メートルほど南の——じつは筆者の父方実家の隣接地域——金井下新田遺跡《かないしもしんでんいせき》（現在も発掘中）でも大きな発見があった。ここでは、六世紀初頭の榛名火砕流に罹災した高さ約三メートルの葦・竹製網代垣《あじろがき》の囲《かこ》い状遺構が見つかり、そのなかで約九平方メートルの大型竪穴住居跡も確認された（なお、この遺構は「金井三山」のひとつ吾妻山麓の和尚《おしょう》坂に沿う和尚沢の水を引く構造で設計されている、[12]という）。竪穴住居中央部には五世紀後半まで遡れる鍛冶炉や炭窯など金属加工の痕跡もあった。

さらにまた、この金井下新田遺跡では火砕流堆積物中から、幼齢馬（一頭）と三歳牝馬（一頭）の遺骸——「金井馬」と命名された——が全身の形を残す化石のような姿で見つかった。馬生産の拠点がここにあった証しである（だから、おそらく馬の放牧地の古代牧も金島一帯にあった）[13]。このような発掘成果を踏まえ、東裏・下新田の二つの遺跡（＝金井遺跡群）は、その規模と内容からみて、当地の支配者一族の拠点遺構だろうと考えられている（二〇一八年一一月以降、県道・旧三国街道をはさんだ下新田遺跡西側の発掘作業も進む。最新情報では和尚沢の流路に沿って後代の製鉄痕跡も見つかっている）。そうしてここに、地域のムラのリーダー「金井王」の存在が浮かびあがってくる。

いずれにせよ、金井東裏遺跡での甲古墳人発見を機に、約千五百年前の人々の生活が鮮烈に蘇り、金井遺跡群もまた「日本のポンペイだ！」と沸きたっている。この周辺には六世紀に起こった二回の榛名・二ツ岳噴火による厚い火山灰堆積物に覆われた古代のムラが眠っている——一回目は六世紀初頭の火山灰層・榛名二ツ岳渋川テフラ（Hr-FA）で約三〇センチ、二回目は六世紀中頃の軽石層・榛名二ツ岳伊香保テフラ（Hr-FP）で約二メートル（以上、東裏遺跡周囲での厚さ）。金井遺跡群は、最初の火山灰層（Hr-FA）に埋もれたものだ。

甲古墳人が厚さ一ミリほどの鉄板を精妙に綴った——おそらく中央（畿内）で製作の——高級武具・小札甲《こざねよろい》を所持していたことからも、彼がこの地の有力者だったことは疑いない。ただ、疑問も残る。戦闘中でなかったのに、なぜ甲冑を身に纏っていたのか。降りしきる火山灰や火山弾から身体を保護するため、との解釈もある。だが、別の解釈もある。彼は、この地の長《おさ》として、あるいは有力一族の父として、「荒ぶる火の神」と化した榛名にひとり武人の装いで対峙し、断続的に続く怒り（＝噴火）を鎮める儀式を執りおこなっていたのだ、と。(14)

ここであらためて、金井東裏遺跡の地勢ないし風景的布置を考えておきたい。ここは、榛名北東麓にひろがる扇状台地上の段丘突端部で、端山から続く平坦な上位段丘面の縁だった——旧三国街道・金井宿の本陣東側の場所なので「東裏」と呼ばれる。東裏遺跡からさらに東へ、つまり吾妻川対岸へと眼を向ければ、対岸の旧子持村の扇状台地上に、元祖「日本のポンペイ」たる黒井峯《くろいみね》遺跡——六世紀の二度目の噴火による厚い軽石層（Hr-FP）に埋もれた大規模集落遺構——が望まれる。東裏遺跡の位置は、榛名山系最外縁の標高三百メートルほどの端山群、すなわち神奈備型の——調査事業団が呼ぶところの——「金井三山（御袋山～吾妻山）」から続く地点ゆえ、激しく噴火する溶岩ドーム（現在の二ッ岳）自体は見えなかったと思われる。むろん西の空は紅蓮《ぐれん》に焼け、打ち続く噴火の轟音、地鳴りが響いていたろう。なお、遺跡は段丘崖そばに立地するが、東側崖下まで二〇メートルほどのおおきな落差がある。この断崖直下には、今でもこんこんと榛名の伏流水が湧き出ており、地元では有名な水場である（千五百年前も格好の生活水源だったと想像される）。この水場北側にひろがる下位段丘面にある、いわゆる「下金井」から続く土地が、南牧である。おそらく古代牧に由来する「牧」地名が残る集落だ。江戸期の三国

黒井峯遺跡より吾妻川対岸（右岸）の榛名山・金島方面を望む。榛名東麓の河岸段丘の様子がわかる（中央が水沢山）

街道は、この南牧の杢ヶ橋関所の渡し場を経て、川向こうの北牧・横堀へと抜けていた。

火山信仰の風景

筆者が故郷・群馬の山々に思いを寄せつつ書いた本が、最初の単著『崇高の美学』だった。第三章「山と大地の「崇高」」では、金井のすぐ西側、榛名東麓の温泉地・伊香保にかんする地名語源に言及した（同書、一八三頁、ならびに、二四七頁の註83）。伊香保は「イカッポネ」がその語源で、「厳《いか》っぽい尾根・峰」に由来するとか（アイヌ語「イカ・ボップ（＝山越えのたぎり立つ湯）」説もある）。筆者は、この本の註記のなかで、国文学者・益田勝実の「火山列島の思想──日本的固有神の性格」[15]（一九六五年）に触れながら、日本の火山風景と山岳信仰との根源的な結びつきを示唆したつもりである。カルデラ火山の「イカッポネ」の麓に生きる人々の精神のうちには、その噴火の歴史と密接にかかわる火山への独特な感性と信仰──「火山の風土」形成の素地──があるのではないか、と。二二歳の司馬が前橋近郊で関東平野をはじめて体感した、茫漠たる「空」の風景はここにはない。わずか二〇キロほど利根川を遡ったここ渋川金島の風景は、それとはまったく異なるものなのだ。

だから、あの千五百年前の悲劇的火砕流の日、「金井王」が武具甲冑をフル装備して噴火する榛名山に向かって「鎮め」の祈りを捧げていたとの考えは、我が意を得たり、との思いがした。これは、火山灰考古学者・早田《そうだ》勉氏の見解とも一致する（後述の二〇一八年八月のシンポジウムでの発言に基づく）。なお、のちの金井下新田遺跡の発掘でいっそう明らかになってきたのだが、彼らは同じ「鉄」──そして

「馬」――に深くかかわる職能集団に属していたようだ。金井の古墳人たちは、鍛冶（ないし製鉄）技術が「火」への畏敬とそのコントロールによって成り立っていることを肌身で知っていたのである。

余談ながら、筆者少年期の遊び場だった金井製鉄遺跡の南面に対峙する段丘崖上に、夕日観音がある。また、金井の南端（現金井南町）の市立北中学校裏の急な坂道――「鳥頭《とっとう》」と呼ばれる場所（扇状台地の「突頭＝鳥頭」の意）で大地がぐんと落ち込む段丘崖――の下には、朝日（旭）観音が祀られている。「夕日」も「朝日」も製鉄と関係した命名だ[16]。ここに後代における製鉄文化と仏教普及の密接な影響も指摘できるかもしれない。が、しかし、そもそも製鉄や鍛冶という営み自体、古来ある種の宗教的秘儀や魔術的信仰と不可分な技術だったはず。この地の歴史記憶は、かように、路傍のちいさな御堂や石仏にも宿っているのである。

「鉄」と「馬」を制した甲古墳人の血筋――移住と血の混交

地域の首長と目される「甲を着た古墳人」男性と「首飾りの古墳人」女性の来歴から想像されることを述べておこう（以下、主に群馬県埋蔵文化財調査事業団ＨＰ掲載のシリーズ記事「甲《よろい》を着た古墳人だより」での解説、ならびに、二〇一八年八月金井で開催されたシンポジウム「古墳人からなにが見えるか」の議論に基づく[17]）。

まず両者の大腿骨の大きさと頭骨の形状から――つまり形質人類学的な観点（九州大学・人骨考古学専攻の教授・故田中良之氏と講師・舟橋京子氏らの調査）から――おおよその相貌と年齢がわかった。甲の男性のほうは、身長およそ一六三センチメートルで四〇代前半。顔立ちは顎《あご》の尖った面長で、渡来的形質

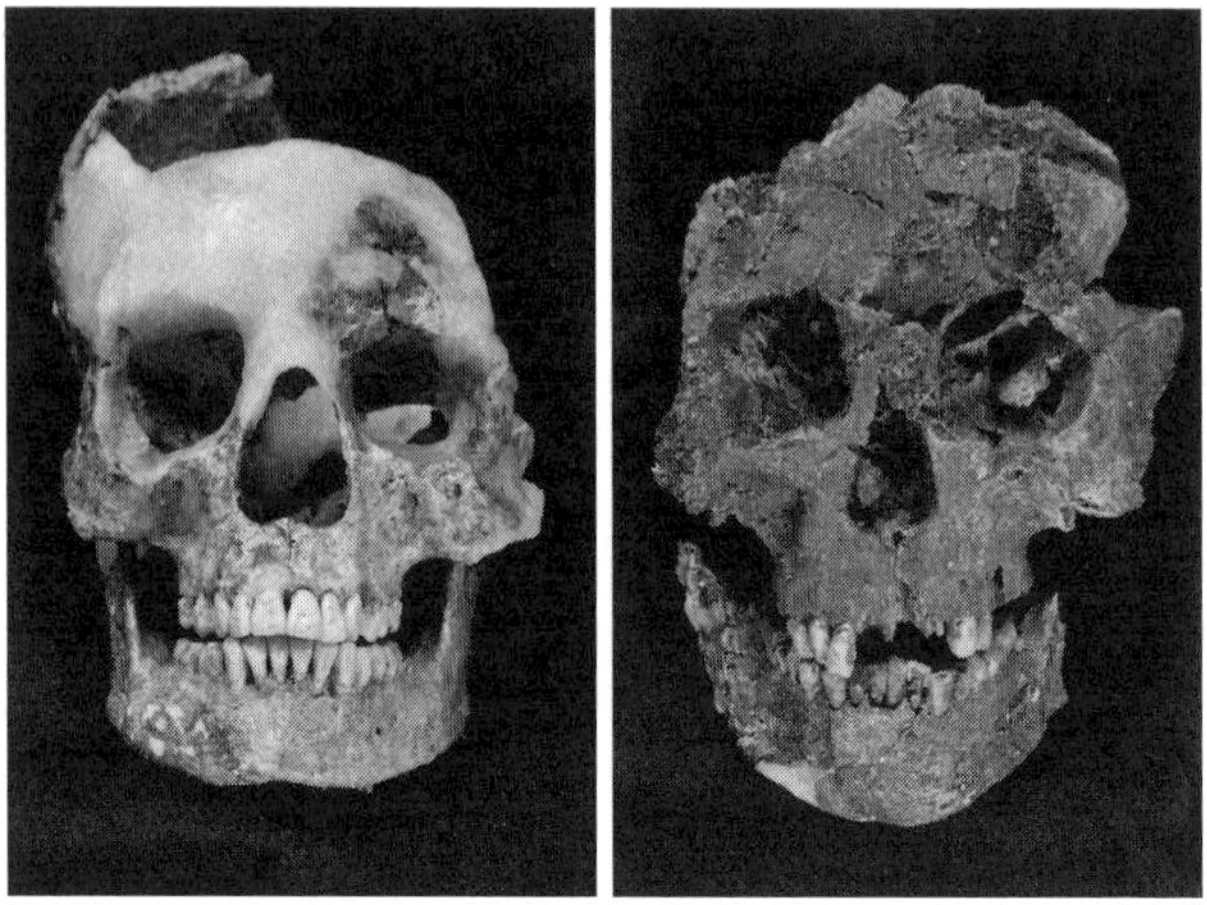

東裏遺跡出土人骨　右：甲古墳人男性／左：首飾古墳人女性（群馬県埋蔵文化財調査事業団編『古墳人、現る』上毛新聞社、2019 年、p. v）

の面貌という（埋蔵文化財調査事業団の大木紳一郎氏から聞いた話では、男性の大腿骨には乗馬習慣と思われる痕跡もあった）。他方、首飾りの女性は、身長およそ一四三センチメートルで三〇代前半。鼻幅が広く顎も横にしっかり張った平たい顔つき。この顔立ちは、古墳時代の関東・東北系に属する面構《つらがま》えだという。つまり、首飾りの女性は渡来的形質が薄く、日本列島にいっそう古くから住んだ東日本人の形質が濃厚だというわけだ。

　科学的調査が進むにつれ、二人の来歴は、歯に残されたエナメル質（ストロンチウム同位体）の分析でいっそう明らかになる。歯のエナメル質中のストロンチウム値は、その持ち主が幼少期（一〇歳くらいまで）を過ごした基盤地質の成分比を反映しており、出身地の特定に役立つらしい。分析の結果、男性の歯も女性の歯も、金井周辺の成分特質をしめさなかった。両者ともお隣り長野県の伊那谷《いなだに》地方（現飯田市）の成分特質をしめしたという。ちなみに、彼らの「子どもたち」の——可能性がある——幼児と乳児の歯は、同じ分析から、金井周辺の生まれだと推定された。幼児（大きい子ども）のほうは、歯の生え変わる年頃で五～八歳くらい、とも。

さてでは、古墳人の男女の生地と比定された伊那谷はどんな人文の土地なのか。そこはまさに古代馬の一大産地だった。馬の飼育の痕跡は、すでに四世紀からある。そのような土地に生きた――朝鮮半島由来の――馬と鉄の高度技術をもった渡来系の職能人が、はるか長野の南部から、おそらく同系の人々の村々とその牧地を経由しつつ、集団でこの金井の地に移住し、拠点となる共同体をつくったということだろう。甲古墳人が馬と関係の深い朝鮮半島由来の人々であったことは、歯の科学分析からだけでなく、考古学的見地からも裏付けられつつある。具体的には、住居敷地外での多数の馬の蹄跡《ひづめ》の発見、豪奢な馬具装飾品・剣菱形《けんびしがた》杏葉《きょうよう》の発見、特にこの二つの事実は重要なものだ(18)。

司馬流に想像してみよう。伊那谷に生まれた渡来系の高度技術をもつ男（甲古墳人）は、同郷生まれの在地豪族の娘（首飾古墳人）――人骨からの推定では一〇歳ほど若い――を娶《めと》り、一族とその配下の者たちとともに――もしかすると倭の超国家的プロジェクトをも意識しながら――新天地のムラの開拓に向かう。馬を連れ、製鉄技術を携え、東の毛野の地を目指したのだ。幾つかの同族の人々の営む馬の繁殖用の「牧」を経つつ辿り着いたのが、のちに「金井」と呼ばれる土地だった。榛名東麓の扇状台地で、その周辺は牧にも好立地、川には砂鉄もあった。ここで子どもを儲け、生活拠点とし、鉄製の農具・馬具などを加工する小規模鍛冶工房も整えることができた。

こんなふうに伊那谷からの移住職能集団（渡来系の人々）のリーダーは、下流域の平野部中央に居を構える上毛野の盟主的リーダーたる「大王」の支配のもと、この地の特化産業を先導する「王」となったのだろう。ただし、彼が最期に纏っていた鉄製小札甲《こざねよろい》は、みずからの工房の産ではない。高度技術が結晶したこの甲冑優品は、先進渡来文化に浴するヤマト王権の中枢・畿内――おそらく奈良（大和）あたり――で製造され、中央権力の象徴あるいは文明の象徴として所持されたのだろう（「古墳人からなにが見えるか」シンポジウム登壇の甲冑馬具専門家・とちぎ未来づくり財団埋蔵文化財センターの内山敏行氏による見解に基づく）。

なお、群馬県立博物館館長・右島和夫氏（これも同シンポジウムでの質疑応答）によれば、金井製鉄遺跡など後代の金井周辺での大規模タタラ製鉄は、古墳人罹災以降におこった二回目の榛名噴火堆積層（Hr-FP）が含む多量の鉄成分が主原料となったとのこと。だから、古墳期とそれ以降の製鉄文化の連続性をただちに主張することはできない（だが、筆者は、金井地区の歴史記憶としての文化・精神の連続性をここで考えている）。いずれにしても、千五百年前の甲古墳人すなわち「金井王」の来歴を考えたとき、半島渡来の文化・技術を享受する中央（＝畿内）のヤマト王権が、上毛野国の「大王」と結びつつ、被支配地域の系列職能集団のボスたちへと、「お前に馬と鉄を司る王の象徴としてこれを進ぜよう」と、ありがたい豪奢な武具甲冑を下賜したことなどが想像される。

ただし、この渡来系文化を体現する「金井王」は、畿内から長野・群馬への先祖代々の移住史のなかで、朝鮮半島由来の風景と習俗とは異なる別の精神風土――火山麓に展開する日本固有の人文――とも深く触れあってきたのではないか。これを象徴するのが、東日本に色濃い古来の遺伝形質をもつ「妻」――前述のように現実には配偶者だったか否かは不明――との出会いである。この女性の担う文化気質として継承されたと想像される火山崇敬・火山畏怖といったある種の宗教的感性は、半島渡来の高度な「知識」と「技術」のうちに融け合う。荒ぶる自然の業火には、火を操る人間つまり知と技を備えた文明人として、高度テクノロジーの精華たる鉄製甲冑を纏い、いわば統治権威と象徴的に一体化することによって毅然と対峙する他なかったのではないか。火山の風土を生きる者の裡に深く息づく感性をもってすれば、このような山の神の怒りは、祈りとマツリによってしか鎮護できない、人知およばぬ荒ぶる野生であることを直感しえたであろう。

最期の日を迎えた彼の心には、このように、半島由来の「大陸の感性」と日本（特に東国）由来の「火山列島の感性」とが混じり合い、錯綜した渦を巻いていたのではないか。千五百年後のいま蘇った金井の古墳人たちが教えてくれるのは、当地の地勢と結びついた歴史と風景のダイナミズムの存在であり、土地固有の感性と精神文化の密な共鳴関係の存在である。

五世紀東国での馬匹文化の興隆——朝鮮半島動乱への怖れから

古墳時代の馬匹《ばひつ》文化一般から、金井の古墳人の「馬」の飼育と「牧」について考えてみたい。考古学者・白石太一郎（国立歴史民俗博物館名誉教授）は、その『考古学からみた倭国』[19]のなかで、この時期の馬の大量生産という事実を、国家体制確立との関係から読み解いている。当時の朝鮮半島において、高句麗南侵の脅威を感じていた百済人たちは、軍事・輸送・農業などの面から、親和的な倭（＝日本）においても、馬の自給的量産を望んだ。だから、日本各地の牧の管理・運営を担ったのは、おそらく百済系渡来人であったろう、と。白石の結論では、平安期の法令施行細則集『延喜式』巻四八（一〇世紀前半成立）にある「御牧《みまき》」——天皇直轄の官営牧場——は、その起源を五世紀・古墳時代の東アジア情

保渡田古墳群・八幡塚古墳、古墳時代の上毛野地域の盟主的リーダーの墓と目される
前方後円墳（埴輪や葺石の復元がある）

勢に求められるとする。御牧の設営は東国で盛んだった。甲斐・武蔵・信濃・上野の四ヶ国に集中する。ことに、信濃国（長野）は一六ヶ所、上野国（群馬）は九ヶ所を数えた。榛名東麓の「渋川金島のみち」周辺にも、古代牧の痕跡が点在している。古来、この周辺地域に、信濃の駿馬の往来があったのも、当然かと思われる。

白石の著書には馬をめぐる興味深い話が載っている。千葉・佐倉の古墳（大作三一号墳の一号土坑など）を事例にした「犠牲馬土坑」――埴輪ではなく装飾生馬を被葬者と合同埋葬した穴――のエピソードだ。東国には、大王クラスの豪族を埋葬した大規模な前方後円墳ばかりでなく、専門職能集団の統括者クラスを葬ったやや小ぶりの円墳が存在し、その種の円墳には犠牲馬埋葬が多い、と。この事実から白石は次のように推測する。騎馬民族たる高句麗に対抗するため、当時の倭でも軍事・農事用の馬を大量に生み出すと同時に、鉄製武具・農具を増産する必要に迫られた。それには、「馬」と「鉄」にかんする知識と技術をもつ者たちの広範な展開が不可欠だった。具体的には、国家＝ヤマト王権の支配体制と連動した、百済系渡来人の集団的な移動・入植、ならびに、彼らのもつ「知」と「技」の諸地域への伝播・浸透という、東アジア情勢と連動した超国家的プロジェクトの遂行である。

ここまでくれば、金井の甲古墳人の人物像は、かなり明らかになってくるのではないか。彼は地域の首長すなわち「金井王」であったろう。しかし、上毛野地域全体を統べる「大王」は、ひらけた関東平野に居た（たとえば榛名南東麓の現高崎市に存する保渡田《ほとだ》古墳群における前方後円墳被葬者たちを地域の「大王」すなわち盟主的リーダーとするネットワークが想定される[20]）。おそらく「金井王」とは、盟主に次ぐ階層に属する渡来系職能集団のリーダーだったのだろう。現に、渋川地区・金島地区には同時代のやや小規模な円墳が数多く存在する。じっさい金井東裏遺跡でも、こんかいの発掘で六世紀初頭の榛名噴火（Hr-FA堆積）以前造営の二基の小型円墳が確認され、さらに同地域には円墳の金井丸山古墳、金井古墳などの存在も知られている。

「馬」の往還――西国と東国、朝鮮と日本をむすぶ信州・伊那谷

甲古墳人の歯の科学分析から明らかになった、彼の故地――有数の馬の産地――伊那谷と金井のあいだの「道」について考えてみたい。彼の一団は、馬（ならびに文明物資や情報）の輸送のため、故地・長野と人植地・群馬とのあいだを――一度ならず――何度も行き来していたのではないか。

ここで筆者は、父の昔語り（よく聞けば、父の母である祖母からの伝聞）を思いだす。明治生まれの父方祖父・菊一《きくいち》――筆者の生まれる前にすでに他界――にまつわるエピソードだ。この祖父は、旧金島村助役・傳一郎《でんいちろう》の一人息子であったが、義務教育以外は受けず、父親に請うて幾ばくかの土地をえて百姓になった。そんな菊一は、大正一〇年代（一九二〇年代前半）頃、金井から牛を引き連れ、徒歩で伊香保から榛名を越え、西麓の旧倉渕村（現高崎市）を経由して、浅間山麓の高原地帯まで出向いていたとか。「孀恋のアサちゃん」――おそらく高原牧地での季節放牧の請負者ないし斡旋人――に牛を託す習いがあったためと思われる。これは「牛」の話だった。しかし、「馬」でも同じであろう（なお、大正期の金井では、陸軍による馬の専有化の影響か、馬を飼う農家はあまりなかったと聞く）。古来、牛馬を駆って移動する民は、軽いフットワークと密なネットワーク、その両方を有していた。よき草地を求め、かなりの距

離を移動する癖《へき》は、おそらく古墳時代から菊一の時代まで、じつはそれほど隔たりはないのかもしれない。

甲古墳人の男性が、生まれ故郷の伊那谷を発し、どんなルートを辿って金井に至ったか、それは知る由もない。だが、彼がこの金井の地の利を見抜き、ここを生活の拠点にしたことは確かである。この土地には、簡単な鍛冶製鉄のための砂鉄と山林（炭用）、清く豊かな伏流水、そして馬匹生産に適した牧草地があった。すべて火山たる榛名山とその扇状台地の恵みといってよい。

八世紀前半、律令体制による国づくりが進むと、畿内と東国をむすぶ主要官道たる東山道《とうさんどう／とうせんどう》――近江・美濃・飛騨・信濃と続く――の駅家《うまや》が整備される。まさに伊那谷も、信濃国の南部から北部へと通ずる、この大幹道の経路にあたる（諏訪湖の西側の塩尻・安曇野《あづみの》を通り、一気に東に折れ、浅間山の西側の上田、南側の佐久平《さくだいら》へと至る）。おそらく八世紀よりもっと以前から、ここは、日本の「西」と「東」をむすぶ古い文化交流のルートだったと考えられる。

なお、司馬の『街道をゆく』シリーズには、「信州佐久平みち」（一九七六年七月二五日〜二七日取材）がある。この紀行の後半には、次のようなエピソードの紹介がある。南軽井沢で拾ったタクシーの運転手が、信濃（長野）人ではなく、上州（群馬）人だった、というものだ。

なるほど軽井沢なら当然ながらタクシーの注文が多いが、考えようによっては、木曾義仲から戦国の真田氏にいたるまで、信州の勢力は上州の一角をかならず植民地のようにして従えている。上信のあいだに人間の往来が伝統的に多かったから、上州人が夏場の稼ぎ場を信州にもとめるというのは、自然な動きな

のかとも思えた。（「信州佐久平みち」、三五四頁）

司馬による軽井沢のタクシー事情の歴史的考察から、また、筆者祖父の浅間方面での季節放牧譚から、上毛野国と信濃国のあいだの行き来はきわめて頻繁で、その伝統も浅からぬことが想像されよう――「あっちからも、こっちからも」の往還というのは、「韓のくに紀行」（本書第四章）で触れた、司馬一流の半島（朝鮮）と島（日本）とのあいだの双方向的交流を象徴していた。伊那谷と金井をつなぐものは、馬である。さしずめ、現代版の伝馬《てんま》ともいうべきタクシーもまた、まさにこうした双方向的往来の文化伝統に連なるものと言えるかもしれない。

信州馬と坂東武者――司馬の説く「望月の馬」と木曽義仲

本章は『街道をゆく』のオリジナル続編という位置づけだから、最後はふたたび司馬の記述を参照しながらまとめていこう。司馬にとっての佐久平は、まずなにより馬の土地だった。「信州佐久平みち」は、千曲《ちくま》川沿いの盆地たる佐久平の「望月《もちづき》の馬」の話へと収斂していく。「望月」は、平安期に編まれた『延喜式』掲載の「信濃国一六牧」のひとつ、望月牧のあった場所だとされている。この朝廷管理の御牧（勅旨牧）は、当代随一の官馬供給地であった。一例を挙げれば、望月牧は――司馬も引くように（同書、三四七〜三四八頁）――清少納言の『枕草子』（二二五段）で、「むまや（駅）は、なしはら（〔近江〕梨原）。もち月（望月）のむまや」と名指されるほど有名だった。

そうして司馬は、「坂東武者」の誕生を、この古来の馬の産地と関連させながら、劇的に語ってみせる。信濃・望月こそ、源氏方の武士・木曽義仲（頼朝のいとこ）挙兵の地だったからだ。司馬はここで思いきり歴史的＝文学的想像力を飛翔させる。当初手勢わずかだった義仲は、「馬の産地さえ制すれば〔必ず勝てる〕」（同書、三五〇頁）と思ったのではないか、と。義仲の思惑どおり、千曲川両岸の広大な御牧の管理者であった滋野《しげの》一党を味方に取り込むことで、源氏方は破竹の勢いで勝利を重ねていく。司馬いわく、彼らこそ関東平野一円で雄々しく馬を駆る坂東武者に成長していったのではないか、と。

司馬は、『平家物語』（巻六）の一節「信濃一国の兵《つは》もの共《ども》、なびかぬ草木もなかりけり」を引きながら、この一節はまさに、望月の滋野一党の加勢という義仲挙兵の背景を端的に語ったものだと喝破するのだった（同書、二八四頁）。

「西の人」司馬は、すでに「信州佐久平みち」の冒頭で、「私は、信州について知るところがない」と正直かつ謙虚に吐露しながら、「信州は鎌倉以来、上方圏《かみがたけん》に属せず、関東圏に属し、交通網もそのようになっている。鎌倉幕府ができると鎌倉へできるだけ早く到着できるように信州の各地で多くの「鎌倉往還」が開鑿《かいさく》された」（同書、二七七～二七八頁）と述べていた。まさしくこれは、本章のはじめに、佐野にちなんで紹介した謡曲『鉢木』の「いざ鎌倉」の物語と響き合う見解といえよう。

エピローグ――火山・鉄・馬、あるいは紅いりんごに燃える空の風景

最後に、『街道をゆく』の続篇「群馬・渋川金島のみち」を、風景の彩りを添えつつまとめよう。

この土地は、自然地理からいえば、関東平野の末端、平野部と山間部のインターフェイスに位置し、火山性の扇状台地が、幾重にも河岸段丘をなす場所だった。そこには、列島の西と東の文化交差の記憶、さらにいえば、朝鮮半島と日本のあいだの文化交流の痕跡が強く刻印されてもいた。この地を特徴づける歴史文化は、まず五～六世紀に半島渡来の人々が携えてきた「鉄」と「馬」という高度な文明的テクノロジーの成果である。むろん、地勢的には、火山性地質によって育まれた豊かな水と緑が、これらの職能集団を支える基盤となっている。いっぽうで、火山が「荒ぶる神」となって猛威をふるったとき、彼らが頼ったものは、この島国固有の山の神に対する古い信仰であった。おそらくこの東国の地には、まだ山岳に対する呪術的感性が地中深く埋まっている。

江戸期の浅間山大噴火の記憶、三国街道の宿場の記憶、鎌倉～室町期の坂東武者や戦国武将の記憶、これらもまた折り重なっている。その基層部分に古墳時代にまで遡れる分厚い連続的な人文の歴史が眠っていることは、金井遺跡群の発掘、わけても甲古墳人の発見をめぐる種々のエピソードからも辿れたはず。そして現在、さらにその地中深くには、弥生の古層、縄文の古層の連なりが予期されているのだ。

榛名東麓に位置する金島の歴史は、司馬のいう、たんなる「空」だけの風土が生んだものではなかった。この補章における筆者の故郷遍歴の語りが、偉大な「旅する感性」司馬遼太郎が書かなかった、否、書けなかった風景の面貌をすこしでもうまく描き出せていれば、これにまさることはない。

群馬の西隣り、信州・長野のりんごはブランド化されて有名だ。が、しかし、榛名山の南東から北東の斜面でも、美味しいりんごやぶどうが実っている。六世紀中頃に――黒井峯遺跡の集落を襲った――二回目の榛名の大噴火があったことはすでに述べた。この噴火の結果、厚い軽石層（Hr-FP）が残され

今はなき白い花咲くりんご園越しに、榛名山系の水沢山（左）と二ッ岳（右）を望む

たが、こうした榛名東麓の軽石台地は——米作りには向かないが——水捌《は》けも日当たりも良かったため、近代になって山麓原野の開墾用地と見なされ、換金作物たる果物栽培が促された。

金井の古刹・金蔵寺から西に延びる道、つまり登沢川沿いの山道を伊香保温泉めざして登っていくと、何軒か家族経営のりんご農家が並んでいる。五月の連休あたり、新緑のなか、沢に沿って蛇行する道をゆるゆると登れば、大写しになった水沢山と二ツ岳の翠嵐《すいらん》たる様子に圧倒されよう。すると思わず、果樹園の樹々の枝先に白くこまごまと咲き乱れる小花の群れを見つけ、その可憐さにはっと息を呑むことになる。

明治一〇年代～昭和初頭、筆者母方の曽祖父・石田音次郎は、金蔵寺すぐ南西にあった金島小学校の教員（訓導）を四〇年以上務めた人物で、「一石」と号する地域の俳句の師でもあった——〈月の出て見直す寺の 桜（三九羅）かな〉〈降り足らぬ 雨にいや増す 暑《あつさ》かな〉。その末息子（祖母の兄）は、父親に倣ってやはり小学校教員となったが、病で両足を失い、道半ばで教職を辞することになる。しかしこのとき、金井西部にひろがるこの軽石ばかりの荒れ野の地勢を熟考し、村人のため換金作物としてのりんごの植樹に尽力していく。

外皮近くまで黄金《こがね》色の蜜で満たされた、あのずっしりと実の詰まった「ふじ」りんご。このりんごの野趣に富む紅《あか》みこそ、榛名に沈む夕陽と重なって、なかなかに忘じがたい。思い出の石田りんご園もすでに静かに過去のものとなってしまった。果樹園の地下に埋もれていた大量の軽石も、閉園とともに根こそぎ掘り起こされ、軽石業者に売却されたと聞く。

筆者としては、「群馬・渋川金島のみち」の旅の最後に、野が山に接する地で展開された「火山」と

「馬」と「鉄」をめぐる人間の歴史絵巻の仕上げとして、それを縁どる紅《くれない》に染まるりんご色の空の景色をくわえないまま、この『街道をゆく』シリーズのオリジナル篇を閉じることはできない。

終章　いま『街道をゆく』を読み返す理由

一九八〇〜九〇年代のアイルランド、オランダ、そしてアメリカへ

第一部・欧米篇では、『街道をゆく』シリーズのなかから「愛蘭土紀行」「オランダ紀行」「ニューヨーク散歩」の三つの紀行を採りあげた。そうして、司馬固有の文明観と思考の型をえぐりだすことになった。いわば「現代文明の起源をさぐる旅」が、そこに通底するテーマだったといえる。

では、なぜこの三つの紀行だったのか。これらの紀行は、一九八〇年代末から九〇年代にかけて立て続けに取材され、一連の関心のもとに書き進められたものと言えるからだ。しかも、最初に考察した「愛蘭土紀行」は長大なシリーズで、単行本では全二巻からなる。次のオランダ紀行もまた、一巻本ながら、ひじょうに大部なものであった。これら二つの紀行は、じつは表裏の関係にある連作といえ、そのボリュームからみても、司馬の『街道をゆく』のなかで異彩を放つ二巻だといってよい。

「ニューヨーク散歩」については、前二者に比べ、ボリュームに欠ける。が、しかし、それには裏事情があった。司馬には、読売新聞社の企画としてすでに一九八〇年代前半に書かれたアメリカ論があっ

たからだ。『アメリカ素描』である。『街道をゆく』のほうが、ニューヨークという一都市に特化したタイトルを持つのも、こうした背景ゆえであろう。むろんニューヨークが、まさに合衆国的な文化気質の核であり、その象徴的な街であることも大きい。

カトリックvs.プロテスタント、あるいはビジネス文明のゆくえ

終章の役割として、第一部・欧米篇、すなわちアイルランド、オランダ、アメリカ合衆国をめぐる旅の内的連関を、以下、時に歴史的状況に触れながら、もういちど確認しておこう。

まずは第一章の愛蘭土紀行から。ユーラシア大陸の両端、「極東」の島国・日本の反対側に位置する「極西」の島国がアイルランドだった。正確にはイングランド・スコットランド・ウェールズからなるブリテン島のすぐ西に浮かぶ、じゃがいも型の――司馬は「肥った仔犬が、後足で立っているような」と形容した――小島国家である。隣国のイングランドは、一五三〇年代、国王ヘンリー八世の離婚問題でカトリックから離れ、イングランド国教会（アングリカン・チャーチ）を奉ずるプロテスタントの国となった。その英国系プロテスタントによる一七世紀の清教徒革命以来、近世・近代の数百年間を通じて抑圧の弊を被ってきたのが、まさにカトリック大国アイルランドだった。この国では、少数のプロテスタントの支配層が、大多数のカトリックの庶民層を支配してきたのだ。今でもアイルランド島北部の一地域である北アイルランドは、正式にはイギリス（連合王国すなわちＵＫ）の版図に入っている。

アイルランドを語るのに、まず〈カトリックvs.プロテスタント〉というキリスト教の宗派の違いを

もちだした。この差異区分にしたがえば、次の第二章であつかったオランダは、大陸北辺の「低地国（ネーデルラント）」地方の主要部分を領有する国で、一六世紀末〜一七世紀にかけては、プロテスタンティズムを奉ずる海洋貿易者たちの躍進によってめざましい発展を遂げた。一六世紀末のオランダは、世界の覇者・アルマダ（無敵艦隊）を誇るスペインのくびきを逃れ、沿岸主要都市のギルド商人たちを中心に、かの有名なオランダ東インド会社の存在に象徴される海洋国家を形成する（オランダ東インド会社は、一六〇二年設立。ちなみにイギリス東インド会社はこれに先んずる一六〇〇年設立であったが、オランダとマレー諸島の香辛料獲得で覇権争いをしてこの時点では敗退）。

われわれ日本人とのかかわりでいえば、このオランダ東インド会社の展開は、江戸期の長崎・出島での紅毛人貿易にまで及ぶ。東インド会社は、オランダの「黄金の一七世紀」の礎であり、「ビジネス文明」というシステムの起点だった。まさにこの時期、オランダは世界ビジネスの雄に躍りでたのであった。この姿は、被抑圧のカトリック国アイルランドと好対照をなしていた。アイルランドは、その植民地としての歴史からみても――さらに彼らの感性のあり方からみても――ビジネス文明とは縁遠い文化土壌の国だったといえる。

移民の街ニューヨーク――「市民」と「自由」のアメリカへ

第一部の最後、第三章であつかったアメリカ合衆国はどうだろうか。合衆国は、一七七〇年代後半までは、ヨーロッパ諸国の新世界植民地だった。一六二〇年代前半、当時のニューヨークを掌握していたのは、オランダ西インド会社である。この西インド会社はアメリカならびにアフリカとの交易のため、東インド会社とは別組織として設立されたもの。一七二六年、このオランダの西インド会社の事務局長が、マンハッタン島をネイティヴ・アメリカンから買収する。司馬はこの取引について、当時のオランダの石畳敷設用の石塊六〇個分の値段に等しいことに言及し、「〔アメリカ〕史上最大のバーゲン」だったと述べた。このオランダ人たちの入植により、現在のニューヨークの礎となるニューアムステルダム砦が築かれる（ただし歴史的には、すでに一六一四年にはオランダ東インド会社のイギリス人船長H・ハドソン――川名の由来となった――がこの土地を確認していた）。その後、オランダによるマンハッタン島一帯の支配は、一七世紀半ば、イギリスがオランダ領を奪取するまで続く。この奪取以後、この地は「ニューヨーク」となったわけである。

まさしくニューヨークへの最初のヨーロッパ入植者は、海洋国家オランダの人々だった。爾来《じらい》、周知のごとく、ニューヨークには、さまざまな国からさまざまな肌の色の人間が、新世界の夢――アメリカン・ドリーム――を叶えるためやってきた。その代表が、一九世紀半ば、大飢饉（通称「じゃがいも飢饉」）に見舞われ、新天地に夢を託してやってきたアイルランドの貧民たち――いわばマイノリティのなかのマジョリティ――だったわけだ。

司馬の紀行を補っておけば、彼ら移民アイリッシュたちは棺桶舟に乗って、ニューヨークを目指している。ニューヨークのアイリッシュ・アメリカンは、当初、港湾労働者や土木作業員など、単純肉体労働に従事する者が多く、アイルランドの守護聖人セント・パトリックにちなんで「パッツィ」とあだ名され、時に差別されることもあった。食うに事欠いて島を離れた彼らは、人好きでおしゃべりに長けていたが、学問を身につける機会には恵まれず、ビジネス志向のメンタリティなど持ち合わせていなかった。当時の諷刺画には、〈猿顔でツルハシを手にする労働者〉といった、移民アイリッシュを侮蔑的に描いたカリカチュアもみられた。

いっぽうで、彼らの敬虔なカトリシズムに裏打ちされた家族的な結束力と忠誠心は、警察官や消防士といった専門職に、彼らの天職を見いだす基礎にもなった。ハリウッド映画に描かれたアメリカン・ヒーローのひとつの原型がここにある。司馬は、アイリッシュ系刑事ハリー・キャラハン（クリント・イーストウッドが演ずる）を描く刑事シリーズ『ダーティハリー』（ドン・シーゲル監督、一九七一年、が第一作）を紹介する。もちろんアメリカン・ヒーローとなったアイリッシュの代表は、これも司馬が言及しているが、第三五代大統領ジョン・F・ケネディ（一九一七〜六三年）だった。彼の父祖伝来の地であるアイルランド島南東部ウェックスフォード州の寒村ダンガンスタウンはもとより、アイルランドは国を挙げ、彼の故国への凱旋におおいに熱狂した。ケネディが大統領となった一九六〇年代、アメリカ合衆国は、故国の人口をはるかに超えるアイリッシュを擁する国となっていたのである。ニューヨーク取材中の司馬が足繁く通った目抜き通り五番街の聖パトリック大聖堂（カトリック）こそ、まさに彼らアイリッシュ・アメリカンたちの結束と繁栄の象徴だった。

余談として、ひとつのエピソードを紹介しておこう。筆者が在外研究でダブリンに滞在していた時のこと。初の黒人系の第四四代大統領バラク・オバマ（一九六一年〜）は、「母方の五代前の祖先は、オファリー州出身のアイリッシュだ」と公言し、二〇一一年五月二三日の一日足らずのアイルランド訪問の折、わざわざアイルランドの片田舎（オファリー州マニガル村）まで出向く。そして、その片田舎のパブで、彼の遠い親戚（カーニー一族）と黒ビールを酌み交わすというパフォーマンスまでやってのけたのだった。あのオバマでさえ、米国のアイルランド系カリスマ大統領ケネディに自分をなぞらえたかったということだろう。これは、マイノリティへの共感の身ぶりであると同時に、合衆国国内に数千万人いるアイリッシュ・アメリカンへの政治的アピールでもあったはずだ。彼らアイリッシュたちの結束と組織力は、いまでも政治的な（すなわち、選挙での票田的な）魅力を失っていないのだ。

まとめよう。アイルランドとオランダは、新大陸アメリカの大地で――それぞれの身上は異なっていたにせよ――「移民」として出逢い、「アメリカ市民」として融け合っていった。これは、高度科学技術の進展を是《ぜ》とする「科学技術的崇高（テクノロジカル・サブライム）」という新たな美的価値付けをともなう、アメリカ市民による「アメリカ文明」の肯定を裏書きすることになる。

アイルランド、オランダ、アメリカ、これら三つの国の歴史風景を訪ねてみることは、資本主義社会の淵源を考えることと同義である。司馬にとっては、それはすなわち「市民」ならびに「文明」といった普遍的価値を具体的なかたちで理解する機会でもあった。〈ビジネス文明 vs.非ビジネス文明〉あるいは〈市民社会（＝文明社会）vs.非市民社会（＝非文明社会）〉、こうした対比図式をたえず意識することが、これら三つの紀行を連続的に読むための重要な態度だった。

蛮族ケルトの「アート思考」の可能性――「文明」を離れたアイルランドの宗教と芸術

欧米篇は、アイルランドとオランダとのコントラストからはじまった。そこでは〈ラテン系＝カトリック＝非ビジネス志向vs.ゲルマン系＝プロテスタント＝ビジネス志向〉という対比図式に則り、ヨーロッパ諸国の気質群が腑分けされた。そのなかにあって、アイルランドの文化気質は、けっきょくそのどちらにも属さない「ケルト」として位置づけられた。アイルランドは、「シーザーも来なかった土地」として、ローマ文明の埒外の蛮族の地と見なされてきたわけである。ヨーロッパ圏域におけるケルトの古層のあぶりだしに続き、こんどは〈宗主国イギリスvs.属国アイルランド〉の対比のもとで、さらにアイルランドの非オランダ的＝非イギリス的な性格、すなわち非ビジネス文明的なあり方がくっきりと浮かびあがってきた。

なお、「愛蘭土紀行」での司馬は、漱石のロンドンでしばらく立ち止まっていた。彼は、なかなかアイリッシュ海を渡らない。漱石のみた一九世紀末ロンドンを象徴する「文明」の内部を覗き込み、すでにそこに兆していた翳りを注視する。たしかに産業革命を経験した文明としての大英帝国は「光」であり、ローマ時代以来文明の圏域から排除されてきたアイルランドは「影」であった。しかしながら、その影――長い被抑圧的な環境――のなか、アイルランド人は独自の文化気質を育み、それを「生きる技法」にまで鍛えあげたといえよう。司馬のいう「死んだ鍋《デッド・パン》」の鋭いユーモアの伝統――スウィフトからザ・ビートルズまで続く――はここに連なっている。彼らは、その精神に湧き起こる強烈な自己分裂の危機を矯《た》めつ眇《すが》めつやり過ごしながら、揺るぎなき宗教的な敬虔さと比類なき芸術的な感性を裡に湛えるようになったのだ。

このケルトの島国に根をはる固有文化の豊饒さ――「アート思考」という独自の感性のかたち（「野生」と「対称性」の芸術人類学者・中沢新一ならば、哲学者の山内得立《とくりゅう》にならって「レンマ的思考」と呼ぶかもしれない）——を思うとき、そのほころびがすでに覆いがたくなってきた「ビジネス文明」を支える思考様式はすでに過去の時代のもので、現代を生き抜くためには時代遅れであり、もはや危うい考え方だと認識できよう。「愛蘭土紀行」を読む現代的意義は、まさしくここに存すると思っている。

「華」としての中国、「夷」としての朝鮮と日本

アイルランドとは、このように、ヨーロッパ、さらにはイギリスとの歴史的対比のもとに語らねばならないものだった。このことは同様に東アジア篇にも当てはまっていた。〈中国（大陸）vs.朝鮮（半島）vs.日本（島国）〉という三国間の文化力学の図式を念頭におく必要があったからだ。否、そのような地政学的な視座を採ることで、各国固有の文化気質がいっそう明白になるのである。華夷秩序的な見方の導入である。大局的なパースペクティヴからいえば、それは、ユーラシア大陸の「極西」と「極東」のアナロジカルな文化的対照性への気づき、でもあった。

第二部では、『街道をゆく』執筆当初からのテーマ——「日本人の祖形」をさぐる——を意識しながら、〈朝鮮半島vs.日本〉の関係を、〈アイルランドvs.イギリス〉の関係にダブらせることで、中国大陸の辺縁部に位置する「半島」と「島」の関係を類比的に考えることも言外に示唆したつもりである。本書第一部の最初にアイルランド論を、第二部の最初に朝鮮半島論をおいたのも、じつはこうした洋の東西をめぐるアナロジカルな歴史の読みのおもしろさを知ってもらいたかったからだ。そのうえで、特に熱心に追ったのは、司馬の醒めた眼が、朝鮮と日本のあいだで古代から展開された人とモノの双方向的

交流を注視した、という事実だった。

もちろん司馬自身は、二〇世紀的な資本主義社会（＝ビジネス文明）の終焉間際の時期、すなわち昭和バブル崩壊前夜に、日本の近代化プロセスにおける誤りの原因を探りながら、「愛蘭土紀行」を綴ったともいえよう。だとすれば、『街道をゆく』初期の著作群――「日本人の祖形」を求める旅――の多くは、文明の功罪を鋭く見分ける強いまなざしに貫かれたものであったかもしれない。もとより第二部・東アジア篇で採りあげたシリーズ群は、そうした文明の問題を古代世界にまで遡って、「鉄」「馬」「古墳」などを手がかりに、大陸北方騎馬民族の血とそこからの文化伝播の風景を追うものだった。司馬の思考のベクトルは、いつも根っこのところで、日本からはじまっている（一九八六年からはじまった歴史エッセイ「この国のかたち」連載の意図とも通底する）。

若い時分からの司馬の性向として、心の深い部分で、中原《ちゅうげん》の覇者としての「華／夏＝文明中心の民」中国よりも、最初から「夷狄＝蛮族辺境の民」のモンゴルのほうに親近感があった（学生時代の専攻もモンゴル語だった）。このモンゴル贔屓ないし騎馬民族贔屓の傾向は、「南船北馬」の――ことに四字熟語の原義でみた際の――辺境少数民族からなる小属国群に対する慈しみのまなざしでもあった（政治学者・思想史家の片山杜秀による司馬の世界観をめぐる卓抜な解釈を思い出そう。司馬は、瀬戸内海沿岸の海上交易を「南船」の系譜と、対して、朝鮮半島から日本への鉄・馬などの文化伝播を「北馬」の系譜と見なしていたのだ、と）。

半島と島をつなぐ「鉄」と「馬」の交流史——湖西から朝鮮半島へ、さらに広島へ

このようなことを前提に、第二部・東アジア篇では、おもに『街道をゆく』最初期の作品群である「湖西のみち」「韓のくに紀行」「芸備の道」をあつかった。いずれも、一九七〇年前後より開始された「日本人の祖形」を求める一連の旅である。

司馬は、シリーズ第一作目の近江紀行「湖西のみち」を導きの糸に、「韓のくに紀行」の舞台であった朝鮮半島南部・大韓民国へと、「海上の街道」を進んだ。この『街道をゆく』最初期の二つの紀行は、その語りのスタイルもまた、きわめて文学的ないしは夢想的なものだった。当時の軍事政権下の韓国への政治的な配慮もあったかもしれない。しかし、半島と島の文化交流史においては、現実の国境線など曖昧になってしまうほど——王陵の松林で出逢った老翁たちとのマッコリの宴のように——神話的幻想のなかで双方の国の人々が融け合っていた。こうした双方向的交流をもっとも象徴するのは、韓国紀行のなかの沙也可の話である。豊臣秀吉の朝鮮出兵におよんでの降倭の武将（朝鮮帰化名は金忠善）である。彼の子孫が住まう日本人村のエピソードは、その双方向的な日朝交流の歴史風景を、作家の「感性哲学」をもって蘇らせる典型的な場面だ。

続く第五章の広島篇では、まず前半部分で、一六世紀の戦国期に安芸・吉田盆地の毛利元就のおこなった領民政策の近代的・合理的な一面が浮かびあがった。「安芸門徒」と呼ばれた浄土真宗信徒の強固な宗教的結束のなか、ひじょうに合理的思考のもと平等主義的に領民たちをあつかったことに元就の勝

機があった。そのことは、後に綴られた「オランダ紀行」に登場する、同じ時代のライデンにおける近代的な市民の誕生譚とも重なっていた。ここには、司馬一流の世界規模でのシンクロニシティを見抜く思考の働きを認めることができた。

第五章の後半部では、朝鮮半島からの渡来文化の痕跡という側面から、備後・三次盆地に残る古墳文化やタタラ製鉄文化にスポットライトが当てられた。日本海を山間の三次まで遡り、「鉄」の文化をもち込んだのが朝鮮半島由来の渡来人であり、彼らが「文明」をもたらしたのだ、と（こうした意味で、広島は瀬戸内海から数十キロ山に入れば、もう「出雲文化圏」である、と司馬はいう）。

ただし、現代まで見晴るかす司馬のまなざしは、その文明の負の側面にも冷静に向けられていた。タタラ製鉄という文明技術を導入した人々は、周囲の山も森も破壊した。彼ら渡来系のタタラ衆――そのボスが三次の古墳群の被葬者でもあると想定された――の文明力が、稲作にも適した水郷「ミスキ＝水村」をさらに切り開いたが、他方で、環境破壊や貧富の差を生んだのではないか、と。司馬は、当時の高度経済成長期に暗躍した「地面師」ないし「ゴミ不法投棄屋」にも喩えていた。

さて、第二部・東アジア篇の最後には、滋賀・朝鮮半島・広島をたどった司馬の旅を受けて、筆者オリジナルの補章「司馬の見残した火山の風土――群馬・渋川金島のみち」をおくことになった。筆者の故郷・群馬をあつかった、『街道をゆく』の続編という位置づけである。その導入と結末に、司馬があちこちのエッセイで散発的に触れていた坂東武者・関東平野・信州望月の馬などの歴史スケッチを織り交《くる》ぜ、それらに包みこむかたちで、独自の歴史紀行を試みた。ここには、最新の――六世紀の火山噴火被災の「甲を着た古墳人」の発見を契機とする――渋川の金井遺跡群（金井東裏遺跡・金井下新田遺跡など）の発掘成果も盛り込んだ。そして、司馬による前二者の紀行との連続性にかんがみ、朝鮮半島から畿内、そして信州を経る、「鉄」と「馬」の伝播という大きな文明伝播のうねりをも描出したつもりである。

また、このオリジナル章では、司馬に敬意を払いながら、「西の人」司馬が見残した東国の火山の風土に沈潜し、この渋川金島地区のもつ独自の人文のあり方もそこに描きだそうと試みたのであった。なお、確認のため、筆者が群馬をあつかうオリジナル章を設けねばならないと感じた理由をあらためて列挙しておこう。ひとつには、まずこの地が、自然地理のうえでも風土のうえでも、もっとも熟知するフィールドであり、筆者の風景を読む観察眼を養った土地だったこと。また、もうひとつには、関東の平野部がまさにこの地で終わり、山間部がはじまるインターフェイスだったことである。さらにここに付けくわえるなら、榛名の火山噴火で罹災した甲古墳人の発見を契機として、考古学的に実証されつつある鉄・馬・古墳をめぐる壮大なドラマへの期待が高まったことだろう。

このようなわけで、渋川金島は――特にその金井（地名も製鉄文化に由来する）は――司馬の眼を借りての筆者の記憶の語りを実践するに相応しい舞台だった。むろんそこでは、自己の故地に対する「言祝ぎ」の身ぶりと同時に、その相対化を通じたさらなる深い理解が要求されることを冷静に自覚したつもりである。

いま『街道をゆく』を読み返す理由はどこにあるのか

現在との接続可能性について、いいかえれば、いま『街道をゆく』を読み返す理由について、以下、終章をむすぶにあたり、すこしく筆者の思いを綴っておきたい。

『街道をゆく』における司馬の真骨頂とはなんだったのだろうか。旅先の土地々々で出逢った――多くは無名に近い――キーパーソンを見極める。そして、その人物を中心に、その土地そのものとそこに生きる人々を言祝ぐ。これによって、彼の眼が現場で捉えた歴史風景が、色彩と匂いをともなって受肉するのである。とたんに、その男（あるいは女）は、疾駆し、躍り、一陣の風となって、先ほどまで周囲を覆っていた文明の澱《おり》まで、きれいさっぱり押し流す。これが、まさに『街道をゆく』の流儀であり、「歴史的＝文学的想像力」の飛翔に支えられた感性哲学の凄みなのだ。

たしかにオリジナル篇「群馬・渋川金島のみち」を綴る筆者は、彼の感性哲学の手法をなぞりながら、かの地の地霊（ゲニウス・ロキ）の召喚、さらには、そこに生きてきた人々の「肉の歓びと悲しみ」の受肉を願い、その風景の肌理を読むことに集中した。地中から発掘された遺物、山や川や谷の眺め、坂道を上下する歩行感覚、湧水の清らかさ、判読不可能な石碑の文字、お国言葉の訛りある響き、山菜の香りに満ちた田舎料理、学校跡に残る巨樹の花など、いずれもじかに触れられ、肌で体感できる現実風景の断片的カケラの集合的記憶。

これらのカケラをじっと凝視することで、それら風景の断片たちは渦を巻き、まず「現在」の風景を結像する。やがてその眼前の風景は「過去」の風景と二重写しとなり、しだいに消え、移ろっていく。歴史風景が、複層的あるいは立体的に動き出す瞬間だ。一歩また一歩と進むごとに、そこに立ち現れる景色はかたちと彩りを変化させる。このように、結んでは消え、消えては結んで多様にかたちを変える風景イメージの流れを、言葉によって叙述する作業こそ、土地の記憶を語ることなのではないか。ここでいう「記憶の語り」とは、アリストテレスのいう意味での——普遍的真実を語る——「詩（フィクション）」と言えるものかもしれない。

グローバルな視座のもと壮大な歴史ロマンを紡ぎ、自分の立ち位置をそのなかに再確認すること。さらに、そうした夢想のなかにあって、いま生きている場所あるいは訪れた旅先の土地を五感で楽しみ、味わうが、けっして汚さないこと。醒めた眼で相対化する姿勢を忘れず、特定の場所の歴史をモノクロの固定世界だけで捉えないこと。そう、つまり、ある土地の歴史風景とは、つねに変転するもので、個々人の「肉の歓びと悲しみ」——筆者自身の美学＝感性の学のキーワード——が煌めく刹那《せつな》にしか現前しえないものなのだから。

司馬の言うように、しばしば「文明」とは合理的で便利なものだ。誰もがアクセスしやすい公共性をもっていれば、市民生活の向上につながるし、国家の役にも立つ。しかし、それは反面で暴力にもなる。一七世紀オランダが発明した「ビジネス文明」が——たとえば高度経済成長期あるいはバブル景気の日本におけるように——公共性を失い、私利私欲とカネにまみれ、まちがった方向に展開してしまったばあいのように。そんなときこそ、かえってアイルランドのような辺境に埋もれた非ビジネス的・非近代的な「アート思考」（＝感性のかたち）にひそむ原初性・柔軟性・多様性・創造性が、未来を切り開く鍵となるかもしれない。過去と未来のインターフェイスを自由かつ巧みに行き来する思考様式が、そこに隠されているからだ。

これまで近代世界を覆ってきたビジネス文明のもとで、今こそ、効率は悪くとも、ひっそりと肉の歓びと悲しみを享受している辺境の民の強《したた》かさを注視しよう。「肉の歓びと悲しみ」は、ビジネス文明が絶対的権威と化している社会では、文化気質としての生きる技法にまで練りあげられることはない。『街道をゆく』という約四半世紀に及ぶさまざまな辺境への旅の軌跡は、ひとつの歴史の夢ロマンであると同時に、行き詰まった現代社会のその先まで見晴るかすためのヒントに満ちた、未来へのガイドブックだと思う。

あまりにも世界各地への移動あるいは各地の情報取得が簡便になった昨今、もしかするとわれわれは、ある種の「旅の作法」を忘れてしまったのかもしれない。そんなわれわれはまず、ごく身近な天地——自分のからだがそこに触れ、融け合うような場所——を真摯に凝視し、それを「言祝ぐ」ことからはじめようではないか。そして、その土地の歴史風景を醒めた眼でグローバルに相対化しよう。そんな旅のレッスンが、『街道をゆく』のそこかしこに散りばめられているはずだから。

註

序章

（1）「眼の思考」とは、松本健一×石川好「（対談）物語る記憶と気概」のなかで、批評家で思想史家・松本健一（一九四六〜二〇一四年）が司馬の執筆法・思考法を端的に規定した言葉。『司馬遼太郎――幕末〜近代の歴史観』（文藝別冊）、河出書房新社、二〇〇一年、二〇六〜二〇九頁。松本健一には、『街道をゆく』シリーズ全巻をあつかう『司馬遼太郎が発見した日本――『街道をゆく』を読み解く』朝日文庫、二〇〇九年（分冊百科・ヴィジュアル版『週刊 司馬遼太郎『街道をゆく』』朝日新聞出版、二〇〇五〜〇六年に寄せた簡潔な各巻の解説の書籍化）があり、コンパクトながら『街道をゆく』シリーズを概観するのに役立つ。なお、当時新進のノンフィクション作家だった石川好（一九四七年〜、『カリフォルニア・ストーリー』中公新書、一九八三年でデビュー）は、松本との対談のなかで、色鉛筆で「絵のように」カラフルになった司馬の生原稿を見たときの強烈なインパクトに基づき、司馬の人物像を次のように語る。「司馬さんて、造形的にイメージし、本質はパッと分かってしまって、そこからあとは彼が知っている知識をかぶせる。そしてフィールドワークで得た風景を葉っぱにし、幹を描くというふうにやってた人だな、という印象を持ってた」（前掲書、二〇〇一年、二〇七頁）。

（2）浄土真宗本願寺派の宗教学者・釈徹宗氏と天神信仰史研究者・高島幸次氏は、その対談のなかで、「学術書は基本的に上書きされる」が、「物語には独特の力がある」。司馬文学は歴史論文でないから、「未来永劫読み続けられていいもの」との見解で一致している。司馬遼太郎記念館会誌『遼』二〇一九年秋季号・第七三号、「釈徹宗・高島幸次対談　物語のもつ独特の強さ」、九〜一〇頁。

（3）劇作家で小説家の井上ひさし（一九三四〜二〇一〇年）は、司馬が陸軍大将・乃木希典を描いた歴史小説「殉死」（『別冊文藝春秋』一〇〇・一〇一号、一九六七年に初出）を書いていたとき、東京・神田の古本屋街から乃木大将にかんする史料がすべて消えたという噂の根拠に触れている。同時期の井上が、乃木にかんする戯曲執筆のため、資料蒐集に神田を訪れた際に古書店主から聞いた話という。店主は「資料はすべて司馬先生のところへ行っていますよ」と嬉しげに語ったらしい。井上はまた、司馬の驚異的な資料読解の速さについて、「凡百の想像をはるかに超えて」いたと書いている。以上、井上ひさし「司馬学校を夢見て」、司馬遼太郎記念館図録『司馬遼太郎』公益財団法人司馬遼太郎記念財団（企画・編集）、二〇一五年、一二頁を参照。

（4）「「記憶」の歴史を紡ぐ」にかんしては、前述の松本健一と石川好の「（対談）物語る記憶と気概」での以下の石川による発言を参照。「歴史学者から見れば、歴史とは「記録」だとなる。でも司馬さんは記録を書こうと思ったんじゃなくて、「記憶」を書こうと思った。自分が書いてるのは坂本竜馬の歴史記録ではない。坂本竜馬にまつわる「記憶」なんだと。みんながそう思えるかもしれない「記憶」というものを彼は書こうとしたと思うね」（前掲書、二〇〇一年、二〇九頁）。

（5）『ガイド 街道をゆく 近畿編』（一九八三年、朝日新聞出版）所収の一九八三年七月のエッセイ。この引用箇所の直前には、人間の本質を見極めるためには「書斎での思索だけではどうにもならない」「山川草木のなかに分け入って、ともかくも立って見ねばならない」との前置きがある。司馬遼太郎『司馬遼太郎が考えたこと12――エッセイ1983.6～1985.1』新潮文庫、二〇〇五年、一〇二～一〇三頁。

（6）赤坂憲雄『司馬遼太郎 東北をゆく』人文書院、二〇一五年。

（7）赤坂は、同書（赤坂、二〇一五年）の結末でこう述べている。「やはり、司馬にとっては、東北は一篇の詩でなければならなかったのだと思う。とはいえ、これは歌枕という外からのまなざしが浮かびあがらせる詩ではない。津軽の小さな女の子の紡いだ、小さな言葉の織物のなかに、東北の詩が見いだされている。……司馬の東北紀行のなかには、東北の人々よ、ルサンチマンを超えて、みずからの豊饒なる詩的世界を解き放て、という朗《ほが》らかなメッセージがこだましている。東北はすでにして、偉大なのであるから」（同書、二二〇頁）、と。なお、赤坂の指摘でひじょうに重要なのは――筆者の考える「司馬の見残した火山の風土（＝東国風景）」と関連するが――司馬の視野に「狩猟的な世界」が欠落しているという事実だろう。赤坂は、そのフィールドワーク経験から、「山の文化」あるいは「狩猟にかかわるフォークロア」を除外して「東北の縄文以来の文化」を語ることはできない（同書、二二七頁）、としている。

（8）司馬の〈中国大陸～朝鮮半島～日本〉という歴史ロマンは、最新の歴史学（考古学・古代史等）の知見からは、疑問視される点を含んでいる。ただし、その壮大かつ独自の文明史観は、現在においてもなお、ひとつの語りとして、刺激的であろう。当時の司馬は、以下の学者や作家たちとの直接的交遊のなか、その主張に影響を受けた。「騎馬民族征服王朝説」を説いた江上波夫（一九〇六～二〇〇二年、東京大学名誉教授・考古学）、記紀に基づき「渡来人」を考察した上田正昭（一九二七～二〇一六年、京都大学名誉教授・古代史）、そして、「日本の中の朝鮮文化」を論じた金達寿《キム・ダルス》（在日朝鮮人作家・古代史研究家、一九一九～一九九七年）。なお、批評家・柄谷行人によれば、金達寿や司馬遼太郎の歴史観／歴史小説観の淵源を、新潟生まれの作家・坂口安吾（『安吾史譚』、一九五二年など）にみることもできるという（柄谷による安吾論の存在は、筆者同僚の近代文学研究者である広島大学准教授・柳瀬善治氏より示唆を受けた）。柄谷行人『坂口安吾論』インスクリプト、二〇一七年、一一七～一一九頁、および一九二頁、二六五頁。ちなみに、東アジア（特に朝鮮半島との関係）への目配り以外に、柄谷が本書で歴史作家・司馬をめぐって強調するのは、安吾が「歴史小説」における司馬の「先祖」だったことだ（一九二頁）。また、勝海舟・織田信長を見いだしたのは安吾であり、司馬は「それをふくらましただけ」（二六五頁）とも述べている。

第一章

（1）林景一『アイルランドを知れば日本がわかる』角川oneテーマ21新書、二〇〇九年。

（2）丸山薫「汽車に乗つて」『幼年』四季社、一九三五年。

（3）エドマンド・バークとアイルランド（ならびに、その崇高美学）の関係については、中澤信彦・桑島秀樹編『バーク読本――〈保守主義の父〉再考のために』昭和堂、二〇一七年（特に、筆者が執筆した、第四章「崇高・趣味・想像力」・第五章「アイリッシュ・コネクション」、九二～一四一頁）を参照。

（4）すでに筆者は、以下のエッセイでバリトアとメアリ・マローンのことを書いている。桑島秀樹「奇跡の緑野の聖メアリ」（「コラム　あいるらんどの小窓」その3）、広島・アイルランド交流会編『広島・アイルランド交流会会報』第三号、二〇一二年七月、第二面。

（5）桑島秀樹『生と死のケルト美学――アイルランド映画に読むヨーロッパ文化の古層』法政大学出版局、二〇一六年、第三章「ロバート・フラハティ『アラン』――ドキュメンタリーの捏造、あるいは「海」の崇高さ」（一〇一～一三七頁）。

（6）同書（桑島、二〇一六年）、第一章「ジョン・フォード『静かなる男』――アイリッシュ・アメリカンの夢、あるいはハリウッド的予定調和」（三三～六六頁）。

（7）「ケルト」概念の定義は難しい。司馬による定義もない。原聖『ケルトの水脈』（講談社学術文庫、二〇〇七年）によれば、考古学的・文献学的に跡づけられるケルト人居住区とケルト語使用圏とは、やはり必ずしも一致しない。現在のアイルランド共和国は、全土をケルト語使用圏がカヴァーする唯一の単一独立国家といえる。前掲書（桑島、二〇一六年）、三〇～三一頁を参照。

（8）イーグルトンの「黒い棘」にかんする記述は、「アイルランド人のユーモアには黒い棘があり、内に攻撃性を秘めているので、アメリカ人の警句好みや、英国人の一部に見られるゆったりとしたユーモアとは対照的である。……馬鹿げたものを見抜くことにかけては、これほど巧みな民族はほかにいない。特にそれが自分のこととなると、実に鋭いのだ」となる。小林章夫訳『とびきり可笑しなアイルランド百科』筑摩書房、二〇〇二年、六七頁を参照。

(9)「愛蘭土紀行I」、二二〇頁。ここでの司馬は、「『風と共に去りぬ』のスカーレット・オハラをみよ」と続けている。したがって、この作品の大団円におけるすべてを失ったヒロインが発したせりふ「タラへ帰ろう」が想起される（同書I、二〇四頁）。しかし、この文章を含む節は「文学の街」と題され、節全体としては、アイルランド出身の文豪オスカー・ワイルド（一八五四～一九〇〇年）やジェイムズ・ジョイス（一八八二～一九〇四年）の生涯と作品の論評から、クリント・イーストウッド主演の有名ハリウッド映画『ダーティハリー』（米、一九七一年）の主人公キャラハン刑事（アイリッシュ・アメリカンという設定）の人物造形論にまで及ぶ。なお、この節の最後は、「ジョイスの言語才能が大きければ大きいほど、アイルランドの悲痛さを感じさせるのである」（同書I、二二七頁）と結ばれている。

(10) 司馬は、ザ・ビートルズのもとにあった痛烈な皮肉・揶揄・機知に触れながら、具体的に「死んだ鍋」を定義した後、「才能という以上に、文化としか言いようがなく」（同書I、一三五頁）と言葉を継いでいる。

(11) 前掲書（桑島、二〇一六年）の「むすび 二一世紀を生きぬくための「アイルランド美学」の知恵」（二二五～二三九頁）を参照。ネット上の電子版書評サイトHONZにおいて、堀内勉氏（森ビル取締役専務執行役員CFO・アカデミーヒルズ担当、公益財団法人健在同友会幹事）がこの拙著をとりあげ、「ビジネス思考」と「アート思考」の対比にも触れながら、その意義を紹介している（二〇一六年一〇月一三日の記事）。なお、「アート思考（アート・シンキング）」の語は、最近では、以下の書のように――ある意味で逆説的に――ビジネス場裡における起業・イノベーションの技法を指す用語として注目されているようだ。若宮和男『ハウ・トゥ アート・シンキング――閉塞感を打ち破る自分起点の思考法』実業之日本社、二〇一九年。若宮は、美学・芸術学の知見も参照しつつ、アート思考を、「ちがい」を生み出す思考法、自己内部の「触発」を引き起こす思考法として捉え、それは個人と社会に多様性と変革をもたらすものだと説く。

(12) 同書（桑島、二〇一六年）において、筆者は、アイルランド的な「感性のかたち」の核心を、この「インターフェイスの存在論」とともに、「メタモルフォーゼの美学」として析出している。また、アイルランド映画の主人公（特にヒロイン）の特質を、「ケルトの女戦士」「肝っ玉おっかあ」といった人物造形の系譜のなかにみた。そこには、地母神的な女性原理――原初・柔軟・変容・多様・強靭――と「アート思考」との関連性の示唆も込めている。

(13) 二〇一九年夏現在、イギリスではそのEU離脱――いわゆるBREXIT――が決定的となり、首相もテリーザ・メイからボリス・ジョンソンに代わった。その影響もあってか、かえってアイルランドでは、二〇〇八年のリーマンショックの大打撃後、ここ一、二年はふたたび――「ケルトの虎」以来の――景気復調の兆しがあると聞く。

(14) 現代アイルランドの映画立国化(特に映画、スターウォーズ・エピソード7『フォースの覚醒』のスケリグ・マイケル島におけるロケ問題)については、同書(桑島、二〇一六年)、序論「「誤解された映画の国」アイルランド」(三〜三二頁)、のなかで触れている。続編映画スターウォーズ・エピソード8『最後のジェダイ』については、桑島秀樹「メタモルフォーゼの美学、あるいはインターフェイスの存在論――〈ケルト的〉世界認識と映画分法――」(日愛外交樹立六〇周年記念講演)、日本ケルト協会編『CARA』第二五号、二〇一八年二月のなかで補足的に言及している。

(15) 二〇一五年(同性婚問題)と二〇一八年(人工中絶問題)の国民投票と現代のアイルランド事情については、以下の拙稿ですでに簡単に触れた。桑島秀樹「保守的カトリック大国の変貌?――〈人工中絶〉と〈同性婚〉をめぐる国民投票より――」(「コラム あいるらんどの小窓」その9)、広島・アイルランド交流会編『広島・アイルランド交流会会報』第九号、二〇一八年七月、第二面。

第二章

(1) このハエの絵(フライ・ターゲット)の導入は、一九九〇年代初頭、スキポール空港の清掃担当課長Jos van Bedaf氏によってなされたらしい。スキポール空港の男性用小便器のハエの話は、ナッジ効果の例としてよく引かれている。ニューヨークJFK空港にも、同様のハエの絵の導入があるという。なお、小便器へのターゲットの導入自体は、一八八〇年代のヴィクトリア期の英国まで遡れるようだが、絵は寓意的な「ハチ」であったという。以下の二つの英字新聞記事を参照。Jeff Sommer, "When Humans Need A Nudge Toward Rationality"(電子版新聞『ザ・ニューヨーク・タイムズ』、二〇〇九年二月七日)、ならびに、Blake Evans-Pritchard, "Aiming To Reduce Cleaning Costs"(電子版雑誌『ワークス・ザット・ワーク』第一号、二〇一三年冬)。

(2) ヴェーバーは、本書において、あくまでも初期近世の西ヨーロッパの歴史において、プロテスタンティズム(特にピューリタニズム)が資本主義の勃興プロセスにおける心理的起動力の役割を果たしたという事実を説くだけ。マルクス的な一元論的な唯物史観に代わる普遍史観(=世界史の基本法則)を提示したわけではない。ここで描かれるのは、〈「世俗内禁欲」を説くピューリタニズムの内部から、逆説的に、近代資本主義の成長を内面から促進するような精神が生まれた〉という歴史的事実の比較宗教社会学的な考察である。以上、大塚久雄訳『プロテスタンティズムの倫理と資本主義の精神』岩波文庫（改訳版）、一九八九年、「訳者解説」、三七三〜四一二頁（特に、三七七、三八一、四〇八頁）を参照。

（3）司馬は、さまざまな資料（板沢武雄『日本とオランダ』至文堂、一九五五年や科野孝蔵『オランダ東インド会社の歴史』同文舘出版、一九八八年など）――「オランダ紀行」は参照文献の明記が比較的多い――を示しながら、オランダ商業社会の飛躍的発展におけるニシン漁（ならびに、ニシンの保存法の発明）の重要さを説く（「オランダ紀行」、一一〇〜一一四頁）。司馬は、すでに一六世紀末頃から沖を走るオランダのちいさなニシン漁船が、他国民から「海の乞食《ゼーゴイセン》」と蔑称されていたことにも触れている（同書、一一三頁）。なお、「ゴイセン」という語は、後にオランダで、プロテスタントの「カルヴァン派（フーゼン）」を意味するものとなったらしい。

（4）現在の経営母体は変わったが、最初のハウステンボス開園時の社長は、前身施設・長崎オランダ村の神近《かみちか》義邦氏（地元・西海市西彼町出身、二〇一八年七月現在、エコ研究所代表取締役会長、長崎オランダ村株式会社相談役）だった。彼の哲学に基づき、〈街ぐるみエコロジカルなオランダ化をねらったテーマパーク〉としてハウステンボス（佐世保市の旧工業団地跡地）が構想された。建設技師もオランダより招請。この構想実現の取りかかりが、オランダ東インド会社の一七世紀帆船「プリンス・ウィレム号」の復元（一九八五年）だった。パーク開園前年の一九九一年には、一帯が「ハウステンボス町」と行政的にも命名され、オランダ風の都市計画が進んだ。ライデン大学ハウステンボス校の設置は、一七世紀半ば建立の宮殿を――当時の女王の勅許を得て――完全コピーしたパレス・ハウステンボス内であり、現地教員が常駐した。分校のできる以前の一九八七年〜九一年は、文化研修として毎年数名の同大・日本学科の学生が、神近氏の旧長崎オランダ村（西彼町）に滞在したという。なお、神近氏は、「オランダ紀行」の現地案内人――司馬が「現代の〝オランダ学者〟」（同書、九二頁）と呼んだ――後藤猛《たけし》氏と親交もある。紀行のなかには、後藤夫人・ティル氏も登場するが、じつは彼女は、一九八七年のライデン大学からの文化研修第一期生だったようだ（なお、当地のヤクルト勤務と聞く）。以上、ライデン大学の日本分校とハウステンボス等の情報については、筆者による神近氏への二〇一八年七月一一〜一二日のフェイスブックと電話を通じた直接取材に基づく。

第三章

（1）「ニューヨーク散歩」の司馬は、ドナルド・キーンに絡め、アメリカ合衆国での日本学（ジャパノロジー）の誕生と成立に関心を寄せている。その際、キーンが学び、のちに教鞭を執ることになったコロンビア大学・日本学専攻の学風

――「地味」で「実証主義」――にも言及した。特に、戦前のコロンビア大学におけるキーンの恩師で、日本学の祖たる――「詩的な響き」の英語で日本の思想史・歴史・古典文学のすべてを講じたという――角《つの》田《だ》柳《りゅう》作《さく》（一八七七〜一九六四年、群馬県旧勢多郡津久田村生まれ、旧東京専門学校＝現早稲田大学出身）に注目する（司馬は「角田柳作先生」と題する章を設け、おおきく取りあげている）。角田の薫陶を受けた逸材には、キーンのほか、長野・軽井沢生まれのカナダ人外交官で歴史家のE・ハーバート・ノーマン（一九〇九〜五七年、共産主義ソ連のスパイ嫌疑をかけられ自死）もいた。司馬は、キーンとノーマンの業績と人生を引き比べ、次のようにいう。「ついでながら、ノーマンは鋭すぎるほどに社会科学的な体質だったせいか、角田先生についてふれた文章をのこさなかった。やはり、角田先生のような、社会科学的な網《あみ》の目にかかりにくい人間については、ドナルド・キーンさんのような芸術的資質に俟《ま》たねばならない」（「ニューヨーク散歩」、一一二頁）。ここでの司馬は、キーンのもっていた「芸術的資質」を「悲しみ」と言い換え、それは「人間存在の根源そのものについての感応のこと」（同書、一一二〜一一三頁）とする。なお、角田柳作の研究は、早稲田大学出身で小樽商科大学教授・荻野富士夫による伝記的研究に詳しい。『太平洋の架橋者 角田柳作――「日本学」のSENSEI』芙蓉書房出版、二〇一一年など（同書、九五頁には、角田の自作詩が載っており、ハドソン川に因んで、「坡土遜柳生」と号したことがわかる）。

（2）東大阪の作家自邸を含む司馬遼太郎記念館の展示遺品を参照。前掲の司馬遼太郎記念館図録『司馬遼太郎』、五八頁には、愛用のバンダナ・コレクションの写真が載っている。

（3）桑島秀樹『崇高の美学』講談社選書メチエ、二〇〇八年、第四章「アメリカ的崇高と原爆のヒロシマ」。

（4）Peter J. Tomasi, *The Bridge: How the Roeblings Connected Brooklyn to New York*, illustrated by Sara Duvall, N. Y.: Abrams Comicarts, 2018（劇画版）. ならびに、Elizabeth Mann, *The Brooklyn Bridge: The Story of the World's Most Famous Bridge and the Remarkable Family That Built It*, N. Y.: Mikaya Press, 1996 などを参照。

（5）ブルックリン橋に使用された強靱なローブリング・ワイヤーロープとは、鉛筆芯様の極細の鋼線を二七八本まとめた小ロープをまず作り、それらを密集させて計一九本からなる六角形（一辺が小ロープ三本）の太い蜂巣型の鋼鉄束にして、さらに細い鋼線をカヴァーとして巻いたものだった（前掲のElizabeth Mann, 1996, pp. 32-33 に図解がある）。なお、鋼鉄製ワイヤーロープの発明者には諸説ある。ただ、一九世紀初頭のドイツ・ハルツ鉱山における技師ウィリアム・アルバートによる普及が、最初の流行のきっかけだったようだ。一八四〇年代に、ロバート・S・ニューオールの会社による欧州での大量生産・大量普及があり、スコットランド人発明家アンドリュー・スミスがそれをアメリカ合衆国に持ち込んだ。当初は鉱山から海底ケーブルへの応用だったという。

(6) David E. Nye, *American Technological Sublime*, The MIT Press, 1994.

(7)「アメリカ的(科学技術的)崇高」概念については、前掲書(桑島、二〇〇八年)の同箇所に詳しい。

(8) ハドソン・リヴァー派の画家とその絵画、ならびに、一九世紀アメリカ風景画の文化背景にかんしては、Barbara Babcock Millhouse, *American Wilderness: The Story of the Hudson River School of Painting*, N. Y.: Black Dome Press, 2007.(初版はBarbara Babcock Lassiter 名義で一九七八年刊行)、ならびに、B・ノヴァック『自然と文化――アメリカの風景画と絵画 1825-1875』黒沢眞里子訳、玉川大学出版部、二〇〇〇年(原著は一九九五年刊)などを参照。

(9) Susan Goldman Rubin, *Margaret Bourke-White, Her Pictures Were Her Life*, N.Y.: Harry N. Abrams, Inc., 1999, p. 13.

(10) 桑島秀樹「子らよ、肉の悦びと悲哀を忘るる勿れ――二〇四五年、〈科学技術的崇高〉の逆説」『世界思想 特集・人工知能』二〇一七春(第四四号)、世界思想社、二〇一七年、九八～一〇二頁を参照。

(11) 筆者の管見のかぎり、ごく最近のアメリカ論としておもしろかったのは、哲学者・千葉雅也(一九七八年～、立命館大学准教授)によるエッセイ集『アメリカ紀行』文藝春秋、二〇一九年であった。ボストンのライシャワー日本研究所に数ヶ月滞在した彼は、アメリカは、ラテン語の語源的な意味で「宗教(＝結び付ける)的」ではあるが、「聖なるもの(＝〔日常から〕切り離され清められるもの)」――千葉いわく日本ではコンビニや和食の儀礼等で体験できる――を求められない国だ(同書、「聖なるもの」、二五～二七頁)、という。このエッセイは、司馬の滞在からほぼ四半世紀の隔たりがある。なお、司馬のアメリカ紀行から、千葉のエッセイと同じだけ過去に遡った時期に書かれたアメリカ論として見るべきは、劇作家で美学者・文明批評家の山崎正和(大阪大学名誉教授)――筆者の大学時代の恩師のひとり――によるものだと思う。一九六〇年代の若き山崎による処女エッセイ集『このアメリカ』河出書房、一九六七年である。同書では、アメリカ精神とその病が鋭く見つめられ、フルブライト奨学金によるイェール大学(ニューヨーク北郊ニューヘイヴン)における留学生活と、自作戯曲の翻訳作品『ZEAMI』のニューヨーク公演の顛末が綴られる。山崎・司馬・千葉のエッセイをつなぐ「アメリカ」とは何かは、今ふたたび考えるに値しよう。

(12) 前掲書(桑島、二〇一六年)、「むすび 二一世紀を生きぬくための「アイルランド美学」の知恵」、二二五～二三九頁。

第四章

（1）中国史における華夷秩序――「中華」と「夷狄」の区別――の成立史にかんしては、以下の文献に簡潔に記されている。檀上寛『永楽帝――華夷秩序の完成』講談社学術文庫、二〇一二年、一七～二六頁。

（2）「南船北馬」とは、一般に各地を東奔西走することを意味する四字熟語だが、もともと中国南方は海や河川が多く「船」の文化、北方は平原や山野が多く「馬」の文化だったことに由来する成句。なお、片山杜秀『見果てぬ日本――司馬遼太郎・小津安二郎・小松左京の挑戦』（新潮社、二〇一五年）は、司馬その人が、瀬戸内海沿岸の「船」の交易文化を「南船」の系譜に、また他方で、朝鮮半島から日本への「鉄」「馬」の文化伝播を「北馬」の系譜に見立てていたことを慧眼にも指摘する。

（3）司馬は、こうした土木技術のさらに後代への伝承を、戦国期にこの地を根拠として城砦《じょうさい》普請等を請け負った土木技術集団「穴太《あのう》の黒鍬《くろくわ》」に見ている。

（4）なお、司馬自身は、すでに『街道をゆく』シリーズ第一作の「湖西のみち」のなかで、こうした比較言語学による歴史推理の面白さと重要性を強調していた。しかし他方で、「こうした地名詮索のたぐいにはキメ手がない」（同書、二六頁）というように、こうした地名に基づく推論にやや自省的な面もあった。

（5）ただし、『説文解字』によれば、「倭（従順なさま）」と「矮（小さいさま）」とはまったく異なる意味をもつ文字で、司馬の説くところは必ずしも一般的ではない。「倭」＝「矮」との解釈は、江戸期の木下順庵などに見られる説である。

（6）田中健夫『倭寇――海の歴史』講談社学術文庫、二〇一二年。

（7）宮本のエッセイ「放浪者の系譜」（雑誌『伝統と現代』伝統と現代社、一九六九年三月号初出）を参照。このエッセイには、瀬戸内を含む西日本沿岸部を根拠地とする漂泊漁民たる「海人《あま》」――「海士／海部／海府」などの地名痕跡が各地に残る――への言及がある。『宮本常一著作集10 忘れられた日本人』未來社、一九七一年、二八一～二九八頁。

（8）ただし、「韓のくに紀行」での司馬は、「文明」を「おそろしい」とも形容していた。したがって、ここでは、文明＝儒教的礼節という意味で、晩年のオランダ紀行やアメリカ紀行における肯定的な定義〈文明とは誰もが快適にアクセスしやすい普遍的・公共的価値をもつモノや制度の集合体〉とはまた異なった意味合いで、「文明」の語を用いていると言える。

（9）神坂次郎『海の伽倻琴――雑賀鉄砲衆がゆく』上・下巻、講談社文庫、二〇〇〇年（初版は徳間書店、一九九三年）。講談社文庫版の下巻末尾（三〇四～三〇九頁）には、司馬と交流のあった古代史研究者・上田正昭（当時、京都大学教授）

による「解説」がある。そこでは、作家・神坂次郎について、一．すでに一九六〇年代前半に「紀州雑賀と朝鮮半島」の関係を丹念に研究していたこと、二．紀伊国の鉄砲づくりの起源を朝鮮伝来のタタラ製鉄を担った韓鍛冶《からかぬち》にまで遡るスケールで捉えていたこと、これらに言及されている。神坂はじつは司馬と親交があった、とも。なお、上田の解説によれば、沙也可の実在は、早くも一九三三年には、中村榮孝——友鹿洞も巡検——による関係史料研究（『青丘学叢』第一三号に掲載）によって論証されていたようだ。

(10) 本章冒頭の「湖西のみち」に登場する白鬚（＝新羅）神社と、ここでの百済王族を祀る鬼室神社の関連をどのように考えればよいか。当時の司馬は、やはり上田正昭などの見解にしたがい、新羅ルート（出雲・越など）と百済ルート（北九州～瀬戸内・畿内など）という——時期の異なる——二つの渡来ルートを考えていたのかもしれない（本書第五章での「広島＝日本海＝出雲文化圏」の議論を参照）。なお、鬼室集斯の入植・官位授与にかんする記事は、『日本書紀』にある。集斯にしたがった百済人たちは、当初近江の神前《かんざき》（崎）郡に、のちに蒲生郡に遷されたらしい。考古学的には、一九九〇年代に、蒲生郡日野町で朝鮮半島の床暖房設備オンドル様の石組み煙道遺構も発見されている。

(11) 最新の考古学的知見によれば、日本の古墳から朝鮮（韓）系遺物が多く出土しているいっぽうで、朝鮮半島南西部（栄山江流域）でも日本独自の古墳形態である前方後円墳が確認されており、多くの倭系遺物の出土があるという。朴天秀『加耶と倭——韓半島と日本列島の考古学』講談社選書メチエ、二〇〇七年、高田貫太『海の向こうから見た倭国』講談社現代新書、二〇一七年、ならびに、山本孝文『古代韓半島と倭国』中公叢書、二〇一八年などを参照。

(12) 余談ながら、「愛蘭土紀行」の取材時に、ちょうどダブリンに留学中で、司馬から直接取材を受けた高神信一氏（現在、大阪産業大学教授・アイルランド近現代史）の司馬評は、以下のようなものだった（二〇一八年一一月二四日、日本アイルランド協会年次大会の懇親会場での談話に基づく）。一．それまで見たことのないほど鋭い眼光の持ち主、二．書きたい筋書きは事前に頭にあり、現地で拾った種々のエピソードでそれを色付けするのが上手い人。さらに筆者の見解とも一致をみたのは、三．彼の作品の持ち味は、「歴史研究者」としての叙述の正確さというより、むしろ「歴史作家（ないし歴史小説家）」としての人物造形・風景描写のリアルさ・おもしろさのほうだ、ということ。こうした意見も踏まえたうえで、筆者は、「旅する感性」たる司馬独自の文章スタイルを、本書では積極的に評価したいと考えている。

第五章

（1）　二〇一八年九月、朝日カルチャーセンター・新宿での宗教学者・釈徹宗氏と能楽師・安田登氏による「対談・司馬遼太郎の源流を探る」（「司馬遼太郎 連続講座」シリーズ）において、釈氏が「司馬の宗教性」を語る際に、この「土地＝国誉め」に類する手法に言及している。

（2）　三次は、江戸中期の柏生甫『稲生物怪録《いのうもののけろく》』でも有名である。実在の武士・稲生武太夫（幼名・平太郎《へいたろう》）の自邸で、寛永二年夏に起こった妖怪体験を綴る。この物怪録は、江戸後期には、国学者・平田篤胤《あつたね》、明治期には、小説家・泉鏡花に影響を与えた。二〇一九年四月、三次もののけミュージアム（湯本豪一記念　日本妖怪博物館）も開館している。ミュージアムの展示（二〇一九年一〇月時点）によれば、ひとつ目の化物などは、石見銀山の鉱山夫の職業病（眼病）を反映しているとの説もある。三次の北に延びる出雲街道は、「石見銀山街道」でもあった。

（3）　筆者は、二〇一八年六月時点での古墳存在数の最新データを、みよし風土記の丘ミュージアム（広島県立歴史民俗資料館）に確認した（同年六月一五日に電話取材）。電話口に立った学芸員・村田晋氏は、文化庁発行の「平成二八年度埋蔵文化財関係資料」（二〇一七年発行）に基づき、広島の古墳数は一万一千三一一基で、全国で六番目だと教えてくれた。第一位は兵庫で約一万九千基、第二位が鳥取で約一万三千五百基、第三位が京都で約一万三百基、第四位は、千葉で約一万三千基。ちなみに、本書補章であつかう群馬は、意外に少なく、約四千基（正確には、三九九三基）。また、三次市域の古墳数は、一九七四年刊行の『広島県双三郡・三次市史料総覧』第五篇という古い資料に基づくと、「三八三七基」とのこと。「芸備の道」連載中にしめされた「四千基」という数はこの文献に拠ったものであろう。なお、村田氏は、「古墳密度」（一平方キロメートル内にある古墳存在率）という概念を教えてくれた。彼によれば、中国地方第一の古墳県・鳥取の古墳密度は「三・八五」だが、三次の古墳密度は――ジャスト四千基概算で――それを上回る「五・一四」だという（三次を除く広島県下全域の密度は「〇・九五」）。したがって三次は、おそるべき古墳密集地帯といえよう。

（4）　民俗社会学者・岡本雅享による以下の論考は、司馬遼太郎・上田正昭・金達寿編『朝鮮と古代日本文化――座談会』中央公論社、一九七八年における上田正昭――東アジア的な視点で日本古代史を研究して「帰化人」に代わる「渡来人」の用語を定着させた人物――の発言を引きながら、「出雲文化圏」をひじょうに広範に捉えている。岡本雅享「海の道のフロンティアとしての出雲」、『現代思想 総特集・出雲』二〇一三年一二月臨時増刊号（第四一巻第一六号）、二〇一三年、青土社、二四九～二六三頁。具体的には、方墳・出雲伝説・出雲系神社の分布を考えると「〔上田説に従えば〕百済から（瀬戸内海を通る）大和への文化に対して、新羅とか高句麗を通して日本海ルートで出雲に入ってくる文化があり、新羅と結びつく出雲文化は、日本海を北上して能登半島から越の国に伝播していき、さらに信州へ、関東北部に入って南下していくという」（同書、二四九頁）ことになるのだ、と。ここでの関東北部への渡来入植者が新羅系（のみ）だとする考えは、たとえば本書補章・群馬篇での考察と擦り合わせてもやや疑問の余地があろうが、出雲文化圏と新羅文化の密接な関係は確かであろう（司馬は、「砂鉄のみち」でも、新羅系の渡来集団が古代製鉄の導入に深くかかわっていたと見る）。なお、この岡本の論考には、富山県作成の「逆さ地図」への言及もある（同書、二五一頁）。

（5）安芸・吉田の毛利氏への司馬の関心は、後述するように、一族（特に元就）の高度な統治能力に顕現した近代的感覚のためであった。司馬は、このような毛利の家風を一族郎党にまで及ぶ精神的な共通基盤と捉え、明治維新の長州藩士たち（安芸・吉田周辺を本貫とする）の気質の淵源と考えていた節がある。たとえば、司馬は吉田の「西浦」地区を訪れ、幕末に奇兵隊——能力主義の市民兵団——を組織した高杉晋作（元就初陣の有田合戦の後、毛利に与した武田系一族を出自とする）に思いを馳せる（「芸備の道」、七二～八二頁）。なお、長州では、農民であれ、もともと毛利の家臣だったという「同種意識」があって四民平等感覚が強い、とも。

（6）二〇一八年一〇月三〇日、筆者は取材のため安芸・吉田を訪れた。安芸高田市歴史民俗資料館ならびに安芸高田市教育委員会生涯学習課文化財係・川尻真氏を訪問し、〈毛利一族と製鉄〉〈吉田盆地と製鉄史〉について訊いた。結果、安芸高田北郊の美土里町・生田《いけだ》に内山金屋子《かなやご》神社（島根・広瀬町の西比田金屋子神社の分祀）が存在し、近世（特に江戸期）以降のタタラ製鉄の興隆は確認できた（なお、金屋子神信仰・金屋子神社一般については、角田徳幸『たたら製鉄の歴史』吉川弘文館、二〇一九年、一〇九～一一七頁を参照。また、弥生～古墳期の製鉄・鍛冶文化一般については、広島大学教授・野島永《ひさし》氏の諸研究に詳しい）。いっぽう、江の川の最奥部の吉田盆地周辺での古代～中世の製鉄文化についてはいまだ不分明らしい。ただし、吉田周辺の郷土史に精通する川尻氏からは、「毛利一族の財源も製鉄だったとの説がある」との情報を得ている（吉田の従来の歴史研究は戦国期が中心で、古墳～平安期がやや手薄だった、とも）。吉田のすぐ北東部「甲立《こうだち》」には、四世紀半ばの県下第二位の規模を誇る前方後円墳・甲立古墳——畿内の大和政権と関係——が存在し、その調査・研究の進展が待たれる（近年、さらにこの古墳上方で三世紀頃築造と目される四隅突出型墳丘墓も発見された）。

（7）ちなみに、元就により興隆をみた吉田・郡山城は、江戸初期に廃城。一六三七～三八年の島原の乱以降は古城への叛徒籠城が懸念され、石垣等も壊され、完全に廃墟となった。

（8）この「広島の殿様／大名／領主」イメージ論にかんしては、勤務校同僚の日本史研究者・渡邊誠氏（広島大学准教授）から次のような示唆をえた。江戸期には、太祖・浅野長政が祭神として神格化され、二葉山御社（饒津《にぎつ》神社）（現在のJR広島駅北側に鎮座）の造営とその祭礼を通じての領民への感化政策が採られた。ひるがえって近代以降は、郷土教育により毛利氏への共感が形成されていったのではないか、と。近代郷土教育に連なる国家観と「三本の矢」の元就イメージとの結合という論点は、今後検討するに値しよう。

（9）司馬の言及はないが、司馬による取材直前の一九七七〜七八年、三次工業団地造成事業（三次市東酒屋町）にともない、矢谷《やだに》墳丘墓が発掘されていた。この墳丘墓は、紀元三世紀頃（弥生時代末期〜古墳時代初期）の、日本海＝出雲系の四隅突出型墳丘墓であった（ただし、土器は吉備南部系が出土）。この墳丘墓は、縄文〜古墳期の大規模遺跡群である松ヶ迫遺跡群に含まれる。なお、本文前述の岩脇古墳の円墳群の下段（南側）からも弥生期の四隅突出型墳丘墓が確認されている。

（10）青森・津軽地方から新潟にかけての日本海沿岸では、現在でも正月料理としてサメ食文化（アブラツノザメなど）がある。また、山陰・九州北部地方や朝鮮半島では、古来より——ときにフカヒレ漁の副産物として——サメ食文化の伝統があった。なお、三次におけるサメ食の史料初出自体は新しく、江戸・天保年間初頭の山陰行商人による「ワニの焙り串」の販売のようだ。山崎妙子「ワニ料理（くっきんぐるうむ）」『日本調理科学会誌』第二九巻・第二号、一九九六年、一五五〜一五九頁を参照。現在（二〇一九年一〇月取材時点）、当地のスーパーでは刺身用に——全国の産地からの——ネズミザメなどが供されている。

（11）前掲書（桑島、二〇一六年）、二一八〜二二〇頁を参照。

補章

（1）NHK戦後史証言プロジェクト番組「日本人は何をめざしてきたのか」シリーズ第四回、『二十二歳の自分への手紙〜司馬遼太郎〜』（二〇一四年七月二六日放映）、「NHK戦争証言アーカイブス」に映像収録。

（2）なお、群馬・高崎市上佐野町にも、源左衛門邸宅跡と伝承の常世神社が存在する。都道府県研究会編『地図で楽しむすごい群馬』洋泉社、二〇一九年、一三六〜一三七頁を参照。『万葉集』（巻一四）等に登場する歌枕「佐野の舟橋」も、この群馬・烏川河畔の「佐野」地区（現高崎市）とする説もある。

（3）司馬遼太郎『司馬遼太郎が考えたこと10——エッセイ1979.4〜1981.6』新潮文庫、二〇〇五年、一一五〜一二二頁（初出は一九七九年一二月）。

（4）筆者の金井・桑（桒）島一族の家系は、史料的に江戸前期の天和・元禄年間（一六八〇～九〇年代）まで遡れる。初期には医師に多い「順悦」「織部」等の名が散見され、医業や寺子屋師匠を務めたようだ。集落の惣百姓を代表して役人を提訴した記録も残る。『群馬県姓氏家系大辞典』角川書店、一九九四年、四四七頁を参照。なお、「蔦屋《つたや》」の屋号も残り、江戸後期・弘化年間（一八四〇年代）には、「数右衛門」名義で旅籠屋も営んでいたようだ。

（5）宮本常一『民俗学の旅』講談社学術文庫、一九九三年、三六～三八頁。実際には、息子・常一が故郷・周防大島から大阪の天王寺師範学校へと進学する際に父・善十郎――風来坊でフィジーへの出稼ぎ経験もある――が授けた餞けの言葉。他に「金があったら、その土地の名物や料理は食べておくのがよい」「時間のゆとりがあったら、できるだけ歩いてみることだ」「すきなようにやってくれ。しかし身体は大切にせよ」などの教えもある。

（6）「「宮本学」と私（『宮本常一《つねいち》――同時代の証言』）」（一九八一年五月）の冒頭部分。司馬遼太郎『司馬遼太郎が考えたこと10――エッセイ 1979.4～1981.6』新潮文庫、二〇〇五年、四〇九～四一三頁に所収。なお、この文書末尾には次のように綴られている。「人の世には、まず住民がいた。つまり生産を中心とした人間の暮らしが最初にあって、さまざまな形態の国家はあとからきた」（同書、四一三頁）。

（7）群馬県内の「日本のポンペイ」とは、もともと黒井峯《くろいみね》遺跡（現渋川市・旧子持村中郷）と天明三年浅間焼け遺跡（吾妻郡嬬恋村鎌原）のことを言った。都道府県研究会編『地図で楽しむすごい群馬』洋泉社、二〇一九年、五八～五九頁を参照。

（8）渋川地名研究会・渋川市教育委員会編『渋川市の地名』、二〇〇一年、八～九頁。同書には六説ほど挙げられているが、その六番目に、渋川と金井の境に「渋沢の泉」があり、この周辺が「古渋川」発祥の地だ、との示唆もある。なお、渋川の天台古刹・眞光寺（後述）の古文書にも、「渋沢庄渋川村」の記載が残るという。

（9）二〇一九年七月二六日に取材した、『ふるさと渋川史帖』（文芸社、二〇一五年）の著者で渋川の古参郷土史家・大島史郎氏（元渋川市史誌編さん委員・専門委員歴史部会長・元渋川郷土史研究会会長）の見解では、この地下牢はもともと酒等の貯蔵庫で、たんに地元罪人の一時的な収監に使われただけと思われる、とのこと。大名等の要人が泊まる本陣に牢獄があるのもおかしい、とも。佐渡への流人（＝家を持たない無職の不良都市民を「無宿人」と呼び、実際には重大犯罪者ばかりではなかった）は、「唐丸駕籠（目駕籠）」で移送されてくるが、夜間は旅籠屋の戸外にその状態のまま分割配置され、見張りを立てられて過ごしていたようだ。渋川市史誌編さん委員会編（近藤義雄ほか監修）、ムロタニ・ツネ象画

『まんが 渋川の歴史』渋川市、一九九四年、一〇八～一〇九頁を参照。なお、同書同箇所（一〇八頁）には、史料に基づき、弘化三（一八四六）年の越後大名（村松藩）・堀氏一行の金井宿投宿の様子が描かれている。その添え書きに、本陣（三四人投宿）のほか、一行が泊まった旅籠名とその投宿者数のリストが載っており、ここに「数右衛門」（九名投宿予定で実際には五名投宿）の名が見える。これは金井宿の桑島一族の先祖名記録と一致する。江戸後期の桑島家は、三国街道筋で医業・寺子屋師匠業のみならず、やはり旅籠屋業にもかかわっていたようだ。大島氏によれば、直後の嘉永六（一八五三）年の「金井の大火」で被害を被った可能性が高い。

(10) たとえば、「平成の大合併」後の新渋川市の広報誌『しぶかわ―新渋川市の魅力―』（しぶかわ環境フォーラム編）二〇〇七年三月、四頁を参照。

(11) 最近、金井東裏遺跡（ならびに周辺遺跡群）関連の二つの主要文献が刊行された。ひとつは、調査報告の普及本である公益財団法人群馬県埋蔵文化財調査事業団編『古墳人、現る――金井東裏遺跡の奇跡』上毛新聞社出版部、二〇一九年である。もうひとつは、大部の学術報告集成『金井東裏遺跡《古墳時代編》（第652集・「（国）353号金井バイパス（上信自動車道）道路改築事業（国道・連携）」に伴う埋蔵文化財発掘調査報告書）』群馬県渋川土木事務所・公益財団法人群馬県埋蔵文化財調査事業団、二〇一九年である。後者は、「本文編1」「本文編2」「写真図版編」「観察表編」「理学分析・考察編」の四冊子と関連地図からなる圧巻なもので、今後の詳細な学術的検討の基礎資料となろう。報告が古墳時代に特化されているのは、この遺跡の古層に、さらに古い縄文時代前期（約五七〇〇年前）～弥生時代中・後期の遺構の存在も連続的に確認されているからだ（前掲書『古墳人、現る』、三二～三三頁）。

(12) 前掲書『古墳人、現る』、一四二頁を参照。同書では、和尚沢の水源を見守る場所に金井古墳（円墳、七世紀末頃）が存在することにも言及されている。なお、和尚坂・和尚沢とその端山麓一帯は、父方実家に面する場所で、筆者も通暁している。一．和尚沢の水は清く、上越新幹線地下トンネル掘削まではひじょうに豊富だった。周辺には沢水を引いた池のある家もあった。二．和尚坂は山林に通う古くからの生活道で、父方叔父によれば、沢沿いには現在でも鉄滓が散見される場所がある。三．戦後一九五〇年代後半頃、父方実家敷地内（県道西側の現在の発掘中の区画よりやや北側）で、自家用地下式サイロを掘った際、炉・甕などが厚い軽石層の下から多数出土した（市立金島中学校に寄贈と聞く）。

(13) 古墳時代の馬匹生産は、鉄生産と並ぶ「最先端の国家プロジェクト」であったため、金井の東裏遺跡・下新田遺跡は、当初からその目的で移住した集団のつくったムラであった、との推測もある（前掲書『古墳人、現る』、一二〇頁）。

なお、東国の古墳時代の専門家・若狭徹氏は、発掘調査主要メンバーとの座談会（二〇一八年四月一七日）で「「上毛野」の勢力はヤマト王権の一員だった」と明言する（同書、一六一頁）。なお、古墳期の牧の位置は特定されていない。吾妻川左岸の旧子持村「白井」一帯との説がある（同書、一六六頁）。しかし、より正確には、地元郷土史家・大島氏（二〇一九年七月二六日にインタビュー）が主張するように、のちに『延喜式』に載る「上野国九牧」（本文で後述）筆頭の利《と》刈《がり》牧――吾妻川右岸の金島地内の南牧・北牧（対岸）・金井・阿久津の一帯に比定――と重なる場所だったと考えたほうがよいだろう。前掲書（大島、二〇一五年）、二七六～三一五頁（「利刈郷と利刈牧」）を参照。

（14） NHKの歴史番組「歴史秘話ヒストリア――謎の古代王 最後の戦い～日本のポンペイから探る～」（二〇一七年二月三日放映）の構成も、荒ぶる山神の鎮魂儀式中の被災説を採っていた。鎮魂儀式との関係は明らかではないが、東裏遺跡からは呪術用と考えられる赤色染料の赤玉も多数（百個以上）出土している。なお、最新の研究成果によれば、特に3号祭祀遺構の土器類・玉類の出土状況は、群馬県内で類例を見ないほど質・量ともに豊富で、榛名噴火の初期段階まで使われていたようだ（しかも短期間の使用）。この事実を踏まえると、やはり大噴火の前兆現象に対するなんらかの鎮めを目的とする「マツリ遺構」だったと考える説も看過できない（前掲書『古墳人、現る』、八二～八九頁）。

（15） 益田勝実『火山列島の思想（益田勝実の仕事2）』ちくま学芸文庫、二〇〇六年に所収。

（16） 製鉄炉の溶鉄を「湯」と呼ぶことから「夕日＝湯火」とされる。夕日観音は、金井の「発京《はっきょう》」に所在。いっぽう、現在、朝日（旭）観音は金井の鳥頭平《とっとうだいら》にあるが、もともと吾妻川原の「歯黒《はぐろ》」――砂鉄採取比定地――に祀られた歯黒（羽黒）稲荷だったらしい（前掲書『渋川市の地名』、五八～五九頁）。なお、金井の地名は群馬県下に複数あって、多くは製鉄の「金鋳」に由来するため、渋川市金井も同じ来歴だろうとされている。歴史史料での初出は若干新しく、永禄一〇（一五六七）年五月の「渋川ノ中金井郷ニ於……」とされる（同書、五三頁）。

（17） 筆者は、二〇一八年八月一九日、渋川市金島ふれあいセンターでの金井遺跡群活用事業シンポジウム「古墳人からなにが見えるか」（主催は渋川市教育委員会文化財保護課、コーディネーターは群馬県立歴史博物館館長・右島和夫氏）ならびに同時開催の現地見学会に参加した。この時の北橘・埋蔵文化財調査センター発掘情報館の「金井東裏遺跡展（創立四〇周年記念）」訪問で、これら四体のオリジナル人骨を検分できた（解説は、群馬県埋蔵文化財調査事業団専門調査役・大木紳一郎氏）。なお、前掲書『古墳人、現る』は、このシンポジウムのエッセンスを盛り込んだものでもある。

（18） 古墳人の甲冑装飾品に、朝鮮半島風の「提砥《さげと》と刀子《とうす》」の組合せがあることも、この一族の由来を語る。最近、古墳人装着の鉄製甲（1号甲）とともに出土した2号甲が、半島でしか発見例のない鹿角《ろっかく》製小札《こざね》であることもわかった。

（19） 白石太一郎『考古学からみた倭国』青木書店、二〇〇九年。

（20） 前掲書『古墳人、現る』、一七六頁（座談会での右島氏の発言）を参照。このような「盟主的リーダー」の下に、渡来系の「金井王」のような「小地域のリーダー」を取り纏める受け皿的ネットワークがあった、とも。ちなみに、保渡田古墳群は、百メートル級の三基の前方後円墳からなる。この古墳群の近くでは、同時期の豪族居館跡とされる三ツ寺Ⅰ遺跡も発見されており、被葬者一族との深い関連が示唆されている。

追記

・第四章であつかったテーマは、筆者による以下の論考でも詳細に論じている。桑島秀樹「司馬遼太郎〈湖西のみち〉・〈韓のくに紀行〉をその感性哲学から読む――初期『街道をゆく』が描く〈日本人の祖形〉と朝鮮憧憬――」、文芸学研究会編『文芸学研究』第二二号、二〇一九年三月、に掲載。

・補章であつかったテーマならびに紙幅の都合で割愛せざるを得なかった関連テーマ（三国街道・金井宿と流人ならびに金銀の輸送ルートの話や、川島・南牧・金井・阿久津一帯の吾妻川流域と古代御牧「利刈牧」の比定の話など）は、筆者による以下の論考で詳しく触れている。桑島秀樹「《群馬・渋川金島のみち――火山・河岸段丘・製鉄の風土》の歴史風景論――司馬遼太郎『街道をゆく』に基づく「感性哲学」の応用実践として――」、広島大学大学院総合科学研究科編『令和元年度 総合科学研究科紀要Ⅰ・人間科学研究』第一四巻、二〇一九年十二月、に掲載。

あとがき

私はこの本を、美学者として書いた。ここでいう「美学」とは、人間の「肉の歓びと悲しみ」を考える学問のこと。いうならば、死すべき生身の人間がその生において出逢うさまざまな感性的価値を反省し、それらを言葉で説き起こす営みのことである。だから、ここでの私は、司馬遼太郎の訪れた「街道」を、そこに現れては消える人間の哀歓を凝視しつつ、丹念に辿りなおしたつもりである。

こんなわけで、いまや司馬のもっていた歴史や風景へのまなざし――むろん本書で試みたように、「感性哲学」と呼んでもよい――は、あきらかに私の学問的方法論の一部となっている。かつて『崇高の美学』（講談社選書メチエ、二〇〇八年）で、西洋美学史の展開を踏まえながら、「崇高」という美的カテゴリーのはらむ射程を考えた。考察対象は、野趣に富む山岳表象の問題からヒロシマの原爆表象の問題にまで及ぶものだった。八年ほどおき、次の『生と死のケルト美学――アイルランド映画に読むヨーロッパ文化の古層』（法政大学出版局、二〇一六年）では、映画をギミックとして、「崇高」の根――崇高美学の祖エドマンド・バークの故地――ともいうべきアイルランドに注目した。そこに結晶している「感性のかたち」を析出しようと努めたのである。

そして、こんかいは、司馬遼太郎の歴史風景紀行である『街道をゆく』シリーズに真正面から取り組んでみた。『街道をゆく』を綴る司馬がまさしく「旅する感性」と思われたからである。本書ではまた、筆者である私自身の原体験を振り返りながら、「肉の歓びと悲しみ」の美学がいかにして自己のなかで生い育っていったかも考えてみたかった。この自己内省の結果は、本書末尾におかれた『街道をゆく』の応用実践篇「司馬の見残した火山の風土——群馬・渋川金島のみち」に結実していると信じたい。

この本であつかった「街道」とは、いくつかの国や地域に展開する、名もなき人々の生きた歴史道程のことであり、そうした人々が眺めた風景のことである。だからここには、考古学、歴史学、民俗学、地理学、あるいは時に地質学などの成果も積極的に盛り込まれている。つまり、ここでの私は、司馬の眼を借りることで、これまで美学（あるいは芸術学）の守備範囲と想定されていた学問領域の枠組みなどまったく気にせずに、歩き、見て、そして書いた——むろん美学で練りあげられた学問手法や分析概念の恩恵は、多かれ少なかれ、享けているだろうけれど。

＊

本書にまとめられた『街道をゆく』の分析は、私が、勤務校・広島大学にて、二〇一二年の春より、教養科目「人間・歴史・風景の感性哲学」（二〇一八年度より科目名変更があって「感性哲学」）で講じてきた内容を整理・肉付けしたものである。受講生諸君、とりわけ授業後の感想に「いつかこの授業であつかった土地を訪ねてみたい」と書いてくれた皆さんには、この場を借りて感謝したい（なお、本書執筆の最終段階の二〇一九年六月、所属部局・大学院総合科学研究科の「二〇一九年度総合科学推進プロジェクト」のひとつとして、共同研究課題「〈みち〉と〈まち〉の風景をめぐる感性哲学――土地固有の地勢とその物語化の諸相――（代表・桑島秀樹）」が採択された。この共同研究のテーマは、本書に盛り込まれた内容と関連するもので、原稿の最終確認作業の弾みとなった。研究参画メンバーと関係の同僚諸氏に記して感謝したく思う）。

もとより、この本は、世界思想社編集部の望月幸治さん、本書担当の佐伯瑠理子さんの深い理解と熱心な励ましがなければ、このようなかたちで世に問うことはできなかった。ここにお二人の名前を記し、格別の謝意を表しておく。思えば、佐伯さんに口説き落とされてから、完成までやや時間がかかってしまった。彼女が、初期の粗書き原稿に眼を通し、至極丁寧なかたちでさまざまに意見を述べてくれたことは、逸れそうになる海路を正すよき羅針盤であった。改めてここに御礼の気持ちを刻んでおきたい。

＊

最後に、筆者のオリジナル篇である補章を綴るための小取材のエピソードを。二〇一七年六月、父と一緒に金井地区をめぐった二人旅のことだ。東京での研究会の後、週末の群馬に立ち寄る機会があった。数ヶ月前ちょっとした心臓手術を受け、予後もよかった当時傘寿目前の父に声をかけ、生まれ故郷・金井にかんする実地検分への同行をやや強引に頼んでみた。高校卒業後、ずっと地元の市役所勤めだった父は、生涯金井を離れたことはない。

「そんなにいうなら、行くべぇか」と重い腰をあげた父は、心なしか嬉しそうに見えた。かつての少年の日のように、私は「おやじの背中」を見つめながら、田植えの済んだばかりの梅雨の晴れ間、金井

渋川金井の旧金島小学校跡に残る花咲くセンダンの大樹を見あげて（本書取材の折に）

のそちこちを歩いた。田の畦を踏み、湧水や沢をめぐり、ちいさな神社の社殿で涼んだ。むかし山男だった父は、思いのほか、まだ健脚だった。しかし、左に傾《かし》いだ骨ばった肩にリュックの揺れる後ろ姿は、ずいぶん猫背も進んでいた。散策の終盤、菩提寺近くの金島小学校跡の園地で、しばし午睡をとる。横になって見あげたセンダンの古木は、初夏の微風にたくさんの細かな花をつけた梢を揺らし、樹下にほのかな薫りを漂わせていた。

けだし、こんな一日があれば、それは一生の宝ではないか。あの日、センダンの樹の下で、この本の結末は書ける、と思った。金井を離れて三十有余年。すでに私も齢五〇を迎えんとしている。この歳になって、こんなプレゼントをくれた父・保男に、この本は捧げたく思う。おやじよ、ありがとう。

二〇一九年晩秋　西国街道沿いの安芸府中より、遠く上毛野を想いつつ

桑島　秀樹　記

桑島　秀樹（くわじま　ひでき）

1970年3月群馬県渋川市生まれ。現在、広島大学大学院総合科学研究科（2020年4月より人間社会科学研究科）教授。博士（文学）。専門は美学芸術学・感性哲学・文化創造論。群馬県立渋川高等学校卒業。大阪大学文学部（美学・文芸学）卒業。同大大学院文学研究科博士課程修了。日本学術振興会特別研究員PDを経て、2004年4月より広島大学総合科学部助教授。2011年4月～12年3月トリニティ・カレッジ・ダブリン（アイルランド共和国）にて客員研究員。2016年2月より現職。この間、大阪工業大学、甲南大学、島根大学、大阪大学、京都大学などで非常勤講師。
主著に、『崇高の美学』（講談社選書メチエ、2008年）、『生と死のケルト美学――アイルランド映画に読むヨーロッパ文化の古層』（法政大学出版局、2016年、第14回木村重信民族藝術学会賞）、『バーク読本――〈保守主義の父〉再考のために』（共編著、昭和堂、2017年）などがある。

司馬遼太郎　旅する感性

2020年 3月 20日　第1刷発行

定価はカバーに
表示しています

著　者　桑　島　秀　樹

発行者　上　原　寿　明

世界思想社

京都市左京区岩倉南桑原町 56　〒606-0031
電話 075(721)6500
振替 01000-6-2908
http://sekaishisosha.jp/

ISBN978-4-7907-1739-3